Justine Larbalestier
& Sarah Rees Brennan

time humanos

Tradução
Paula Moreira

1ª edição

Galera
RIO DE JANEIRO
2017

CIP-BRASIL. CATALOGAÇÃO NA PUBLICAÇÃO
SINDICATO NACIONAL DOS EDITORES DE LIVROS, RJ

B848t
Brennan, Sarah Rees
   Time humanos / Sarah Rees Brennan, Justine Larbalestier; tradução de Paula Moreira. – 1. ed. – Rio de Janeiro: Galera Record, 2017.

   Tradução de: Team human
   ISBN 978-85-01-07777-6

   1. Ficção juvenil. I. Larbalestier, Justine. II. Moreira, Paula. III. Título.

16-34967
CDD: 028.5
CDU: 087.5

Título original:
Team Human

Copyright © 2016 por Sarah Rees Brennan e Justine Larbalestier

Publicado primeiramente por HarperTeen, um selo de HarperCollins Publishers.

Os direitos desta tradução foram negociados com Jill Grinberg Literary Management LLC, Nelson Literary Agency, LLC e Sandra Bruna Agencia Literária, SL.

Todos os direitos reservados.
Proibida a reprodução, no todo ou em parte, através de quaisquer meios.
Os direitos morais do autor foram assegurados.

Texto revisado segundo o novo Acordo Ortográfico da Língua Portuguesa.

Editoração eletrônica: Abreu's System

Direitos exclusivos de publicação em língua portuguesa somente para o Brasil
adquiridos pela
EDITORA RECORD LTDA.
Rua Argentina, 171 – Rio de Janeiro, RJ – 20921-380 – Tel.: (21) 2585-2000,
que se reserva a propriedade literária desta tradução.

Impresso no Brasil

ISBN 978-85-01-07777-6

Seja um leitor preferencial Record.
Cadastre-se e receba informações sobre nossos
lançamentos e nossas promoções.

Atendimento e venda direta ao leitor:
mdireto@record.com.br ou (21) 2585-2002.

DEDICATÓRIA

Sem o Time Vampiro,
os escritores cujos vampiros
nos inspiraram e encantaram,
Time Humanos não teria existido.
Esse livro é dedicado, com um agradecimento,
a John Ajvide Lindqvist, Heather Brewer,
Rachel Caine, Suzy McKee Charnas,
Caroline B. Cooney, Jewelle Gomez,
Claudia Gray, Barbara Hambly, Charlaine Harris,
Alyxandra Harvey, Tanya Huff,
Alaya Dawn Johnson, Stephen King,
Elizabeth Knox, Tanith Lee, J. Sheridan Le Fanu,
Robin McKinley, Richelle Mead, Stephenie Meyer,
Anne Rice, James Malcolm Rymer, L. J. Smith,
Bram Stoker, Scott Westerfeld...
e todos os outros talentosos defensores dos mortos-vivos.

CAPÍTULO UM

Duas garotas e o traje de proteção

Eu não estava muito entusiasmada com a escola no dia em que o vampiro apareceu.

Aqui no Maine normalmente faz frio, mas nesse setembro em especial o sol invadia o céu, brilhante e poderoso, e eu e minha melhor amiga, Cathy, subíamos uma rua íngreme arrastando nossas mochilas. Suando.

Eu também não estava muito entusiasmada com vampiros no geral. Mas eu nunca estive.

Já Cathy era outra história.

Se houvesse a opção "vampirologista" em um dos testes vocacionais — é possível ser psiquiatra de vampiros, doador de vampiros, ou estudante de assuntos vampirescos —, Cathy a marcaria todas as vezes. Mas é claro que "vampirologista" não existe. É só algo que eu inventei para definir quem é muito fã desse tipo de ser.

Não me entenda mal. Cathy não é burra. Na verdade, é muito inteligente. Se não fosse ela me dando força, eu não estaria fazendo inglês e história. Cathy é uma sonhadora, daquele tipo que a gente conhece bem: lê um monte de poesia — Keats! Plath! Chatterton! — e mergulha tão fundo nas histórias que lê que chega a bater com a cara na parede enquanto anda. Fica tão empolgada com seus livros que às vezes não percebe os carros e eu preciso agarrá-la e trazê-la de volta para a calçada. Ela gosta de história mais do que qualquer notícia atual e mais de livros do que de pessoas. Uma vez que a maioria dos vampiros é mais velha que Matusalém, e sendo eles basicamente livros de histórias ambulantes e sugadores de sangue, é claro que Cathy os acha totalmente fascinantes.

Então, obviamente, quando olhamos para o outro lado da rua e avistamos a figura com um traje preto volumoso e um capacete, um misto de Darth Vader e astronauta, os olhos de Cathy brilham. Luz do dia mais pessoa em traje estranho deve ser igual a: vampiro. Sem falar que pouquíssimos vampiros sairiam debaixo de sol vestindo traje de proteção, já que um simples furinho na manga poderia matá-los. Para ficar claro: sou nascida e criada em New Whitby e só vi um vampiro usando traje de proteção uma única vez, e foi no noticiário na TV.

— Talvez ele seja um vampiro — disse ela, inclinando a cabeça. Cathy era educada demais para apontar para pessoas na rua.

Eu, que particularmente não sou tão educada assim, encarei o sujeito bem descaradamente. E não fui a única.

— Ou talvez tenha acontecido uma explosão química e ele seja o membro da equipe de descontaminação que perdeu no par ou ímpar — sugeri.

Nós duas olhamos para a escola. Lá estava a Craunston High de sempre, com seus tijolos vermelhos e muito sólida. Nenhuma fumaça saindo pelas janelas.

— Tenho uma teoria alternativa — comentei, enquanto atravessávamos a rua e chegávamos um pouco mais perto do cara do traje misterioso. — Ele é o mergulhador mais empolgado do mundo.

Cathy voltou sua atenção para o possível mergulhador e soltou o ar parecendo ansiosa: não chegou a ser exatamente um suspiro, mas como se estivesse se conformando por aquele devaneio não corresponder à realidade.

— Ele poderia ser um vampiro.

— É, estou vendo — disse. — Ele se movimenta com o instinto predatório de um pinguim.

Cathy engoliu o sorriso para não magoar os sentimentos do mergulhador. A garota é boazinha demais. Chegou até a segurar a porta aberta para que o mergulhador-com-andar--de-pinguim arrastasse seu traseiro em traje de proteção para dentro da escola.

Ele fez um cumprimento com seu grande capacete negro ao passar por ela e seguir pelo corredor escuro.

Então tirou o capacete e pude ver que, afinal de contas, ele era atraente. O movimento foi como o que um cavaleiro supostamente faria para tirar o elmo, em um conto de fadas.

A aparência do cara era daquele tipo que transforma pensamentos normais em poesia idiota: cabelos como raios de sol aprisionados em sombras, olhos de um tom de azul insano como o da flor centáurea. O rosto, uma escultura angelical em perfeitas linhas brancas.

O rosto de uma pessoa morta.

O vampiro voltou seu olhar para Cathy, que parecia ter criado raízes no lugar onde estava. Ele semicerrou os olhos.

— Você poderia fechar a porta? — pediu ele em uma voz baixa e fria. — Está um tanto claro.

◆

As pessoas de fora provavelmente têm uma ideia errada sobre onde eu moro.

New Whitby. A cidade dos vampiros.

Na verdade, não é tão estranho quanto pensam. É como Las Vegas. Tenho certeza de que as pessoas que moram em Las Vegas raramente jogam nos caça-níqueis ou contratam imitadores do Elvis para cantar em seus casamentos.

Muitos lugares foram fundados por pessoas que fugiam de alguma perseguição religiosa. New Whitby foi fundada por pessoas que fugiam da perseguição por serem mortos-vivos bebedores de sangue.

Não somos todos vampiros. E nem todos queremos ser.

Quando nosso orientador vocacional pediu que fizéssemos uma lista de profissões que nos interessavam, vampiro não estava na minha.

Eu sei que isso não é tecnicamente uma profissão, mas, falando sério, os vampiros daqui são diferentes. São totalmente profissionais.

Ser vampiro é o trabalho desse pessoal. E é claro que eles fazem investimentos de longo prazo. Alguns até seguem a carreira de modelo. As câmeras adoram Ludmilla-von-Não-Preciso-de-Maquiagem.

Essa é a parte que me faz achar vampiros tão chatos. Uma vez que você se torna um, nunca mais vai precisar de nada.

◆◆◆10

New Whitby não é uma cidade apenas de vampiros. Nunca foi. Muitos humanos vieram para cá também. Pessoas que tinham vampiros na família e pessoas que não tinham, gente que chegou por aqui e acabou ficando. A família da minha mãe veio da China para os Estados Unidos por causa das estradas de ferro. Percorreram o país de ponta a ponta, vendendo coisas para mineradores de ouro, e se estabeleceram aqui. A gente acaba se ajustando aos lugares, e nenhum lugar no mundo é perfeito. Sempre há algo com que temos de lidar: muito calor, muito frio, pouca vida noturna. No caso da nossa cidade, há vida noturna até demais. E com caninos afiados.

Mas, como eu disse, não é nada de mais. Hoje em dia existem bancos de sangue e doadores. Há mais chance de morrer em um acidente de avião do que ser sugado por um vampiro, mesmo morando em New Whitby.

Também existem toneladas de restrições para se tornar um vampiro atualmente, então a maioria das pessoas que mora aqui não tem vampiros na família. Tirando alguns ancestrais vampiros, algo que as pessoas herdam como uma cadeira antiga ou a prataria da família. Ou a governanta maluca da Laura (Laura é minha dupla de biologia), ou Sabine, a tia do meu amigo Ty, que só visita a família dele em datas comemorativas.

E ela dá presentes realmente incríveis.

Então é claro que durante a noite você vai passar por um ou outro vampiro. Em geral estará sentado ao lado de um no cinema. Verá policiais vampiros fazendo a ronda. Na polícia há uma divisão exclusiva de vampiros, já que policiais humanos ficam em certa desvantagem ao lidarem com tais criaturas.

Como você deve ter percebido, eu não sou muito fã dessas criaturas. Sempre os achei um pouco esquisitos. Além de todo esse lance de beber sangue, eles não têm emoções humanas. E depois do que aconteceu com minha amiga Anna nas últimas férias, eu gosto menos ainda deles.

Os vampiros costumam ficar no bairro Shade, e os turistas precisam ir até lá para observá-los com os olhos esbugalhados. New Whitby é uma cidade como outra qualquer, com a única diferença de que eu moro nela. Íngreme, vem se espalhando desde o porto, onde o *NightShade* atracou três séculos atrás, até os arranha-céus de vidro fumê que brilham ao sol, do lado das torres das casas vitorianas.

◆

As portas da escola também são feitas em vidro fumê. A legislação antidiscriminação exige o mesmo em todos os prédios da cidade — raios ultravioleta assassinos de vampiros tinham de ser bloqueados.

Cathy fechou a porta com tanta força que dei um pulo. Ao me virar para a minha melhor amiga, no entanto, vi que ela não tinha tirado os olhos do vampiro. Olhava para ele fixamente, da mesma forma que faria se Ricardo Coração de Leão tivesse chegado em sua casa para o chá. Como se um milagre tivesse acontecido.

— Desculpa — disse ela. — Pelo barulho, quero dizer.

— Não se preocupe — murmurou o vampiro.

— Oi! Meu nome é Mel Duan — anunciei, em uma tentativa de acordar Cathy de seu maravilhoso transe vampirístico. — Posso te ajudar em alguma coisa? Quer saber o caminho para sala da diretora? Deve estar querendo ir embora daqui logo, certo?

Sutileza nunca foi meu forte.

— Não estou querendo ir — disse o vampiro. — Na verdade, sou muito afortunado por ter sido aceito como aluno nesse excelente centro de ensino. Mas muito obrigado por ter oferecido ajuda.

Seus olhos deslizaram por mim de uma maneira engraçada: como se ele estivesse olhando para uma cadeira e não uma pessoa. Para sua informação, ele também não parecia estar muito impressionado com Cathy. Um cara bonito e entediado.

Que também poderia ser descrito como um traje de astronauta cheio de problemas.

O vampiro inclinou a cabeça em nossa direção, agindo de uma maneira que em breve Cathy descreveria como "cavalheiro".

— Permita-me que eu me apresente. Meu nome é Francis Duvarney.

— Hehe, Francis — respondi.

Os olhos cor de centáurea ficaram gélidos.

— Graça nenhuma — continuei. — Obviamente. Não é um nome engraçado. Alguém alguma vez te chamou de Frank? Frankie?

— Não — disse ele, a palavra soando como se uma pedra de gelo tivesse caído na minha cabeça, embora ele nem fosse assim tão alto.

Bem, todo mundo é mais alto do que eu, basicamente.

— Desculpa — interrompeu Cathy rapidamente. — Eu sou Cathy. Catherine. Como você preferir. Eu... Eu sou...
— Mesmo gaguejando e enrubescendo, a pobre Cathy conseguiu prosseguir: — E essa é a Mel. Hum, bem-vindo a Craunston High.

— Obrigado — disse Francis, o vampiro, e seus olhos repousaram em Cathy por um momento, como se tivesse acabado de reparar nela. — Prazer em conhecê-la.

Isso foi tudo o que Francis disse. Ainda nos cumprimentou levemente com um aceno de cabeça, então se virou e foi na direção da sala da diretora ou da salinha de vampiros ou sei lá onde. Tanto faz. Eu tinha mais com o que me preocupar.

E esse mais era Cathy. Seus grandes olhos escuros estavam totalmente arregalados e brilhavam como se ela tivesse vaga-lumes dentro da cabeça.

— Esse ano vai ser maravilhoso — disse ela parecendo totalmente convencida.

É, estávamos ferradas.

— Um vampiro a fim de ir para a escola? — perguntei. — Essa é a coisa mais ridícula que eu já ouvi falar.

CAPÍTULO DOIS

Vampiro na escola

— Vai ver ele é vampiro há pouco tempo — disse Cathy. — Talvez ainda não esteja acostumado e aí decidiu terminar os estudos, ué. Ter formação é importante.

— Hum, acho que não. Você não ouviu o jeito como ele fala?

— Ah, sim. — O suspiro de Cathy poderia ter sido emoldurado por coraçõezinhos flutuantes. — Ele foi tão cavalheiro.

Cavalheiro! Ponto para as minhas habilidades psíquicas.

Eu também deduzi que Cathy se apaixonaria instantaneamente e que teríamos problemas pela frente. Foram deduções fáceis não apenas por Cathy ser fascinada por vampiros há muito tempo, mas também pelo fato de que minha amiga acredita em AMOR VERDADEIRO.

Cathy tinha certeza de que quando conhecesse seu Amor Verdadeiro, bastaria um único olhar para saber que ficariam juntos para sempre. Ela dispensou sumariamente dois garotos depois de ter ficado uma semana com cada. Se eles não eram o Amor Verdadeiro, para que perder tempo?

Bastou um único olhar para saber que Cathy surtaria com isso.

Naquele momento, a expressão em seu rosto era superesquisita: os olhos tinham dobrado de tamanho e as feições pareciam mais suaves. Os lábios estavam entreabertos e eu poderia jurar que estavam cintilando, embora eu soubesse com certeza que ela não usava gloss. Cathy não usava maquiagem. Algo a ver com a pele poder respirar e saúde natural. Coisa da mãe dela, com certeza.

Eu também não uso maquiagem, mas só porque eu não tenho paciência.

Eu agarrei o braço de Cathy e puxei-a para longe do armário no qual ela estava prestes a bater.

A questão é esta: os garotos realmente se interessam por Cathy. Todos eles tendem a acreditar que ela é indefesa, quando na verdade ela é apenas distraída. Cathy não está acostumada ao sentimento de tristeza que a gente sente ao perceber que o cara cujo nome estivemos rabiscando na margem do dever de casa não estava rabiscando o nosso, até porque ele sequer sabia qual era. Mas como seria com Francis-o-vampiro-gato-de-sabe-se-lá-quantos-anos-de-idade? Eu meio que duvidava que ele estivesse na escola para sair com garotas.

Como Cathy reagiria se seu Amor Verdadeiro não correspondesse?

Eu temia pelo pior.

Uau. A maneira de falar de Francis era contagiosa.

Pensar no provável coração partido de Cathy, e em como tirá-la dessa situação antes que tudo realmente acontecesse, me deixou tão ocupada que quase a deixei passar direto pela porta da sala da nossa primeira aula.

— Cathy? Oi? — Segurei a parte de trás de sua blusa, trazendo-a de volta. — Temos aula do sr. Kaplan, Cathy. História Avançada de New Whitby.

Conduzi minha amiga para dentro da sala, até um lugar ao fundo, e então desabei na cadeira ao lado dela.

— Oi, Mel. Oi, Cathy — disse Ty, meu ex-namorado e atualmente segundo melhor amigo, sentando abruptamente do meu outro lado.

— Ele não é lindo? — suspirou Cathy.

— Quem? — perguntou Ty. — Ah, deixa pra lá.

Francis Qualquerquesejaseusobrenome deslizou para dentro da sala como se fosse um atleta olímpico da patinação no gelo. A semelhança com um pinguim tinha desaparecido. Ele sentou elegantemente em um lugar na primeira fila, e todo mundo parou de falar.

— O nome dele é Francis — murmurei.

Ty deu uma risada. Não sabia se ele estava rindo por causa do nome ou se estava tendo uma reação histérica à beleza de Francis.

— Ele é vampiro — acrescentei. Só para o caso de Ty achar que ele era um *vamposer* realmente convincente.

— Dá para perceber. O que ele está fazendo nessa aula?

— Veio para corrigir as muitas imprecisões históras com as quais o professor, sem dúvida, encherá nossas cabeças.

Claro, Francis tinha aqueles sentidos bizarros de vampiro, de caçar e ouvir qualquer palavra que disséssemos. Cathy ficou vermelha e olhou para baixo, embora Francis não tenha nem se dado ao trabalho de virar.

— Então — disse animadamente, mantendo meus olhos fixos à frente. — Primeiro dia do último ano. Que tal?

— Você acha que ele é inglês? — sussurrou Cathy em meu ouvido e então olhou para Francis, com medo de que ele tivesse ouvido.

Foi minha vez de suspirar. Ao menos Cathy tinha recuperado a habilidade de falar. O sotaque dele realmente parecia da Inglaterra, mas era difícil precisar no caso dos vampiros mais velhos, já que antigamente muitos dos norte-americanos ricos falavam com esse sotaque. A maior parte dos vampiros afirmava ter pertencido à nobreza, ou descender de algum dos Astor ou coisa igualmente arrogante. Impressionante como poucos camponeses e pessoas comuns se transformaram em vampiros nos velhos tempos, quando isso ainda não era regulamentado.

— Bem-vindos, alunos do último ano! — disse o sr. Kaplan. — Se você está assistindo essa aula, presumo que deseje entrar na universidade local para se especializar em história de New Whitby ou talvez em estudos de vampirismo.

Eu não queria entrar para a Universidade de New Whitby. Eu estava ali para fazer companhia à Cathy, e tentar entender o que eu queria fazer com a minha vida depois que me formasse na escola. Eu não estava ansiosa para a primeira sessão com o meu orientador de admissão nas universidades. Minhas notas tinham sido realmente boas. Não perfeitas como as de Cathy, mas quase lá. Isso me ajudaria a ingressar em qualquer uma que eu quisesse. O problema é que minha família não era rica, e nós não éramos pobres o suficiente para conseguir um financiamento do governo. Mas, na verdade, o maior problema era o fato de eu não saber o que queria ser quando crescesse. Muito menos o que estudar na universidade.

Cathy também não estava realmente pensando na universidade local. Estava pensando em Oxford, que também tem estudos de vampirismo. E muita gente com sotaque, embora consideravelmente menos vampiros. Não que antes de hoje eu suspeitasse que Cathy tivesse interesse em namorar um vampiro. Embora agora pareça tão óbvio.

Eu achava que ela só se interessava por eles. Sabe, da forma como eu gosto de basquete. Não significa que eu queira namorar um jogador de basquete. Na verdade, eu não quero mais namorar. O último namoro não foi muito bom.

Não, não estou falando do Ty. Estou falando da pessoa depois do Ty.

— E esse ano teremos uma presença especial em nossa turma. Francis Duvarney, que se tornou vampiro em 1867 na Inglaterra e que mora em nossa bela cidade desde 1901, logo depois de mudarmos de nome para New Whitby.

Francis fez uma reverência muito leve com a cabeça.

— Desculpa pelo atraso, sr. Kaplan.

Pálida, Anna foi entrando na sala e dirigindo-se o mais rápido possível às cadeiras ao fundo. Embora ela formasse um grande quarteto comigo, Cathy e Ty, nós quase não a vimos durante as férias.

Não depois do que aconteceu com o pai dela. Não estava surpresa por Anna parecer tão pálida. Na verdade, o simples fato de ela estar na escola me deixou feliz.

Claro que é mais difícil matar aula quando sua mãe é a diretora. Mesmo que provavelmente Anna tivesse tido essa vontade ao saber que teríamos um vampiro na turma. Deve ter sido difícil pra ela.

— Que não se torne um hábito — disse o sr. Kaplan antes de continuar exaltando a oportunidade única de ter um vampiro na turma, história viva, blá-blá-blá.

Anna mal se moveu quando viu Francis. Deslizou o corpo para o assento vazio perto da janela e sorriu para mim e Ty. E para Cathy também, que não percebeu por estar tão fixada na nuca de Francis.

Achei que Cathy poderia ter dado um pouco de atenção à Anna, levando-se em conta o que ela passou. Mas a capacidade de foco de Cathy era como uma mira a laser: era assim que ela tirava notas tão boas.

O sr. Kaplan também parecia bem concentrado em Francis. Não que ele e Cathy fossem os únicos. Todo mundo na sala parecia fitar o vampiro.

— Gostaria de nos contar por que decidiu continuar os estudos quase 150 anos depois de terem sido prematuramente interrompidos?

— Não — disse Francis.

Metade da turma fez aquele som ofegante de quando somos pegos de surpresa. Ty chegou a bufar de verdade. (Uma das muitas razões para o nosso término. O que é aceitável em um melhor amigo pode ser profundamente errado em um namorado.)

Talvez Francis não fosse tão mau, pensei, vendo o rosto do sr. Kaplan mudar de cor.

— Esses motivos são muito pessoais — continuou Francis. — Mas será um enorme prazer contribuir com essa aula de qualquer forma que ache útil, sr. Kaplan. Agradeço novamente por permitir que eu participe.

Não, ele era tão ruim quanto eu pensava. Haveria espaço suficiente nessa sala para Francis Duvarney e seu ego? Era tarde demais para trocar de aula?

Os olhos de Cathy estavam mais arregalados e radiantes do que nunca.

Nada de trocar de aula.

Eu teria que vigiar Cathy. Fiquei imaginando se a mãe dela acharia ruim se eu me mudasse para lá.

CAPÍTULO TRÊS

A infalível sedução do vampiro no refeitório

Eu já assisti àquele frenesi de esfomeados no refeitório antes. Costuma acontecer quando tem frango empanado no cardápio. Não vampiros.

As aulas já tinham sido bem ruins. Pela primeira vez na vida desejei que houvesse um professor para nos supervisionar no almoço. Para mim, alguém precisava gritar urgentemente: "Quem lamber esse vampiro vai para detenção!"

Não que eu estivesse perto o suficiente para ver se estava rolando alguma lambida. Nós quatro estávamos sentados a uma mesa bem distante, já que não tivemos a menor disposição de passar pela multidão. Parecia que todo mundo queria ficar o mais perto possível de Francis.

— Considerando que ele não come, ninguém acha meio ridículo ele ter vindo almoçar? — perguntei.

— Para ser justo, metade do time das animadoras de torcida também não come, né! — exclamou Ty.

Como o resto da multidão no refeitório, Ty e Cathy fitavam Francis paralisados. Eu dei uma ou duas olhadas. Anna manteve os olhos em sua comida.

Era tipo um zoológico de um vampiro só. Francis estava sentado como se alguém tivesse tentado cravar uma estaca em seu peito, mas acidentalmente a tivesse enfiado onde o sol não brilhava — o que, no caso dos vampiros, eu imagino que seja qualquer lugar. As mãos dele estavam entrelaçadas sobre a mesa, no espaço onde deveria estar a bandeja.

Não dava para ver onde estavam as mãos de Robyn Johnson, capitã das animadoras de torcida, mas ela estava bem inclinada para perto de Francis, e por um breve momento a fachada de indiferença que ele trazia no rosto se rompeu.

Nunca tinha visto alguém parecer escandalizado antes. Foi meio que hilário.

O namorado de Robyn, Sam Martinson, de quem ela normalmente era inseparável, estava em outra mesa, cercado pelo resto do time de futebol americano. Todos estavam com a mesma cara emburrada. Hilário também.

— Eu acho legal ele querer se enturmar — disse Cathy.

No entanto, não parecia ser realmente isso que Francis queria. O que provavelmente era melhor. Rolavam histórias em relação a alguns vampiros. Muitas das revistas da mãe de Cathy estampavam na capa matérias como "Sete noites maravilhosas no ninho de amor de um imortal". Estava aliviada por não ter que me preocupar, aparentemente, com Cathy juntando-se ao harém de Francis.

— É, provavelmente ele está querendo redescobrir sua humanidade perdida — concordou Ty. O que era outra manchete sensacionalista bem comum em revistas, mas eu suspeitava que Ty estivesse falando sério.

Se Francis tivesse mesmo um harém, estava começando a parecer que Ty gostaria de participar.

— E é legal que ele não queira tirar proveito das garotas, sei lá — disse Cathy.

— Eu não acho que ele goste de garotas — retrucou. — Ou de garotos. Olha a expressão de horror no rosto dele. Ele não parece gostar de gente.

— Provavelmente ele é tímido. É bem difícil ser a única pessoa nova na escola.

— Ou o único vampiro.

— Verdade! — falou Cathy. — Ele deve estar oprimido. Ah, pobre Francis.

Isso não era simplesmente Cathy enlouquecendo por um belo par de caninos. Ela era assim o tempo todo, sempre buscando a melhor interpretação dos fatos, pensando o melhor das pessoas. Já ouvi Cathy falar totalmente séria que "as pessoas vivem esquecendo números de telefone", quando um cara lindo, que conheci na minha última viagem em família a Cape Cod, nunca telefonou. Ela também acreditou que um ex-namorado meu, Trevor, faria uma "viagem de negócios", sendo que tanto nós quanto Trevor tínhamos 15 anos na época.

— Cathy, por favor, pare de falar como se *você* tivesse nascido em 1867 — pedi. — Pra ser sincera, o fato de ele estar com essa cara de dor por estar cercado de pessoas é meio grosseiro. Pelo amor de Deus, meninas dando sinais de que querem fazer sexo. Que prafrentex!

Cathy deu uma risada e abaixou a cabeça, fazendo o longo cabelo escuro cair sobre o rosto. Ela se safava de um monte de problemas tendo a habilidade de se esconder assim.

— Eu gostaria que algumas garotas indicassem o que querem fazer com isso aqui — disse Ty, apontando para sim mesmo.

— Eu gostaria de fazer isso — falei, me esticando para bater com a colher nos dedos dele. — Ah. Isso foi tão bom. Hum, quero fazer de novo!

Percebi que Anna continuava quieta. Cheguei mais perto dela.

— Oi. Está tudo bem com você?

Anna piscou várias vezes para mim, como se eu a tivesse cutucado para acordar.

— Sim — afirmou finalmente. — Mas não consigo ficar tão animada quanto todo mundo.

Não dava para culpá-la. Anna estava autorizada a ter problemas com vampiros. O pai dela era psicólogo, especializado em vampiros. Resumindo, o tipo de profissional que tenta ajudar as criaturas a dividir toda uma vida de memórias e os sucessivos lutos por gerações de entes queridos que se foram.

Ele também atende seres humanos, como os que estão considerando fazer a transição para vampiro. O pai de Anna bombardeia esses pacientes com as assustadoras taxas de sobrevivência, com os horrores da zumbificação e também ajuda familiares de quem morreu durante o processo. Jantar na casa de Anna sempre incluía pelo menos uma história de terror.

Sempre gostei do dr. Saunders. Já estabelecemos que eu não sou a maior fã de vampiros — esse negócio de viver para sempre, sem pulsação, me assusta um pouco —, e mesmo assim eu o achava um sujeito bem bacana. Até que ele fugiu com uma paciente vampira.

Parece que ficar segurando as mãos de vampiras incrivelmente belas não é exatamente um bom trabalho para um pai de família.

E os vampiros não levam muito em consideração o conceito de "até que a morte nos separe". São mortos-vivos destruidores de lares.

— Esse Francis não me empolga nem um pouco — assegurei a Anna.

Anna piscou novamente, ainda sem sorrir.

— Então. — Dei uma cutucada nela. — Você não está assustada com ele, está? O cara é só um vampiro idiota que quer vir para a escola. O que o torna ainda mais idiota que os tipos comuns.

— É — disse Anna, tão baixo que eu mal pude escutar. — Posso... Posso falar com você a sós, Mel?

Ty e Cathy estavam conversando a respeito de algum documentário sobre vampiros e o quanto as informações nele eram precisas. Não estavam nem aí para a gente.

— Claro. Vamos.

Até o caminhar de Anna era lento, um pouco hesitante, como se ela fosse uma sonâmbula.

Ela e a mãe deram a impressão de que queriam ser deixadas em paz depois que o pai foi embora. Sei que tenho a tendência de me intrometer, mas depois de alguns telefonemas sem resposta eu tentei entender o recado.

Só que talvez eu tenha aceitado o recado fácil demais, pensei, enquanto Anna parava em um corredor sombrio e virava o rosto para mim. Talvez ela precisasse de uma amiga, e eu não estava lá para ajudá-la.

— Provavelmente não é nada — disse Anna abruptamente. — Mas eu acho que... você é boa em lidar com as coisas. Quando algo dá errado, você sempre resolve.

— Essa sou eu. Aquela que Cuida das Coisas. Eu devia me tornar cuidadora. Cuidadora de... Coisas.

Anna não riu, mas não dava para culpá-la. Eu mesma estava preocupada demais em oferecer a ela o meu melhor.

— Anna, se tem algo errado, me fala.

— Minha mãe está agindo de forma muito estranha.

— Acho que isso é normal... — comecei, mas Anna fez um gesto impaciente.

— Não dessa forma. Não tem a ver só com o luto. Ela desaparece e não quer me contar onde está indo. Está agindo como se tivesse um segredo.

— Que tipo de segredo?

Anna hesitou.

— Acho que tem algo a ver com a escola. Ela está passando muito tempo aqui.

Como eu já disse, a mãe de Anna é a diretora da escola, então passar muito tempo aqui não é exatamente fora do comum. Anna deve ter percebido a dúvida em minha expressão.

— É besteira. É besteira, eu sei. Não devia ter dito nada.

— Não é isso... É só que parece fazer sentido ela querer mergulhar no trabalho, né?

— Talvez — hesitou Anna. — Olha, finge que eu não disse nada, ok? Está tudo bem.

Ela deu alguns passou para longe de mim e então se virou.

Usando meus inquietantes poderes de observação, eu podia sentir que não estava tudo bem.

— Anna. — Segurei a mão dela, impedindo que saísse andando. — Não é besteira. Estou feliz que você tenha me contado.

— Provavelmente não é nada.

Por debaixo dos cachos ruivos, Anna parecia tão branca quanto uma folha de papel. Seu cabelo fez com que fosse chamada de Ariel durante anos, até que duas coisas aconteceram: ela ficou mais bonita do que a Pequena Sereia e passou a ter problemas mais sérios com o pai do que Ariel tinha com Tritão.

— Bem, vou me certificar — disse. — Vou ficar de olho e descobrir o que está acontecendo.

Anna ainda parecia desconfortável. Ser filha da diretora não era fácil, e por isso ela costumava manter as pessoas longe.

— Não é nada de mais. Eu só... só quis que você soubesse o que está rolando. Só isso. Desculpa por ter ficado distante nos últimos tempos.

— Ei. Não tem problema. — Dei um abraço rápido nela. — Você é minha amiga. Qualquer coisa que te faça sentir melhor é importante para mim.

— Jura? — Anna sorriu muito rapidamente. — Obrigada. — Depois de uma pausa, acrescentou: — Melhor a gente voltar.

Concordei.

— Algo espetacular pode ter acontecido. O belo Francis pode ter virado a cabeça e permitido uma visão de seu incrível perfil.

— Quantos dias você acha que vai demorar até alguém se cortar sem-querer-querendo só para chamar a atenção dele? — perguntou ela.

— Ah, o sangue escorrendo... O equivalente ao decotão no mundo dos vampiros — disse. — Particularmente eu prefiro um garoto que esteja a fim de ver meus peitos.

— Você é a classe em pessoa, Mel — disse Anna enquanto voltávamos para o refeitório e então vimos que Francis estava de pé à nossa mesa.

Sabia que eu não deveria ter deixado Cathy sem vigilância na presença de vampiros!

Corri em direção à mesa. As pessoas que levaram um empurrão? Bem, elas deveriam ter saído da minha frente mais rápido. Não perceberam que eu estava em uma missão?

—... só queria dar boas-vindas à escola e tal— disse Ty, o traíra. Como ele ousava dar boas-vindas a Francis! Isso só iria manter a sedutora presença morta-viva perto de Cathy por mais tempo.

Francis me lançou o mesmo tipo de olhar estranho de mais cedo, mas depois de uma curta pausa, ele disse:

— Obrigado.

Para meu grande alívio, Cathy estava paralisada de tal forma com a ousadia de Ty que sequer conseguiu lançar um olhar de adoração a Francis. Ela fitava seu prato tão intensamente que parecia estar tendo um momento de conexão de almas com a cenoura.

— Ah, oi — disse Anna por trás de mim, fazendo um óbvio esforço para ser educada. — Meu nome é Anna.

— Se quiser sentar com a gente, será um prazer — disse Ty a Francis. Foi difícil resistir à tentação de dar um tapa nele.

— Tenho certeza que Fran... Francis... — O murmúrio de Cathy ficou entalado em sua garganta. Com esforço, ela continuou: — É provável que ele tenha que voltar para a mesa dele.

Talvez o fato de Cathy manter o olhar para baixo, ou sua extrema cortesia, tenha combinado com o ideal de Francis a respeito dos modos de uma dama. Talvez ele estivesse sendo gentil por estar claro que ela estava nervosa.

Sua voz congelante ficou um pouco mais calorosa ao dizer:

— Seria um prazer me juntar a vocês.

— Que ótimo, Frank — disse a ele, e me enfiei com firmeza entre ele e Cathy.

Francis me olhou com frieza.

— Então vocês vampiros vivem para sempre — puxei assunto. — Você deve ter um monte de passatempos para não ficar completamente maluco, né? Minha avó acredita totalmente no tricô. Você tricota, Francis?

— Eu não tricoto — respondeu ele.

— Ah... Faz crochê?

Dessa vez ele não se deu o trabalho de me responder.

Primeiro dia de aula e, além das inscrições para as universidades, do serviço comunitário para dar uma melhorada no currículo escolar, de jogar esgrima pelo mesmo motivo (mas nesse caso tudo bem, porque eu adoro), eu tinha ingredientes adicionais em meu prato já cheio: acalmar Anna em relação à sua mãe e manter Cathy longe da tentação com caninos.

Eu gosto de me manter ocupada. Tinha certeza que eu daria um jeito.

Minha cadeira estava tão perto da de Francis que eu estava praticamente encostada nele. Até onde podia ver — e eu sabia que Cathy perguntaria sobre isso depois — ele era magro e musculoso. Não que eu quisesse contar isso a ela. Eu planejava relatar algo do tipo "braços molengas tipo bonecão do posto".

◆◆◆30

Francis era gelado também. Não como um cubo de gelo, mas tipo água em temperatura ambiente. Não era normal. As pessoas deviam ter 36 graus, não 22.

Dei um sorriso radiante ao estranho e frio Francis, juntei minhas mãos e disse:

— Dá para acreditar que o verão já acabou? Levanta a mão quem vai sentir falta do sol!

◆

Eu não passo todo o meu tempo sendo antipática com vampiros. Sou boa, principalmente naquilo que Anna havia mencionado: cuidar dos meus amigos. Anna e Cathy eram ambas muito mais inteligentes do que eu, mas as duas eram péssimas com pessoas. Até mesmo Ty tinha problemas de confiança, embora ele tentasse escondê-los. Sou a menos genial de nós, mas sempre fui boa em resolver os problemas dos meus amigos. Um dos provérbios do meu pai é: "Se você quer felicidade por toda a vida, ajude alguém."

Para mim faz todo o sentido.

Só que nenhum dos meus amigos já havia enfrentado um problema tão grande quanto o da Anna. Eu não sabia como ajudá-la.

Imaginei que um bom começo seria passar mais tempo com ela. Então, naquele dia depois da escola, deixei Ty e Cathy conversando com o resto da turma sobre o inesperado comportamento distraído do morto-vivo, peguei minha bicicleta — provavelmente só vou ser capaz de comprar um carro quando tiver, sei lá, uns 25 anos — e pedalei até a casa de Anna.

Havia um carro preto, enorme e novo na entrada da casa de Anna. Eu não o reconheci e fiquei imaginando de quem seria.

Quando toquei a campainha, a resposta acabou sendo a própria diretora Saunders.

Pisquei os olhos várias vezes ao vê-la, surpresa por ela estar em casa tão cedo no primeiro dia de volta às aulas, e ela também piscou para mim, como se tivesse acabado de acordar por minha causa.

Normalmente a diretora costuma estar com ótima aparência, mas no momento parecia magra e pálida e o cabelo estava desgrenhado. Imaginei que era normal, levando em consideração que o marido a tinha trocado por uma vadia morta-viva. Eu não podia me deixar influenciar tanto assim pelo que Anna tinha dito.

— Mel — disse a diretora Saunders lentamente. Ela ainda parecia estar despertando, mas seus olhos estavam muito aguçados para alguém que estivesse cochilando.

— É... — falei. — Oi! Estava pensando se Anna poderia sair?

Felizmente parei de falar antes de acrescentar as palavras "para brincar" ao final da frase. Aparentemente basta ficar um pouco ansiosa para regressar ao jardim de infância.

— Ela está fazendo o dever de casa — disse a diretora Saunders. — Agora ela não pode.

— Ah — falei. — Ah, tudo bem. Eu ligo mais tarde.

A diretora Saunders sempre agiu de forma distante, como diretora. Mas a questão era essa: ela era *mesmo* uma diretora. Ela sempre sorria de leve das nossas gracinhas e dava as respostas apropriadas.

Sempre foi uma mãe normal e nunca tinha agido de forma estranha. Bem, nunca até agora. (Diferente da mãe de Cathy, que odiava conflitos a tal ponto que tinha decidido que eles não existiam e respondia a todas as perguntas com "sim" mesmo quando queria dizer "não".)

— Foi animado hoje na escola. — Foi o meu comentário brilhante. Então acrescentei: — Com o novo aluno e tudo mais. Francis, o fabuloso.

A diretora Saunders pareceu magoada. Eu estava prestes a me desculpar por trazer à tona o assunto vampiros quando ela comentou:

— Não fale com ele, Mel — disse ela. — E não deixe que Anna fale com ele também.

— Por que não?

— Porque vampiros destroem pessoas — afirmou ela de forma tão ameaçadora que dei um passo para trás.

A diretora então fez um rápido cumprimento e fechou a porta.

Anna tinha razão: a mãe dela estava esquisita.

CAPÍTULO QUATRO

Sobre vampiros e humanos

Uma semana depois e eu não só não tinha descoberto nada de novo em relação ao tópico Anna, como a situação de Cathy estava ainda pior. Liguei para minha irmã, Kristin. E depois liguei novamente. Um bilhão de mensagens depois, e ela ainda não tinha retornado a ligação.

— Kristin — falei outra vez para sua caixa de mensagens. — Os conselhos sobre garotos, sobre homens, o que quer que seja, não são para mim. É muito mais sério do que isso. Cathy está babando por um cara, mas não é qualquer cara. É um morto-vivo insuportável que não some nunca. Socorro!

O sinal do fim do horário de almoço soou e eu fechei meu celular.

Kristin estudava moda na Parsons em Nova York. Às vezes, ficava semanas sem aparecer. Com certeza ela dormia em um ninho de amostras de tecido, mas em algum momento ela teria que ligar de volta. Ela sempre ligava.

Eu estava ficando desesperada. Sabia o que aquele sinal significava: hora de estudo na biblioteca.

Tradicionalmente, nós quatro aproveitávamos esse horário para fofocar e passar o tempo juntos. Tudo o que tínhamos de fazer era manter a voz baixa e sentar na área de discussões de trabalhos em grupo. Também ajudava ter algum mapa ou outro objeto que parecesse um projeto para se debruçar no centro da mesa. "Ah, a senhora quer saber o que estamos fazendo, querida bibliotecária? Planejando dominar o mundo!" Brincadeira. Estamos fazendo um trabalho em grupo sobre esse mapa. Obviamente. E planejando dominar o mundo.

Mas esse não era o nosso encontro, em quatro, de sempre. De alguma forma, Anna tinha sido substituída por Francis, que tinha se enfiado em nosso grupo.

Supus que o motivo era ele achar que Cathy era uma jovem muito comportada. Ele parecia lançar a ela menos olhares indiferentes do que reservava ao restante de nós.

Com certeza Francis não me considerava uma jovem muito comportada.

Anna estava sentada sozinha do outro lado, atrás de um muro de livros onde queria dizer me-deixem-em-paz-porque-estou-realmente-estudando.

Eu sabia bem que não deveria ignorar a fortaleza de livros e invadir seu espaço, mas eu sentia falta dela. Francis era um péssimo substituto. A hora de estudo/fofoca tinha virado aula de Humanos I. Na verdade, parecia que qualquer minuto livre tinha se tornado Humanos I. Francis estava sempre fazendo perguntas e anotando as respostas em seu caderno caindo aos pedaços. De mim ele não conseguia muitas. A menos que me irritasse.

Segundo ele eram informações para seu diário.

— Ele vem escrevendo nesse diário desde 1869 — disse Cathy, ofegante. — Tem ideia?

Francis nos olhava com orgulho, como se fosse algum tipo de façanha estar rabiscando coisas há tanto tempo. Mas o cara é um vampiro. O que mais ele iria fazer? Além de beber nosso sangue, é claro? Fazer qualquer coisa por muito tempo era fácil para um quase imortal.

— Ouvi você se referir a si mesma como um hadoque — comentou Francis. Eu conseguia vê-lo colocando a palavra entre aspas, como se estivesse pegando a expressão com uma pinça. — Você poderia me explicar o que esta analogia ao peixe significa em sua cultura?

— Eu não disse hadoque, eu disse ADOC! — exclamei.

— É uma abreviação. E quer dizer Americana de Origem Chinesa.

— Isso significa que você não fala chinês?

— Eu não falo nem mandarim nem cantonês nem hakka nem qualquer um dos dialetos chineses. Nem meus pais, que também são ADOCs — respondi, com expressão azeda.

Francis não reagiu à minha expressão da mesma forma com que tinha feito aos olhares de donzela em apuros de Cathy.

— Agradeço pela cortesia em me informar sobre o assunto — disse ele calmamente. — Tenho muito interesse na magia das outras culturas.

— Eu agradeceria se pudesse fazer a gentileza de buscar você mesmo essas informações — repliquei, fazendo minha melhor imitação de Francis. — Que tal se interessar pela magia das ferramentas de busca?

Desejei que as janelas não tivessem vidro fumê para eliminar os raios ultravioleta. Malditas regulamentações municipais.

Eu também estava cansada das vampiretes — que pareciam ser metade da população da escola — pairando na mesa ao lado, fingindo estudar enquanto na verdade estavam comendo Francis com os olhos. Cheguei a ouvir que algumas delas tentaram segui-lo até em casa. Felizmente, vampiros são bons na arte de desaparecer nas sombras e podem se movimentar mais rápido que a maioria dos humanos.

— Você poderia repetir? — Francis agora falava com Ty. — Você disse "chopada"? Com "ch"?

O cara estava falando de chopadas da mesma maneira como falou sobre eu ser ADOC, como se ambas as coisas fossem passatempos fofinhos de humanos.

Eu já tinha chegado ao meu limite. Em consideração a Cathy, busquei ser educada durante toda a semana — bem, ao menos na maior parte do tempo e, ok, educada segundo os meus padrões de educação —, mas, sinceramente, por que a gente tinha que ajudar o vampiro antropólogo?

— Sim — respondi. — Ty disse "chopada". Na verdade, é com *x*, mas ok. Uma chopada é um lugar onde os humanos se reúnem para venerar barris, que são os totens originais do povo Chopp, que aterrissou na Islândia.

Ty bufou. Ele não estava sendo de muita ajuda em minha campanha contra Francis, mas pelo menos ria das minhas piadas.

— Foi na Islândia mesmo, certo? Eu não me enganei, né? Estou supercerta de que foi lá que a espaçonave pousou.

— Espaçonaves na Islândia. Foi isso mesmo — confirmou Ty, ainda rindo.

Francis não estava anotando nenhuma das minhas palavras de sabedoria. Deixou de lado sua elegante caneta-tinteiro. Cathy parecia ansiosa.

— Ela não está falando sério, Francis. Mel gosta de fazer piadas.

— Ela é muito divertida — disse Francis.

Não revirei os olhos; Francis não merecia nem isso.

Cathy olhava para o vampiro com tamanha adoração que dava vontade de chorar. Como ela não conseguia ver quem ele era de verdade? O cara, sabe-se lá Deus por que, estava estudando nosso comportamento. Ele não se importava com a gente enquanto pessoas, mas como espécimes de seres humanos. Não faço a menor ideia do motivo pelo qual ele não simplesmente ligava a TV e pronto, todas as perguntas seriam respondidas.

Tentei dizer a Cathy que ele não estava ali com a gente porque gostava de nós e que ele não era tímido, mas minha amiga era bondosa demais para pensar mal a respeito de Francis. Sabia que para Cathy seria difícil até mesmo acreditar na maldade de alguém apontando uma arma para ela e exigindo dinheiro. Para ela, as anotações de Francis demonstravam seu desejo em aprender e se enturmar na Craunston High.

— Nós todos moramos na mesma cidade, mas quantas vezes interagimos? —perguntou Cathy para mim seriamente. — Quantas conversas na vida você já teve com vampiros?

Antes de Francis, nenhum, exatamente como eu gostava. Vampiros representam problemas. Pense nisso: hoje em dia, todas as transformações de vampiro são voluntárias. Afinal, que tipo de pessoa correria o risco de se tornar um vampiro? O processo pode tanto matar o candidato imediatamente quanto transformá-lo em um monstro babão e sem cérebro (o que o levaria a ser exterminado quase instantaneamente). Se a pessoa for muito sortuda, quem sabe se torne um vampiro. Ou seja, tem de haver algo errado com essa gente.

Vamos examinar quais são os prêmios mais uma vez: luz do sol direta nunca mais, risadas jamais. Você ganha a eternidade, mas não tem o senso de humor para aproveitá-la. Além disso, os vampiros não comem comida. Você não vai mais saborear um chocolate. Nunca mais.

Eu prefiro morrer.

Todos os candidatos a vampiro e *vamposer* me deixam perplexa. Quem escolheria a possibilidade da imortalidade em vez de chocolate?

Involuntariamente, meu olhar foi até um cartaz pendurado na parede, uma imagem de uma transformação malsucedida. Uma garota zumbi, com a expressão raivosa e o olhar vazio, estava atrás de barras de ferro. A legenda dizia: ELE NÃO VAI GOSTAR DE VOCÊ POR SEU CÉREBRO. VAMPIRISMO. PENSE DUAS VEZES.

Quase todas essas propagandas de utilidade pública eram meio idiotas e me deixavam louca. Mas eu apoiava cem por cento aquela campanha do slogan "Mordidas? Tô fora".

Ouvi o sinal para a nossa próxima aula, na qual, infelizmente e mais uma vez, estávamos todos juntos. Bem, aparentemente Anna não estaria. Ela continuava escondida atrás de sua pilha de livros. Queria poder me juntar a ela.

Francis e Cathy andavam lado a lado. Quase todas as cabeças se viraram para olhar com desejo para Francis e com inveja para Cathy. Provavelmente as pessoas teriam menos inveja se soubessem que ele estava perguntando a Cathy com quantos anos ela começou a andar e se ela se lembrava do processo.

Eu não podia deixar esses dois sozinhos. Kristin não tinha respondido às minhas muitas mensagens, e eu precisava encontrar sozinha uma maneira de me livrar dele antes que Anna deixasse de vez o nosso grupo e Cathy se ferrasse por causa de um cara. Parecia que eu não tinha muito tempo.

A dramática despedida de Cathy e Francis no fim do dia confirmou minha preocupação.

Ficamos parados em frente ao armário do vampiro enquanto ele pegava sua roupa de astronauta. Só eu, Cathy, Francis, e cerca de três dúzias de vampiretes.

Antes de colocar o capacete, ele disse:

— Devo retornar para meu Shade. *Au revoir*, minha querida.

Como se não soubéssemos para onde ele estava indo. Fiquei me perguntando se o restante do Shade era tão arrogante e irritante quanto Francis. Aposto que sim. Vampiros se agrupam em pequenas famílias de mentira, os Shades. Presumivelmente os demais escolheram Francis porque gostavam dele.

A ideia de haver mais de um Francis era apavorante. Fora isso, "minha querida"? Só as avós chamam a gente assim.

— Seu Shade? — repeti com ar inocente. Passei a semana inteira bancando a ignorante no assunto vampiros. Para irritar o cara sem ser obviamente grossa, sabe?

— Sim, Shade — disse Cathy. — Você sabe. É tipo um clã, mas não um clã de verdade — acrescentou ela ao ver o olhar de desaprovação de Francis e as vampiretes rindo. — Um coven? — Mais risos ainda. Quando Cathy fica nervosa, ela começa a se perder nas palavras. Coven? Clã? Ela sabia que ninguém chamava um grupo de vampiros de clã ou coven. — Ah, não, coven n-ã-ã-ã-o. Não estou dizendo que os vampiros são bruxas. Eles apenas são um tipo diferente de gente e em vez de viverem em famílias, como nós, vivem em Shades.

— Achei que eram chamados de ninhos — disse, me divertindo com o fato de todo mundo ao nosso redor prender o fôlego nesse exato instante. Exceto Francis, é claro.

— Mel! — exclamou Cathy.

Sim, agora eu estava sendo deliberadamente grossa. Eu sei, mantenha a classe! Mas Francis era irritante demais. Todo mundo sabe que *ninho* é o termo usado por caçadores de vampiros. Vampiros que, por sua vez, preferem chamar seus grupos de "assembleia" ou "conselhos". Eu até já tinha ouvido alguns usarem "cemitério", como em "cemitério de vampiros", mas aqui em New Whitby, aonde os primeiros colonos vampiros chegaram no venerável navio *NightShade*, eles chamavam esses grupos de "Shades".

Preciso esclarecer uma coisa: eu não concordo com esses malucos que querem matar todos os vampiros. Meus pais votaram "sim" na Proposta Quatro, e se eu tivesse votado teria feito o mesmo: matar vampiros ilegalmente deve ser punido de maneira tão severa quanto matar pessoas. Assassinato é assassinato. Eu não quero os vampiros mortos. Só quero que Francis vá para outra escola.

E, sim, eu sei que usar a palavra *ninho* não foi legal. Mas Francis é muito irritante e todo mundo o estava venerando mesmo assim. Eca.

Francis colocou o capacete, fez um aceno rápido com a cabeça e caminhou em direção à porta principal sem olhar uma única vez para trás. As vampiretes lançaram olhares mortais para mim e fugiram atrás dele.

A volta para casa foi silenciosa. Bem, não o tempo todo. Depois de merecer cinco quarteirões do silêncio desapontado de Cathy, eu consegui botar pra fora um pedido de desculpas.

Bem, isso se um "foi mal" interrompido por uma tosse pudesse ser considerado um pedido de desculpas.

— Eu sei que você não gosta dele, Mel. Mas eu gosto. Você *sabe* que eu gosto. Não estou pedindo para que você sinta o mesmo, apenas para que seja educada. Ele é invariavelmente educado com você.

Decidi que não era hora de comentar que ela estava começando a falar como Francis.

— Ah, ele é? — retruquei. — E toda aquela baboseira de ADOC? — Cathy hesitou e eu pressionei. — Já reparou que ele olha para mim e Ty de uma maneira diferente da que olha para você ou Anna? Vamos lá, Cathy. Admita que existe uma pequena possibilidade de Francis ser um pouco racista?

Ty é negro. Nem queira saber o que ouvi Francis perguntando a ele.

— Ah, não! — exclamou Cathy, chocada. — Ele não é racista.

Fiz uma pausa. Cathy não é idiota.

— Francis não é racista. — Cathy teve que repetir, como se falar duas vezes tornasse aquilo verdade. — Mas, você sabe, ele nasceu muito tempo atrás, e as pessoas pensavam diferente naquela época. Você não pode culpá-lo por isso.

Eu podia, mas não ajudaria em nada se Cathy não fosse culpá-lo também.

— Você realmente gosta dele? — perguntei em vez disso.

— Ele tem sido muito gentil com a gente. É interessante ter a chance de conhecer um vampiro.

— Não, Cathy, quero saber se você *gosta* dele.

Cathy não disse nada.

— Ele tem quase 200 anos!

Cathy continuou sem dizer nada.

Estávamos a apenas um quarteirão de casa.

— Você é minha amiga e eu me preocupo... — disse, mas a voz foi sumindo. Eu já tinha falado para ela tudo o que eu não gosto em vampiros em geral, tudo o que eu não gosto no arrogante e condescendente Francis em particular. Disse a ela que achava que a presença de Francis estava deixando Anna chateada, e Cathy respondeu que Anna não deveria ser preconceituosa com todos os vampiros por conta da atitude de apenas um deles.

Eu não tinha nada de novo a acrescentar.

— É que ele é tão interessante. Você consegue imaginar como é ser tão velho assim? Ter visto tantas mudanças? E ele é tão cavalheiro. Ele segura a porta para as pessoas passarem e faz reverências da forma como se fazia antigamente. É como se ele tivesse saído de um livro da Jane Austen.

Não comentei que os livros da Jane Austen foram publicados antes de Francis ter nascido. E não apenas porque eu sabia que Cathy tinha essa informação.

— Ele é o primeiro cavalheiro que eu conheço, Mel. Mas eu não estou apaixonada. Eu juro.

Deixei o assunto pra lá e me agarrei a essa promessa. Nós éramos melhores amigas há muito tempo. Eu odiava a ideia de alguém ser capaz de arruinar essa amizade. Então certamente eu não deixaria que um vampiro antropólogo excessivamente cavalheiro se intrometesse entre nós.

CAPÍTULO CINCO

O grande desastre dos ratos

No dia seguinte na escola meu comportamento foi exemplar. Não falei uma única coisa irritante para, sobre ou perto de Francis.

Minha habilidade de não dizer nada maldoso para o vampiro foi potencializada pelo fato de não termos muitas aulas juntos às terças.

Durante quase todo o dia, não prestei atenção nele, mantive minha boca fechada e resisti bravamente à vontade de ir me esconder com Anna na biblioteca.

Cathy parecia muito feliz em ver que estávamos nos dando bem. Olhar em seus olhos era como vislumbrar duas piscinas escuras e brilhantes — como estar em um oceano calmo ao luar.

Para falar a verdade, isso me deixava igualmente mareada.

Francis estava novamente ao lado de Cathy na hora do almoço e continuava fazendo um monte de perguntas insanas: qual era o alcance da nossa habilidade olfativa, se lembrávamos de nossa relação com nossas mães enquanto ainda bebês, e quais foram as primeiras histórias que ouvimos. Tantas perguntas implorando por respostas incisivas e perversas. Era doloroso ficar calada. Ty até apertou minha mão para demonstrar que entendia o tamanho do meu esforço em ser educada. Ty... Eu amo esse garoto, mas ele não é o cara mais observador do universo.

Tudo isso me deixou sem fome. Peguei uma maçã e enfiei na bolsa para mais tarde, quando eu inevitavelmente ficaria faminta demais para pensar.

Ao descermos as escadas para o primeiro andar, Francis me perguntou sobre minhas alergias, e eu pensei em tantas respostas mal-humoradas que comecei a achar que ele estava me torturando de propósito, mas disse com firmeza:

— Essa é uma pergunta muitíssimo pessoal, Francis, e eu não me sinto à vontade para respondê-la.

— Muito engraçado, Melanie — disse Francis, e aquele não era o meu nome, embora as pessoas sempre achassem.

Eu não vou contar qual é o meu nome inteiro, mas vou contar que meu irmão se chama Lancelot.

É muito injusto que o primeiro filho, Kristin, tenha recebido um nome normal e então nossos pais resolveram inovar com os dois filhos mais novos. Éramos pequenos e indefesos demais para lutar contra tal atrocidade. Então, no que diz respeito ao resto do mundo (exceto por Cathy), meu nome é simplesmente Mel.

— Uma verdadeira dama jamais sonharia em discutir aspectos de sua saúde em um grupo misto — disse a ele.

— Tudo para você é motivo de piada? — indagou Francis, soando um pouco indolente.

Essa era a palavra de Francis para "grosso".

— Não tudo — disse. — Mas é a única maneira de lidar com você.

Os lábios de Francis se contorceram.

— Eu lido com você, como colocou, permanecendo cortês apesar de suas insensatas tentativas de fazer piada.

— Todo mundo ri das minhas piadas — disse. — Ah, foi mal, esqueci. Você não tem essa capacidade, não é?

Ouvi o silvo da respiração de Cathy, tão agudo como se ela tivesse visto alguém ferido. Ty deu um passo para trás para evitar ser contaminado por mim. Foram os únicos sons em um profundo silêncio.

Sabia que eu tinha passado completamente do limite. Não se pode dizer uma coisa dessas para um vampiro. É o mesmo que zombar de crianças com óculos por não terem a visão perfeita.

Vampiros vivem para sempre, é verdade. Sim, eles são (em sua maioria) lindos, e, desde que passaram a poder coletar sangue no hospital, não precisam mais machucar ninguém. Mas como eu devo ter comentado uma ou duas vezes antes, existem desvantagens — já mencionei não poder comer chocolate? —, e o pior aspecto é que não poderem sentir as coisas da mesma forma que nós. Eles não choram e não riem.

Um dos poucos vampiros que permitiu ser entrevistado sobre o tema descreveu a transformação como sendo renascer em um mundo sombrio, onde nada é real de verdade e nada possa realmente afetá-los. O vampiro pareceu achar isso uma coisa boa. (Viu? Que tipo de pessoa quer se tornar vampiro?)

Percebi que apontar a inabilidade de Francis em rir me fazia parecer um membro de um grupo antivampiro. Juro que não acho que eles sejam assim por não terem alma. Eu acredito na explicação científica: que isso é uma proteção evolutiva que eles desenvolveram para poder lidar com todo o estresse e sofrimento de suas longas vidas. Basicamente, as emoções não existem para que possam sobreviver.

Eu não viraria vampiro nem por dez milhões de dólares. Prefiro viver rindo por um ano a viver sem rir por cem.

Mas falar isso para um vampiro é puramente grosseria.

Eu estava abrindo a boca para pedir desculpas a Francis quando a correria começou. Houve o som de alguma coisa se quebrando e alguém berrou. Então muitas pessoas gritaram. Começamos a correr escada abaixo quando fomos atingidos por uma multidão de gente que subia, gritando e empurrando.

Eu já estava perto da parede quando comecei a descer, mas foi preciso largar a mochila e realmente grudar o corpo na parede para não ser esmagada. As pessoas passavam por nós gritando na nossa cara. Uma garota mais nova, que eu reconheci do grupo de debate, caiu de joelhos na minha frente. Voltou a ficar de pé tão rápido como se fosse da equipe de corrida. Eu me espremi mais ainda contra parede, evitando por pouco uma cotovelada no rosto. Alguém chutou minha canela com o que parecia ser a ponta de uma botina, e eu pressionei as escápulas contra os tijolos, me negando a cair.

— Corre! — berrou alguém.

Corre!, meu cérebro disse. Eu não conseguia me mexer. A multidão tinha diminuído o suficiente para que eu finalmente visse do que fugiam.

Correndo escada acima como um carpete vivo — cinza, comprido e grosso —, estavam dezenas e dezenas de ratos.

CORRE!, meu cérebro insistia.

Continuei paralisada, o que foi a única coisa que me impediu de gritar como Cathy e Ty. Dei uma olhada rápida para o rosto dela: estava pálida e pastosa como leite desnatado. A mesma cor da pelugem de alguns dos ratos, embora a maioria deles fosse cinza-escuro ou marrom. Os olhos eram cor-de-rosa. Um cor-de-rosa aquoso. Tentei sair dali me arrastando ao longo da parede, para longe daqueles bichos e do empurra-empurra da plateia que assistia ao Show dos Ratos.

Nunca tinha visto tantos ratos antes. Por um momento bizarro comecei a contá-los. Era isso ou desmaiar, o que era obviamente inaceitável porque sou muito orgulhosa e porque os ratos passariam pelo meu rosto.

Eu podia sentir minúsculas garras afiadas e caudas escamosas sobre os meus pés — belo dia para vir de sandálias. Continuei contando, cheguei a 64 ratos e então precisei recomeçar. Me recusava a olhar para baixo, para os que estavam tocando os meus pés, corpos cobertos de pelo que se retorciam junto a meus tornozelos.

Eu sentia muita inveja de quem estava com botinas com biqueira de aço naquele dia.

Até que, finalmente, acabou. Não havia mais uma profusão de ratos passando. Todos tinham subido a escada ou saído pela porta principal. A multidão barulhenta também tinha ido sabe-se lá para onde.

Tentei não olhar para os bichos que não tinham conseguido fugir da debandada humana. Havia uma quantidade horrível de pedaços de rato espalhada pela escada e pelo piso inferior.

— Mel — disse Ty. A alguns degraus acima, ele estava de pé e parecia ostentar o início de um lábio bem inchado.

Francis e Cathy estavam de pé em cima do corrimão. Francis usava toda a sua força e agilidade vampiresca para se equilibrar perfeitamente na barra estreita, como se fosse um trapezista. Cathy mantinha-se segura nos braços dele. Uma das mãos dela apertava a lapela da jaqueta do vampiro; a outra, envolvia sua nuca.

Os dois estavam se encarando e não davam a menor bola para mim ou Ty. Os olhos de Cathy permaneciam arregalados e fixos no rosto de Francis com esse olhar que eu não sei descrever. Suplicando, implorando, venerando.

Assustador.

Parecia que havia uma bolha de silêncio em volta deles, como se fosse um espaço sagrado.

Eu tossi. Bem alto.

Francis tomou a iniciativa e recuou, mas só um pouquinho, e então ele não estava mais tocando em Cathy pra valer. Os dedos agora pairavam na base das costas dela, prontos para segurá-la caso perdesse o equilíbrio.

— Está tudo bem com você? — perguntou Francis gentilmente.

— Sim — respondeu ela, também gentilmente. — Obrigada.

— Aqui embaixo também estamos todos bem, viu? — comentei. — Obrigada por perguntar, pessoal!

Francis dobrou totalmente o corpo para pousar Cathy no chão como se ela fosse feita de porcelana. Parecia ter sérias ressalvas quanto a ser ou não prudente permitir que os pés dela tocassem no chão. Qualquer pessoa seria incapaz de manter o equilíbrio fazendo aquilo, mas é claro que ele era capaz, e no segundo seguinte já estava ao lado de Cathy.

Novamente, não estava exatamente tocando em Cathy, mas pairava perto dela.

Percebi que Francis não a olhava mais como se ela fosse seu rato de laboratório preferido. Cathy fitava o chão e estava ficando corada num tom de vinho tinto que provavelmente era — ah, não... — superatraente para vampiros. Havia uma coisa estranha pairando no ar. Um pouco parecido com o que se imaginaria daquele momento na Bíblia, logo depois que Adão e Eva comem a maçã e dizem: "Estamos totalmente nus... Que constrangedor."

Os alto-falantes deram seu estalo e estampido habituais.

— Isso deve ser um bom sinal — disse Ty.

— AS AULAS ESTÃO SUSPENSAS DEVIDO A UMA INUNDAÇÃO NO PORÃO.

O resto do comunicado se perdeu em meio aos gritos pontuados por algumas comemorações. Imaginei todos aqueles ratos escapando por um cano furado no porão. Tremi só de pensar.

A diretora Saunders veio subindo a escada.

— Vocês não ouviram? — perguntou ela. — As aulas estão suspensas.

As meias delas estavam rasgadas, e um joelho, sangrando, e havia uma grande mancha negra por toda a sua saia. Ela tropeçou e então acenou para mim como se tivesse tido intenção de fazer aquilo.

— Houve um problema no encanamento e aparentemente existiam ratos no porão — disse ela com uma voz firme e autoritária, que era o oposto de sua aparência. — Nada com o que se preocupar. A empresa de dedetização já está vindo. Todos para casa.

— Sim, senhora — disse Ty.

— Belo trabalho para uma diretora, não é? — Ela sorriu para mim, mas estava observando também um rato esmagado que jazia em um dos degraus.

— Ainda bem que existem faxineiros — disse, tão animada quanto consegui.

A diretora Saunders não respondeu.

Seu olhar tinha passado para Francis, cujo cabelo louro parecia uma auréola sob a luz filtrada pelas janelas com vidro fumê. Os olhos dela se encheram de ódio por um segundo e então ficaram inexpressivos, como se estivesse com tanto medo a ponto de sequer saber como lidar com o vampiro.

A mulher tinha pavor dele.

Ela sabia de algo que nós não sabíamos.

O que quer que estivesse errado com a diretora Saunders — e cada vez eu ficava mais convencida de que Anna parecia certa e de que havia sim algo muito errado —, Francis estava envolvido. Eu só tinha que descobrir o quê.

A diretora Saunders deu meia-volta e foi embora apressada, seus passos soando irregulares, como se ela continuasse tropeçando.

Cathy obviamente não percebeu nada, porque ainda tinha os olhos fixos no chão, Francis mantinha-se ainda muito perto dela.

Como era a única coisa que eu podia fazer, me curvei e peguei minha mochila. Ouvi um leve som vindo de dentro dela. Uma protuberância se formou por um instante e então o corpo alongado e peludo de um rato cinza-claro saiu. O bicho caiu no chão e fugiu. Minha maçã, agora mordida, saiu rolando da mochila logo em seguida.

Fiz o que tinha prometido a mim mesma que não faria — gritei.

Não durou muito tempo, no entanto. Vampiros podiam estar aterrorizando a diretora e hipnotizando minha melhor amiga, ratos podiam estar invadindo a escola e minha mochila, mas histeria não iria resolver nada daquilo. Não tinha mais ninguém além de mim para resolver as coisas.

Coloquei a mochila no ombro, prometendo a mim mesma que a deixaria de molho no desinfetante aquela noite. Logo depois que eu mesma me desinfetasse.

Ty estava sufocando uma risada. Fiquei com vontade de dar um soco nele. Em vez disso, disse a ele:

— Posso ouvir você pensando em algum tipo de piada com "deixar o rato fora da bolsa", Ty. Tenho um conselho para você: fique de boca fechada.

CAPÍTULO SEIS

Em casa com raiva

Sabendo que meus pais não estariam em casa por mais algumas horas, bati a porta da frente com toda a minha força. Fiquei um pouco desapontada pelo fato de a porta não ter quebrado ou caído da dobradiça, mas ainda assim foi extremamente gratificante. O estrondo ressoou pela casa toda.

Meu irmão, Lancelot, desceu as escadas pisando firme, parou ao pé da escada e sorriu.

— O que você quer, Lottie? Por que está em casa tão cedo?

Como sou mais velha do que ele, é meu trabalho atormentá-lo com apelidos horríveis.

Estava considerando bater a porta novamente para me livrar do que ainda havia de raiva em mim por um-vampiro-estar-seduzindo-minha-melhor-amiga, mas implicar com meu irmão teria o mesmo efeito.

— Eles estão em casa — disse Lancelot, segundos antes de meu pai sair de seu escritório com os braços cruzados e me lançar seu olhar mortificante. Minha mãe já estava no topo da escada, provavelmente tendo saído de seu escritório. Ela também me encarava com um olhar assassino.

Papai passou por mim para inspecionar a porta.

— Não parece ter quebrado — disse ele, abrindo-a e fechando-a para confirmar.

— O que diabos foi isso, Mel? — perguntou minha mãe.

— Dia ruim — disse. — Desculpa.

— Então vamos falar sobre isso — sugeriu mamãe. — Meu escritório — ordenou ela, começando a voltar para o andar de cima. — Agora.

— Que tal no meu escritório? — retrucou papai.

— Sim — respondi rapidamente. — Estou mal-humorada demais para subir as escadas.

Mamãe ergueu uma das sobrancelhas, obviamente não engolindo a minha história. Ela sabia que nenhum de nós queria pisar em seu domínio. Minha mãe é uma bagunceira. Odeia trabalhos domésticos. É incapaz de colocar qualquer coisa de volta no lugar de origem. Nas raras ocasiões em que prepara uma refeição, é como se a cozinha tivesse explodido. Devemos ser a única família no mundo em que os filhos mandam a mãe arrumar o quarto.

— Tudo bem — disse ela, voltando para o andar de cima.

Lancelot foi atrás dela.

— O que você acha que está fazendo, rapaz?

— Seguindo você, mãe.

— Desista.

— Não quer me deixar ver como você lida com essa crise doméstica para que eu possa aprender o que não fazer e assim continuarei sendo o seu filho mais comportado?

— Pirralho — falei baixinho.

— Não — respondeu mamãe. — Não quero. Vá jogar bola. Ou arrumar a cozinha. — Ela não sugeriu que ele fizesse o dever de casa, pois havia grandes chances de que ele já tivesse feito. Provavelmente meses antes. A coisinha traiçoeira era irritantemente inteligente. Assim como nossa irmã mais velha, Kristin, o gênio que acabou com a vida dos pais (bem, mais do papai) quando decidiu não cursar a faculdade no MIT ou em Harvard. Não que eles fossem contra ela ir para uma faculdade de moda, mas ficaram chateados pelo desperdício de sua genialidade. Só ficaram um pouco mais tranquilos quando Kristin disse que design de moda tinha tudo a ver com geometria, história, química e sociologia.

Papai abriu a porta e me conduziu para dentro.

O escritório é igual a ele: caloroso, confortável e à moda antiga, mas também muito organizado. Havia três paredes repletas de estantes de livros, a maior parte deles de textos jurídicos. Tanto minha mãe quanto meu pai são advogados; na verdade, eles se conheceram enquanto atuavam como advogado de defesa e promotoria durante um julgamento. A mesa dele era grande e de madeira e tinha pelo menos 50 anos. Os souvenires em cima dela — estatuetas de dragão, tigre e fênix — estavam arrumados de acordo com os princípios do *feng shui*. Papai curte esse lance de tradições. E velharias de maneira geral.

O detonado sofá no qual eu me joguei, modelo Chesterfield, provavelmente era mais velho do que a mesa. Já a cadeira de trabalho era elegante, moderna, de couro preto, criação de algum designer famoso. Kristin saberia dizer quem. Ela que tinha escolhido.

Mamãe se sentou ao meu lado e papai, na cadeira, colocando os pés em cima da mesa. Algo que ele não conseguiria fazer se estivéssemos no escritório da mamãe. Não havia superfícies vazias lá. Incluindo o chão. Possivelmente nem mesmo o teto. Não tinha certeza, porque já fazia um tempo desde a última vez que eu tinha tido coragem o suficiente para me aventurar por lá.

— Então — disse mamãe. — Por que você está em casa tão cedo e o que aconteceu de tão ruim para você ter tentado arrancar a porta da dobradiça?

— Ratos — respondi.

— Como é? — perguntou papai.

— Houve uma invasão de ratos na escola. Centenas deles. Subiram do porão em cima da gente. E eu de sandálias. Suspenderam as aulas.

Meus pais olharam para os meus pés.

— Ratos. Passando pelos meus dedos.

Nós três tivemos um calafrio.

— Meu plano ao voltar para casa era: bater a porta, tomar quatro mil banhos.

— Mas foram os ratos que deixaram você com raiva? — perguntou papai. — Porque no seu lugar eu teria ficado com medo, não com raiva.

— Eu fiquei com medo. Quem me deixou com raiva foi Cathy.

Meus pais se entreolharam. Eu e Cathy tínhamos uns 5 anos da última vez que brigamos. Eu cortei o cabelo de sua boneca preferida. Cathy não ficou feliz de sua Barbie ter ganhado um moicano.

— Ela está apaixonada por um vampiro.

— O aluno novo? — perguntou papai, como se houvesse outro vampiro por quem Cathy pudesse ter ficado caidinha.

— Sim.

— Mas você já sabia — disse mamãe. — Você me falou sobre isso na semana passada.

— Sim, mas agora pode ser que seja mais do que uma simples paixonite. Ela ficou com aquele olhar ele-é-o-meu-amor-verdadeiro. E agora o idiota do Francis, o vampiro, está dando corda pra isso. Só que ele é muito mais velho do que ela e eles não têm nada em comum. Francis vai magoar Cathy.

— E foi por isso que você bateu a porta? — perguntou mamãe.

Fiz que sim com a cabeça.

— Ah, querida — disse ela. — Quando somos jovens o amor é assim mesmo. A gente se magoa. Tudo o que você pode fazer é ficar do lado dela, assim como ela sempre fica do seu.

Tudo bem, eu sabia por experiência própria que namorar um cara normal também podia dar muito errado.

Mesmo relutante, concordei.

— Mas ele é um vampiro. Você não acha que isso torna as coisas um pouco diferentes do que se fosse com qualquer outro garoto?

— Na verdade, não — interveio papai. — Amor é amor. É doloroso para qualquer um.

— Bem — argumentou mamãe —, tem seu lado positivo também. — Então ela e papai trocaram um daqueles olhares de você-é-o-amor-da-minha-vida. Tentei não vomitar. Ela me deu um abraço rápido e acrescentou:

— É isso o que está chateando você?

— Basicamente.

— Só a vida amorosa de Cathy? Nada mais? — indagou papai. — Como está a Anna?

Antes que pudesse evitar, me encolhi diante da pergunta. Estava tentando não pensar no rosto pálido de Anna e no fato de ela ter se afastado da gente, e na diretora Saunders em pé na porta como um anjo vingador com aquele olhar de pânico para Francis hoje.

Mas eu precisava pensar. Anna tinha me procurado para pedir ajuda. Se Francis estivesse envolvido em qualquer coisa que deixasse a diretora Saunders chateada...

— Você está assim tão preocupada com ela? — A voz de mamãe tinha suavizado.

— Estou cuidando de tudo — disse.

Eu iria cuidar de tudo. Só não sabia como ainda.

— Podemos mudar de assunto? — continuei. — Não querem saber para qual universidade eu vou? O que vou fazer da vida? Ah, mas peraí... São coisas que não posso responder. Porque ainda não sei.

— Querida — disse papai, se aproximando para desarrumar meu cabelo. — Como nós já dissemos a você, com 17 anos é absolutamente normal não saber o que se quer fazer da vida. Eu só decidi ser advogado quando já estava trabalhando há quase cinco anos em TI.

Já tinha ouvido isso antes.

— Eu sei, pai. Não estou assim tão preocupada — menti.

— Não fique — consolou mamãe. — Você vai se sair bem não importa o que decida fazer. Inclusive limpando a cozinha, que é o seu castigo por ter agredido a porta e os nossos ouvidos. Fiz lasanha para o jantar. A cozinha ficou um pouquinho bagunçada.

CAPÍTULO SETE

Camuflagem de livros

No dia seguinte, na escola, tentei falar a sós com Cathy, mas Francis ficou grudado nela o dia todo. Carregando a mochila dela, todo solícito. Conversando com ela sobre história, filosofia e — pior ainda — poesia. Por que não podia simplesmente voltar a interrogar Cathy sobre sua asma durante a infância? Francis pairava sobre Cathy como uma nuvem tóxica — uma nuvem tóxica incrivelmente loura e bela.

Tive que ficar à espreita para pegá-la no único lugar em que eu sabia que Francis nunca iria.

Banheiro feminino.

Fiquei encostada na pia do banheiro enquanto Cathy saía de uma das cabines. Minha pose era extremamente casual, como quem diz "eu gosto da pia do banheiro". Não tinha nenhum outro lugar para ir. Poderia ficar ali o dia inteiro encostada.

Cathy se encaminhou para a pia ao lado da minha. Ela me deu uma rápida olhada com o canto do olho enquanto esguichava sabonete nas mãos. Era provável que minha pose casual estivesse um pouco comprometida pelo meu olhar fixo nela.

— Então — comecei. — Ontem. Que loucura, né?

Cathy deu o seu habitual sorriso discreto.

— Pois é.

— Uma praga de ratos recaindo sobre nós — falei. — Com certeza todos nós falamos coisas, ou possivelmente gritamos coisas — ou nos apaixonamos por algum vampiro — que não eram pra valer.

— Sinto muito que os ratos tenham *realmente* encostado em você — disse Cathy. — Foi horrível.

— Foi mesmo, mas chega de falar de mim. Vamos falar sobre você! E Francis.

— Ele não foi maravilhoso? — perguntou Cathy rapidamente, como se não pudesse conter sua admiração por mais nem um segundo. Seus olhos brilharam. — Ele me tirou do chão como se eu não pesasse nada. E foi tão cuidadoso. Como se tivesse medo de que eu fosse quebrar. Francis é tão cavalheiro. E me salvou — suspirou ela.

— É, então. Eu queria saber mais sobre isso — falei. — Quer dizer, é claro que você está grata e é fácil confundir gratidão com outras coisas. Mas já determinamos que você não gosta dele de verdade, certo?

Sutil. Eu sou muito sutil.

Cathy ficou vermelha.

— Bem — começou ela —, eu realmente disse que eu não estou apaixonada por ele.

— Sim. Sim, você disse! — exclamei.

— Eu tentei não gostar dele de verdade — retrucou Cathy. — Eu tentei mesmo. Ele é mais velho, é vampiro, é superbonito e encantador, e sabe tantas coisas. Acho que era impossível.

Fiz que sim com a cabeça para aquela parte do impossível e balancei negativamente na parte do Francis encantador. Deve ter parecido que eu estava tendo uma contratura muscular no pescoço.

Cathy franziu a testa por um segundo e então voltou a lavar as mãos. Suas bochechas ainda estavam rosadas.

— Não estou dizendo que com certeza ele também goste de mim ou coisa do tipo — murmurou. — Mas ontem eu tive a impressão de que... de que talvez ele goste.

— Mas... — comecei, e foi o máximo que consegui falar antes de Cathy olhar para mim.

— Você já se sentiu tipo... — Ela fez uma pausa. — Desconectada do mundo? Como se você não se encaixasse, como se não estivesse interessada nas mesmas coisas pelas quais as pessoas se interessam? Como se você pertencesse a um mundo totalmente diferente?

— Todo mundo se sente assim de vez em quando — disse. — Aí você come chocolate até a endorfina bater, e todos os pensamentos malucos desaparecem. — Abri um sorriso para ela.

— Eu me sinto assim muitas vezes — confessou Cathy. — Mas nunca com Francis. Ele se interessa pelas mesmas coisas que eu. Ele viu épocas diferentes, com costumes e noções diferentes de moral. Ele consegue entender a história como se tivesse vivenciado aqueles momentos porque ele *realmente* vivenciou alguns. Francis aprecia de verdade os grandes clássicos como as pessoas no passado apreciavam.

Com Francis, eu estou sempre interessada. Nunca quero estar em um mundo diferente.

— E com isso você quer dizer que ...

— Sim — admitiu Cathy. Ela olhou para o chão, como se não pudesse olhar em meu rosto enquanto confessava. — Estou apaixonada por ele.

◆

— Então quer dizer que Cathy e Francis estão apaixonados — disse Anna, por detrás de sua fortaleza de livros.

— Não tinha me tocado que as notícias chegariam até seu covil secreto. — Fiquei na ponta dos pés para pegar um dos livros no topo da pilha. — *História Natural dos Apalaches*? Para que aula é isso?

— Eu gosto de árvores — disse Anna. — Muito. Esse assunto Cathy-Francis já virou fofoca e está correndo pela escola. Todo mundo já viu os dois vagando por aí, conversando sobre literatura do século XVIII.

— Que excitante — falei, suspirando. — Francis nem sacou o negócio na frente dela hoje. E por negócio eu quero dizer caderno.

Anna assobiou.

— Será que o amor recém-descoberto fez com que ele se esquecesse das anotações? Parece que está levando isso a sério.

— Como se ele levasse alguma coisa não a sério — falei, colocando meu pé na cadeira antes de mudar de assunto.

— Então, aposto que você está pensando: "Por que a Mel, apesar de toda a catástrofe com os ratos e o fato de a escola estar fedendo a desinfetante e todo esse desastre romântico vampiresco, está parecendo tão contente?"

— Hum — disse Anna. — Acho que eu estaria pensando nisso sim, se eu conseguisse enxergar você.

Usando como referência o ponto onde a voz dela soava mais perto, comecei a desmontar a fortaleza de livros para que Anna pudesse ver o meu rosto sorridente.

— *Manual de Acústica Submarina*? *Canções de Pobreza e Morte*? Estranho, Anna, muito estranho. Não estou vendo a mínima ligação entre esses livros.

— Sou uma mulher de muitos interesses.

— Ou uma mulher que pegou qualquer livro que estivesse por perto para construir uma fortaleza.

Agora dava para ver o rosto de Anna. Ela parecia mais pálida do que o normal.

— Tenho uma teoria sobre a sua mãe — comentei. — Eu acho que Francis a está ameaçando ou algo assim.

Não estava muito claro para mim por que o vampiro poderia estar ameaçando a diretora Saunders, ou o que ele poderia querer. Mas eu realmente gostava da ideia de Francis estar envolvido em acontecimentos malignos.

— Por que Francis estaria ameaçando a minha mãe?

Contei para ela sobre a expressão no rosto da diretora depois da debandada dos ratos.

— Bem suspeito, não?

Anna não estava impressionada com meus poderes de dedução.

— Na verdade, não. Minha mãe não gosta mesmo de vampiros. Ela já não gostava antes do meu pai ir embora. Mas agora está pior.

— Ah — falei. — Faz sentido.

— Você lembra como meus pais eram, Mel. — Ela baixou o tom de voz. — Antes de ele deixar a gente.

Segundo Anna, os pais dela eram totalmente apaixonados um pelo outro. Estavam juntos desde o primeiro ano da faculdade, e segundo Anna, a cada ano que passava apaixonavam-se ainda mais. Para ser sincera, nunca achei que estivessem assim tão mais apaixonados do que os meus próprios pais. Não eram de ficar demonstrando o tempo todo. Eu tinha visto os dois de mãos dadas algumas vezes, sorrindo um para o outro, mas minha mãe e meu pai agiam assim quase todas as noites. Só que Anna estava convencida de que era o amor do sr. e da sra. Saunders era o amor do século.

Até que o pai dela fugiu. Com uma vampira.

— E se Francis tiver provocado o apocalipse dos ratos como, sei lá, um aviso? E se o que testemunhei foi ele dando o recado com aqueles olhos azuis de aço, deixando sua mãe apavorada?

Anna fez um barulho meio engasgado. Não dava para saber se estava rindo ou não.

— A preocupação com Cathy fundiu seu cérebro, Mel. Você está dizendo que acha que Francis é responsável pela praga dos ratos e por assustar minha mãe — disse Anna lentamente. — Ao contrário de, sei lá, dizer que foi justamente a praga dos ratos o que a deixou apavorada. Soube que ela não foi a única a ficar transtornada.

Dei de ombros, tentando não me lembrar da sensação dos ratos passando pelos meus pés. Minha teoria realmente parecia pouco provável colocando as coisas dessa forma.

— Não se preocupe com Cathy — garantiu Anna. — O amor não dura. Francis não vai ficar aqui por muito tempo. Ele é vampiro, milhões de anos mais velho do que ela. Logo, logo vai ficar entediado.

Chocada, encarei Anna em silêncio pelo que pareceram horas. De alguma forma sua intuição percebeu que não tinha me tranquilizado totalmente.

Anna pigarreou.

— Além disso, minha mãe está fazendo de tudo para expulsá-lo daqui.

— Sério? — Falei alto demais. O calouro estudioso na mesa ao lado olhou com raiva para nós. A biblioteca estava mais cheia do que o normal. Talvez porque o refeitório ainda estivesse com cheiro de desinfetante. Nenhum rato tinha entrado na biblioteca.

— Ela está contestando a matrícula dele — comentou Anna calmamente. — Disse que era inapropriado ter um vampiro na escola, que isso colocava os alunos em risco. Embora ele já esteja aqui, ela ainda não desistiu. Pediu para que eu ficasse longe de Francis, me fez jurar que não me envolveria com ele e que não falaria nada se ele me fizesse perguntas.

— Isso não é um pouco de exagero?

Por que a diretora Saunders pensaria que Francis fosse questionar Anna? Tirando o fato de que a própria me preveniu para não falar com ele e não deixar que Anna falasse também.

A Diretora estava agindo como se o cara fosse perigoso.

— Depois do que o meu pai fez? Não consigo pensar em nada que seja exagerado. Ele se despediu por mensagem de texto, Mel. Por *mensagem de texto*. Ele sequer esperou eu voltar do acampamento. — Os olhos dela se encheram de lágrimas.

Eu estava no acampamento de esgrima com ela quando a diretora Saunders veio dar a notícia e levá-la para casa. Anna ficou arrasada. Foi horrível. Mas essa era a primeira vez que ela falava sobre a mensagem de despedida. Eu não sabia o que dizer, então fiz um carinho em seu ombro. Como ele pôde ser tão cruel? Por quê?

Dava para entender por que Anna não quis sair muito depois disso. Mais uma vez, desejei ter me esforçado mais para estar com ela. Eu devia ter ido até a casa dela em vez de aceitar quando ela me dispensava. Minha amiga tinha precisado de mim e eu não estive lá. Ela *ainda* precisava de mim.

— Sinto muito — falei por fim.

Eu iria ajudar Anna e a mãe. As duas queriam Francis longe da escola, e eu também. Talvez fosse só isso que estivesse errado com a diretora Saunders: a constante presença de um vampiro em seu ambiente de trabalho tornava impossível colocar de lado seu sofrimento pessoal e se concentrar na função.

Cheguei mais perto dela e falei bem baixinho, em parte porque se tratava de um plano e em parte porque a bibliotecária já estava me olhando de cara feia.

— Mas eu tenho uma ideia.

Anna gemeu baixinho.

— Vou precisar da sua ajuda — acrescentei.

CAPÍTULO OITO

A grande aventura depois da aula

Foi assim que, mais tarde, eu e Anna acabamos nos corredores escuros da escola naquela noite, andando na ponta dos pés. (Depois de nós duas termos feito os deveres de casa e ido ao treino de esgrima. O que foi? Cathy não é a única que quer passar para uma boa universidade, embora eu ainda não soubesse para qual boa universidade eu queria ir.) Eu tinha dito à Anna que nosso objetivo era o arquivo de Francis, que poderia nos dar algumas pistas sobre ele.

Anna não estava totalmente convencida da genialidade desse plano.

A escuridão era quase tão ruim quanto o fato de o ar ainda estar fedendo a desinfetante. Um dia de aula não tinha sido o suficiente para amenizar. Nossos olhos começaram a lacrimejar.

68

Sendo justa, eu tinha certeza de que isso era melhor do que fedor de entranha de rato.

— Não acredito que estamos fazendo isso — disse Anna, atrás de mim. — Não acredito que concordei em fazer isso.

Anna tinha levantado algumas pequenas objeções sobre sermos pegas, o que possivelmente resultaria em um tempo na prisão e, pior ainda, destruiria qualquer chance de ingressarmos em uma boa universidade.

— Pense dessa forma — incentivei. — Nós andamos pela escola todos os dias. Várias vezes por dia! Isso é praticamente rotina. Embora uma rotina muito chata, na minha opinião.

— Mas não fazemos isso às escuras — sussurrou Anna. — Não depois de invadir o local!

— Estamos usando as chaves da sua mãe! Não é invasão.

— Nós pegamos a chave sem ela saber. E continuamos perambulando no escuro.

— Finja que é um eclipse — sussurrei. — Um dia comum, como todos os outros, muito entediante e... pronto, eclipse.

— Estou aqui no escuro com essa pessoa maluca — resmungou Anna.

Em parte, eu achava que Anna era o elo mais fraco da nossa fantástica equipe de investigação.

Por outro lado, foi ela quem pegou as chaves da mãe. Sem isso, eu teria cometido a parte do arrombamento em "arrombamento e invasão".

Mas só *invasão* não podia ser um crime, podia?

Ok, talvez meio crime.

Eu nunca tinha estado na escola à noite — tirando festas, teatros, jogos, treino de esgrima e torneios. Ok, eu tinha estado lá à noite várias vezes, mas neste momento, sem ninguém por perto, era assustador.

Não. Não era assustador. Estava tudo bem, eu estava bem. Eu estava em uma missão.

Dei uma sacudida mental em mim mesma. Anna podia estar pirando, mas eu me manteria firme. Só estava fazendo o que precisava ser feito: poupando uma amiga da preocupação com a mãe e a outra da sedução por vampiros. Por acaso havia um só coelho. E eu daria duas cajadadas. Ou era uma cajadada só e dois coelhos?

Enfim. Seja como for, alguém precisava agir. Esse alguém era eu.

Abri a porta para entrar na sala da direção. Anna soltava um pequeno gemido cada vez que as chaves chacoalhavam na minha mão.

Dentro da sala, a escuridão de alguma forma parecia ainda maior. Olhando pelo lado positivo, o cheiro de desinfetante não estava tão forte. Pelo negativo, eu fui brevemente possuída pelo esquisito pensamento de que a sra. Cuddy — a intrépida secretária da diretora Saunders — pudesse estar sentada atrás de sua mesa. No escuro. Pronta para atacar. Mesmo assim avancei com cuidado, Anna esbarrando em mim ao andar com uma série de passinhos rápidos.

Surpreendentemente, secretárias ninjas não saltaram das trevas.

Respirei fundo, mantendo o equilíbrio e me movendo lentamente até alcançar meu alvo brilhante.

As persianas filtravam a luz do luar que caía sobre os móveis de arquivo. De joelhos, eu tentava ler as etiquetas nas gavetas mais baixas.

Quando um gemido alto quebrou o silêncio.

Anna gritou e deu um salto para trás, batendo na parede, e eu mordi minha língua até que duas coisas aconteceram.

A primeira: senti gosto de sangue. A segunda: percebi que era o toque do meu celular. Tirei o aparelho do bolso, lembrando do dia em que achei que o toque de alarme de incêndio seria a solução perfeita para as constantes ligações perdidas.

— Você não colocou no silencioso? — reclamou Anna.

— Ei — respondi, abrindo o celular. — Sou nova nessa vida de crime.

— Não atenda — disse Anna. — Mel. Não atenda...

— Oi, Kris — falei, acenando para tentar acalmar Anna. Ela já devia saber que, se eu não atendesse, minha maravilhosa irmã continuaria ligando. Kristin era muito determinada. — Obrigada por ligar de volta, mas agora não é uma boa hora...

— Achei que você precisava de ajuda *com urgência* — disse Kris, parecendo irritada. — Com esse cara.

Kristin não gostava muito de caras. Ela dizia que esse aspecto dava a ela uma percepção melhor deles, pois o espectador tem uma visão melhor do jogo.

— Celular — disse Anna. — Desliga. Agora!

— Só um segundo, Anna — ordenou sem emitir som, esquecendo que provavelmente estava escuro demais para que ela visse.

— Cathy é uma idiota — sentenciou Kristin. — E digo isso da forma mais legal possível. Você sabe que eu adoro Cathy, mas se ela está obcecada por um vampiro bonitão, você precisa da minha ajuda mesmo. Vampiros são como chocolate para algumas garotas. Vampirólatras.

Eu ri.

— Desliga — ordenou Anna, em voz baixa e urgente. — Mel, desliga isso agora!

Eu fiz que sim e balancei a mão para assegurá-la de que eu estava quase terminando a ligação.

— Não queremos que Cathy desenvolva uma queda por vampiros — continuou Kristin. — Não queremos que ela se torne uma daquelas idiotas que saem pelo Shade vestindo camisetas que dizem *Pode morder. Tenho gosto de cereja.* Né?

— Não! — falei. Talvez um pouco alto demais, mas a imagem de Cathy com uma camiseta de vampirete era profundamente perturbadora.

Anna se jogou na minha direção, pegou o celular da minha mão e desligou.

— Desculpa — disse ela, olhando para mim de cima para baixo, ofegante. — Mas agora não é hora de ficar batendo papo. Estamos em uma missão. E ela não pode terminar com nós duas na cadeia.

— Tem razão, tem razão — concordei. — Ao trabalho! Ligo para Kristin mais tarde.

— Não precisa gritar — sussurrou Anna.

Lancei um olhar de cobiça para o celular na mão dela, mas Anna enfiou o aparelho no bolso.

— Hum, Anna, posso pegar meu celular de volta? Preciso da luz para ler as coisas.

— Jura que não vai ligar para a sua irmã?

— Juro.

Graças à luz do celular consegui encontrar a gaveta certa e então folhei as pastas, apertando os olhos para tentar ler as etiquetas. Finalmente achei as com a letra D. Duan — meu sobrenome — vinha logo antes de Duvarney, mas tive a nobreza de resistir à tentação de olhar o meu arquivo. Invadir a escola para ler o arquivo de Francis era totalmente justificável e válido; olhar o meu próprio seria errado.

Mas era tão tentador.

Mas era tão errado.

Fazendo um esforço, fui para a pasta onde se lia rabiscado no topo Francis Havelock Maurice Duvarney. Puxei-a para folhear.

Havia algumas poucas folhas dentro da pasta — a minha estava perto de explodir de tanto papel —, entre as quais seu endereço (no Shade, claro), sua data de nascimento, e essa anotação:

A formação de Francis Duvarney remonta ao Eton College, em Windsor, Inglaterra, no ano de 1860. Nenhum registro de conclusão. Tornou-se vampiro aos 17 anos. Nenhum histórico criminal antes ou depois da transformação.

A coisa tinha ficado bem mais interessante.

— Sabia — comentei. — Sabia que nenhum vampiro poderia entrar no ensino médio sem ter um motivo oculto. Que sujeito detestável! Como ele pôde fazer isso?

Eu ficava com mais raiva e furiosa a cada minuto.

— Cathy achou que ele queria se entrosar com a gente — continuei. — Pensou que ele estava demonstrando interesse. Ela acreditou que ele estava sendo *legal*.

Eu cuspi a palavra com tanta força que Anna fez um barulho. Quase esqueci que ela estava ali. Anna sentou ao meu lado.

— O que... o que ele está realmente fazendo? — perguntou ela em voz baixa.

Ali, de joelhos na escuridão da sala da diretora, eu apertava a pasta. Minhas suspeitas tinham se confirmado.

— Ele está estudando a gente. Está escrevendo um livro — expliquei. — *Sobre o Amor e a Adolescência do* Homo sapiens sapiens. Há um trecho enorme aqui falando sobre um tema humano que ele estava estudando antes, e sobre como ele precisava de uma gama mais ampla de assuntos para sua grande obra. Ele diz que parte de sua tese é que se os vampiros estudarem emoções humanas, como o amor, isso irá ajudá-los a recuperar seus próprios sentimentos humanos. Francis está estudando os sentimentos de Cathy para que possa ensinar a si mesmo como se apaixonar! Ele está fingindo a coisa toda.

Toda aquela cena com os ratos e Francis e Cathy se abraçando? E se Francis tivesse planejado tudo aquilo? E se ele estivesse apenas imitando as reações de Cathy ao abraçá-la? Como eu iria contar isso para minha amiga?

— Argh — disse Anna por fim. — Bem, isso é o suficiente para Cathy dar um pé nele como se ele fosse um saco de lixo morto-vivo. Francis está *usando* a nossa amiga.

— Vou matar esse cara — respondi. Ou melhor, rosnei, pela maneira como Anna se encolheu.

— Tem mais alguma pista? — perguntou Anna. — Como vamos fazê-lo voltar para o lugar de onde veio?

— Você não acha que isso é o suficiente? Com certeza quando eu contar para Cathy que Francis está estudando o comportamento dela e ela der um pé nele, vai ser o fim. Ele não iria querer que soubéssemos porque isso certamente nos comprometeria enquanto objeto de estudo. Cientistas nunca querem que a cobaia saiba o que eles estão tramando.

— Tomara que você esteja certa — disse Anna. — Não acho que estou preparada para mais aventuras como essa.

Fiz que sim.

— Sério, Mel, eu realmente prefiro que a gente mantenha as coisas dentro da lei a partir de agora.

— Ahhh, que sem graça — disse a ela. — Mas seu desejo é uma ordem. Embora eu não possa prometer que o que farei com Francis Havelock Maurice Duvarney esteja totalmente dentro da lei.

— Tudo bem — concordou Anna, decidida, arrancando a pasta amassada das minhas mãos, desamassando-a, e usando a luz do meu celular para recolocá-la no arquivo. — Seja lá o que for, tenho certeza de que esse vampiro merece.

CAPÍTULO NOVE

Adeus a Francis

— Ele está escrevendo um livro. Um tratado científico. Sobre a gente! — falei para Kristin. Ligar de volta para ela era minha maior prioridade depois de escalar até a janela do meu quarto e entrar.

— Quem? — perguntou Kristin. Ela parecia irritada. (Devo dizer que minha adorável irmã mais velha sempre parece irritada. Ou ao menos sempre que fala comigo.)

— Francis. O morto-vivo que está me tirando do sério.

— Por que você desligou na minha cara?

— É que... — disse. Se eu contasse para ela que tinha invadido a escola, havia uma chance de ela ficar impressionada. Ela adorava minhas aventuras. Mas havia também uma grande chance de ela me fazer sentir culpada e confessar para os nossos pais. Nem sempre ela aprovava as tais aventuras. — Eu estava ocupada. Com, hum, coisas.

◆◆◆76

— Coisas?

— Eu estava com Anna — disse a ela, porque é sempre melhor falar a verdade. — Ela está deprimida. Foi *ela* quem desligou na sua cara.

— Ah, tudo bem. O pai dela foi embora, né?

— Foi — falei para ela. — Não escreveu, telefonou ou qualquer coisa do tipo. Contou que estava deixando a mãe dela por mensagem de texto.

Houve um momento de silêncio enquanto meditávamos sobre como seria passar por isso.

— Cruel.

— Muito. De qualquer forma, Francis, a irritante criatura morta-viva, está escrevendo um livro, cujo título é *Sobre o Amor e a Adolescência* do Homo sapiens sapiens. Por isso que ele está na escola. Não é para terminar os estudos. Ele está escrevendo um livro sobre nós, seres humanos. Estar na escola faz parte de um plano para se aproximar e ficar íntimo da espécie e estudar nossos rituais de acasalamento.

— Sendo Cathy o objeto de estudo?

— Sim!

— E Cathy acha que ele gosta dela?

— Sim!

— Mas é tudo para o livro?

— Sim!

— Detestável.

— Sim!

— O quanto ela está envolvida?

Pensei na expressão no rosto de Cathy ao olhar para Francis durante a catástrofe dos ratos.

— Muito.

— Hummm. Então você não pode contar para ela; você precisa falar com ele.

— Falar com ele o quê?

— Que você sabe de tudo. Que você vai arruinar a pesquisa dele contando para Cathy que ele a está usando. Ele vai ter que usar os truques dele com outra pessoa.

Imaginei eu mesma falando para Francis que ele estava completa, absoluta e irrecuperavelmente errado. Imaginei Francis humilhado e envergonhado. Imaginei eu mesma gritando bem perto daquele rosto pra lá de bonito.

— Provavelmente será a conversa mais divertida de todos os tempos.

◆

Não foi.

Para começar, era quase impossível ficar sozinha com Francis. Ou ele estava com Cathy ou cercado pelas vampiretes ou ele estava com Cathy *e* cercado pelas vampiretes. Cheguei supercedo e esperei por ele sentada nos degraus da entrada da escola. Mas Francis já estava rodeado quando subiu as escadas. Ao me ver, acenou com a cabeça muito breve e friamente.

— Também amo você, Francis. — Não resisti à tentação de gritar depois que ele passou.

Robyn Johnson me fitou com raiva. O olhar de uma animadora de torcida, como sempre, capaz de cortar uma pessoa ao meio.

Durante metade do dia, tentei e falhei repetidas vezes em ficar a sós com ele. Finalmente, puxei Ty um pouco antes do final do almoço.

— Preciso que você distraia Cathy para que eu consiga falar com Francis.

— Por que você quer falar com Francis? — perguntou Ty, com um olhar de tamanha suspeita que chegou a doer. — Você vai ser má com ele, não é?

— Ty!

— Você vai. Eu sei que vai. Não posso compactuar com isso. Cathy está feliz de verdade. Nunca a vi tão feliz.

Isso era um total exagero. Cathy estava sempre feliz. Só porque ela é reservada não quer dizer que ela não esteja feliz. Comecei a explicar isso, mas Ty me ignorou.

— Francis está longe de ser tão ruim quanto você pensa. Sabia que ele me deixou ver o álbum de fotos dele na década de 1920? Um troço bizarramente velho, mas as fotos são incríveis! Ele tinha um Fokker Trimotor! Francis sabe tudo sobre aeronaves fabricadas até a década de 1930, que foi quando elas pararam de ser... como ele disse mesmo? "Elegantes criações de beleza" e se transformaram em, hum, algo ruim. Não lembro exatamente quais os termos que ele usou. Ah, lembrei: "Instrumentos de guerra e uns dispositivos para transporte de gado"!

Mal esperava para ver Ty perceber o quanto Francis não merecia sua adoração, mas eu não tinha tempo para contar para ele.

— Ty, tenho certeza de que ele é maravilhoso em temas históricos e de que ele tem muitas maneiras pomposas de descrever as coisas. Mas isso é porque ele é muito, muito velho. Você quer que uma das suas melhores amigas no mundo namore com um museu ambulante? É como se ela estivesse saindo com alguém que poderia ter sido amigo do seu tataravô. Não é certo, é nojento e é nosso dever como amigos acabar com isso.

— Não vai durar, Mel. Quer dizer, com certeza ele vai se cansar dela, certo? Ela tem 17 anos e ele, hum... É muito velho como você disse. Mas nesse momento os dois estão felizes. Não acho que a gente deva interferir.

— Ty, quantos favores eu já fiz pra você?

Ty suspirou.

— Eu sei que você me fez muitos favores, mas nenhum deles envolvia fazer Cathy chorar.

— Pode ser, mas alguns envolviam relacionamentos condenáveis pela lei vigente.

Ty grunhiu.

— Tudo bem. Vou falar com Cathy, mas o próximo favor que eu pedir vai ser bem nojento. Você vai se arrepender.

O sinal da próxima aula tocou. *Mas já?*

— No fim da aula, Ty. Distraia Cathy.

— Tudo bem.

Ty cumpriu a promessa, mas Robyn Johnson pulou em cima de Francis antes que eu sequer tivesse tempo de pegar minha bolsa e levantar da cadeira. E, sim, eu quis dizer pulou nele *literalmente*.

— Só estava testando seus reflexos — disse ela, sorrindo para Francis enquanto ele a colocava no chão. — Você seria ótimo em nossa equipe, Francis. Você é tão rápido e forte. — Juro que ela estava piscando os cílios. — Você seria uma base perfeita. Já pensou como poderia me jogar bem alto? Poderíamos coreografar as melhores acrobacias de todos os tempos!

Francis deu um leve sorriso.

— Fico lisonjeado, Robyn. Mas suspeito que seria considerado ilegal. Você sabe, vampiros são proibidos de competir em esportes humanos. Nossa destreza aumentada nos daria uma vantagem injusta.

Robyn fez um beicinho.

— Francis — interrompi. — Você não se importa, não é, Robyn?

Robyn certamente se importava, mas ela também era uma aluna muito certinha, que não gostava de chegar atrasada na aula. Ela abriu um enorme sorriso para Francis, não disse uma única palavra para mim, e foi saltitando pelo corredor.

— Preciso falar com você, Francis. É importante. Podemos nos encontrar depois da escola? — Robyn não era a única que estava se apressando para chegar na aula pontualmente. — Por favor.

— Eu não tenho o hábito de recusar — Francis fez uma pausa — o pedido de uma *dama*. Encontro com você no Oatmeal & Caffeine. Conhece? O café na Chestnut com a Terceira?

Fiz que sim.

— A propósito — disse Francis —, eu também tenho um pedido para fazer a você.

Ele acenou e saiu andando antes que eu pudesse responder. Tinha certeza de que ele tinha deixado claro que não me considerava uma dama. Não que eu me importasse. Quer dizer, estamos no século 21, não no 18. Não existem mais damas, e mesmo se existissem, eu não queria ser uma delas. Posso ser coisas muito mais interessantes.

Dei meia-volta para ir na direção oposta. O que dizer? É instintivo seguir para longe de vampiros metidos.

Foi quando me dei conta de que era um dia B. Nossas aulas eram organizadas de forma diferente, concentradas em dias A e B, um esquema que costumo gostar por causa da variedade. Mas não fiquei muito animada com a programação quando percebi que eu e Francis estávamos na mesma aula. História Avançada de New Whitby com o sr. Kaplan, era nas tardes dos dias B. Delícia.

Ultimamente, o sr. Kaplan estava focando no sistema de esgotos da cidade. Uma análise em face do recente armagedom dos ratos que, segundo informações, tinha sido provocado pela explosão de uma tubulação de esgoto no porão. O sr. Kaplan gostava muito de conectar nossas aulas com eventos atuais. Na verdade, era até interessante. E o bom e velho Francis pôde contribuir com o tema, contando sobre as carroças puxadas a cavalo que costumavam coletar o lixo e como a cidade cheirava muito mal naquela época. Também aprendi que os romanos tinham uma deusa do esgoto: Cloacina. O que me levou a pensar se havia uma deusa dos peidos, das farpas ou das respostas espirituosas.

Sim. Inventar deusas me manteve ocupada pelo restante da aula.

◆

Francis já estava no café quando eu cheguei.

Soube assim que passei pela porta. Soube também que tinha cometido um grande erro. Quando pensava em café, pensava em nosso café preferido, o Kafeen Krank. E esse lugar não era o Kafeen Krank. Não tinha sinal de grafite em parede alguma.

O lugar era chique. O quadro reluzente de madeira branca em cima do balcão dizia *orgânico* pelo menos umas 19 vezes, e, exceto por mim, todo mundo ali era adulto e conversava em voz baixa com seus cafés chiques.

Não era o tipo de lugar onde desse para provocar uma cena e gritar que tal pessoa era um morto-vivo traíra.

Francis estava bebendo água com gás em uma comprida garrafa verde. Ele se levantou assim que me viu, e puxou minha cadeira.

Quando sentei, ele encheu um copo de água para mim.

Eu odiava cavalheirismo. Mas não tinha como dar um tapa na cara dele.

Em vez disso, me vi falando algo totalmente inesperado.

— Obrigada, Francis.

— De nada, Mel.

Pigarreei. Minha maravilhosa cena imaginária de tapa na cara podia estar perdida para sempre, mas eu tinha uma missão a cumprir. Eu tinha que fazer Francis parar de usar Cathy para seu livro estúpido.

— Eu sei o que você está fazendo aqui.

— Bebendo água mineral?

— Não, a coisa secreta que você não quer que as pessoas descubram.

Se Francis fosse humano, ele teria mudado de cor. Do jeito que era, desviou rapidamente o olhar e tomou um gole da água.

— Poderia perguntar quem mais tem conhecimento?

— Podia não — disse, não inteiramente segura da correção gramatical da frase.

— Ah — disse ele. — Mas este é um assunto muito delicado. Discrição é extremamente importante.

— Aposto que sim — respondi. — Mas gostaria de alertar que, se você não se afastar de Cathy, vou contar para todo mundo o que está acontecendo.

Ele fez novamente a versão vampira de mudança de cor.

— Eu realmente preferiria que você não mencionasse nada para ninguém. Se alguém mais ficar sabendo...

— Acho melhor mesmo que eu não conte. Então, aqui está o trato: você fica longe de Cathy e eu fico de boca fechada.

Francis era obcecado por aspectos como reputação e honra e cavalheirismo na sociedade. Temos sido a sociedade em que ele está inserido pelo último mês. Tinha certeza de que não ficaria feliz com a ideia de ser visto por nós como um morto-vivo traíra.

— Ah — disse Francis novamente, avaliando suas unhas perfeitas.

— Vamos lá, Francis, Cathy é tipo milhões de anos mais nova que você. Isso não vai a lugar algum e só vai deixar minha amiga magoada. Você é o adulto. *Absurdamente* adulto! Você precisa se afastar dela. Não é certo.

— Eu... — A voz de Francis sumiu e voltou. — Ela é muito especial.

— Ela é, e é por isso que você tem que se afastar. Não é...

— Digno de um cavalheiro? — completou Francis.

— Não. Não é — afirmei, embora não fossem os termos que eu teria usado.

Francis parecia triste. Realmente triste. Mais triste de que o triste normal de vampiros. E triste é, na verdade, a principal aparência no limitado repertório de expressões de um vampiro — isso e "totalmente entediado".

Eu já o tinha visto com uma expressão diferente. Lembrei que durante a catástrofe dos ratos ele olhou para Cathy com a mesma expressão de adoração que ela olhava para ele. Por mais que eu odiasse admitir, estava quase acreditando que ele realmente se importava com Cathy. Mas eu não sou burra. O cara estava *estudando* a gente.

— Ela é humana. Ela é uma *adolescente*. Você é um vampiro e, sim, tecnicamente *também* é adolescente, mas você tem sido adolescente por muito mais do que um século. Devia procurar uma bela vampira adolescente pra você.

— Pode me garantir que quem mais sabe também não dirá nada?

— Sim — disse, pensando em Anna, que era a pessoa mais discreta que eu conhecia.

Francis colocou uma nota de vinte dólares na mesa e ficou de pé. Ele fez uma reverência.

— Farei como deseja. Nem você ou Cathy jamais me verão novamente.

Quase caí da cadeira.

Estava achando que seria mais algo do tipo ele pedindo transferência das aulas de Cathy.

— Você vai embora? — perguntei. — Maravilhoso!

A atitude fria de Francis se tornou ainda mais fria.

— Uh... Quer dizer, é pra valer, Francis. Bon voyage.

Isso também não pareceu agradá-lo. Paciência.

— Será melhor para Catherine se eu simplesmente me retirar de sua vida para sempre — disse Francis friamente.

— Sem mim, ela poderá viver uma longa e satisfatória vida. Ela poderá ser feliz. Eu devo me afastar, na verdade, pelo próprio bem dela.

Eu não gostei muito da maneira como Francis colocou a situação. Quem vive tentando nos convencer a fazer coisas pelo próprio bem são nossos *pais*. Não namorados, que supostamente devem se relacionar com a gente de igual para igual. Que supostamente devem permitir que a gente tome decisões por conta própria.

Mas eu não podia contar a Cathy sobre o modo de agir do morto-vivo traíra. De qualquer forma, isso só prova que ele era realmente velho demais para ela.

Tudo isso era realmente pelo bem dela.

Concordar com Francis me deu dor de estômago, então fiquei ali sentada e fiz uma cara de nojo.

— Você manterá sua promessa? — perguntou Francis. — Nem uma palavra para ninguém? Principalmente para a diretora?

— Prometo.

Ele fez mais uma reverência, afastando-se sem fazer qualquer pedido ou deixar uma mensagem para Cathy. Eu não estava me sentindo tão feliz quanto pensei que ficaria.

E também estava confusa. A diretora Saunders com certeza sabia sobre o livro dele, certo? Estava bem no arquivo escolar do vampiro.

CAPÍTULO DEZ

Cathy em Desespero

— Vamos ao cinema?

Cathy balançou a cabeça parecendo sem forças.

— Não. Obrigada, Mel.

— E sair pra dar uma volta?

Um sorriso surgiu em seus lábios antes de ser repelido pela força da tristeza dela.

— Não. Obrigada, Mel.

Eu tinha que tirar Cathy de casa. Eu precisava tirá-la de dentro do *quarto,* para começo de conversa. Ela estava enfurnada em casa havia tanto tempo que eu estava com medo de que o processo de fossilização começasse em breve. Estava na hora de trazer a artilharia pesada.

— Que tal um milk-shake por minha conta? — sugeri.

— Não. Mas obrigada de qualquer forma. — Cathy sequer pareceu tentada.

— Você tá bancando a difícil, hein? Milk-shake com cobertura então.

Cathy não tinha se movido da cadeira desde que eu cheguei. Continuava em sua posição sofrida, enroscada em si mesma na cadeira. Sequer olhava para mim, os grandes olhos escuros fixos nas janelas sujas, como se estivesse triste por causa do aspecto embaçado dos vidros.

Como Cathy e a mãe tinham morado a vida inteira na velha casa Beauvier, sempre caindo aos pedaços, eu sabia que as janelas não eram o motivo da tristeza. Sabia que a casa era a outra coisa muito velha que Cathy misteriosamente amava. (Embora seja necessário admitir que Francis estivesse mais conservado.)

De certa forma, o sofrimento dela era totalmente culpa minha.

— Ah, Cathy... Sei que você está triste. Francis é um grande babaca.

— Francis não é um babaca!

— Ele largou a escola sem sequer mandar uma mensagem de texto pra você dizendo: "Espero que você aprecie a bela paisagem em sua viagem pela Terra do Pé na Bunda."

— Francis odeia mensagens de texto — disse Cathy. — E mensagens de voz. E internet. Ele... ele acha que se comunicar através de máquinas sem alma está destruindo a delicada reciprocidade das relações sociais!

Cathy disse as palavras como se carregassem um significado real para ela. Mal consegui me conter em reprimir o riso com a ideia de Francis, um morto-vivo, falando sobre coisas sem alma.

— Tenho certeza de que ele teve um bom motivo para ir embora — continuou Cathy. — Ou então... ou então ele percebeu que não sentia mais nada por mim. Que ele tinha cometido um erro.

— Ou reconsidere minha teoria: o cara é um babaca!

— Ele é lindo, inteligente e quando entra em algum ambiente todo mundo olha para ele — disse Cathy. — E eu sou comum. É perfeitamente compreensível...

— Você não é comum!

— Comparada a ele...

— Ele me disse que você era especial — explodi.

Além de vampiro, outra carreira que eu não deveria tentar era de espiã.

Para minha sorte, Cathy acreditava na bondade das pessoas.

Quando os olhos dela brilharam por um momento, pensei que tivesse ficado feliz em saber o que Francis tinha falado. Até perceber que o brilho era de lágrimas.

— Eu me sentia especial com ele — sussurrou ela. — Mas agora eu... eu não me sinto mais assim.

— Você ainda é especial! — garanti a ela enfaticamente. — Você é brilhante na escola, vai estudar em Oxford e todos os seus amigos amam você. Cathy, você é fantástica e a sua vida é maravilhosa. E sem aquele vampiro babaca vai ser ainda mais maravilhosa.

— É só que nada parece mais ter tanta importância — disse Cathy com a voz baixa e magoada. — Nem consigo mais escrever no meu diário. Eu e Francis tínhamos prometido um ao outro que escreveríamos todos os dias, por anos e anos, e depois conheceríamos mais sobre o outro lendo o que cada um escreveu.

— Parece excitante, hein? — comentei. — Quando você, hum, começou esse diário?

— Terça-feira passada — falou Cathy. — Mas em pouco tempo isso se tornou realmente importante para mim. Eu escreveria por anos.

Ajoelhei na frente da cadeira de Cathy e peguei a mão dela.

— Mas as outras coisas ainda têm importância, Cathy — disse a ela. — Talvez não o diário com seus cinco minutos de lembranças. Francis era só um cara, não era a sua vida.

— Sim, eu sei — disse Cathy, ainda fitando a janela idiota. — Mas era o tipo de cara capaz de mudar uma vida.

Não sabia que Cathy queria tanto que sua vida mudasse.

— E se... — perguntei, hesitante — e se Francis foi embora por... por ter feito algo errado e não tivesse coragem de encarar você? Talvez ele tenha, hum, colado na prova de geografia?

— Francis viajou pelo mundo todo! Esteve em países que nunca ouvi falar. Abissínia! Indochina! Prússia! Zanzibar! Ele fez o Grand Tour da Europa aos 17. Por que ele iria colar na prova de geografia?

Olhei para o carpete, imaginando se Francis tinha inventado aqueles países.

— Você entendeu o que eu quis dizer, Cathy. E se Francis não for o cara que você acha que ele é?

— Mel — disse Cathy. — Francis foi embora. Não está mais aqui para se defender. Eu realmente não quero ouvir nada contra ele. Tenho certeza de que teve um bom motivo para ir embora. Eu só queria que... que ele tivesse dito qual.

Mas nós dois decidimos, eu e Francis, que ela não ficaria sabendo.

Pelo bem dela.

◆

— Eu sinto que devia contar a verdade para Cathy — falei a Kristin. — Ela está chateada de verdade. Já está há três dias sem sair do quarto. Não tenho certeza se ela sequer saiu da *cadeira*. Ela não consegue dormir.

— Não é para menos, se estiver tentando dormir na cadeira e tal — disse Kristin, sua voz ecoando por um segundo.

Eu me estirei na cama. Estava vestindo uma calça de moletom e uma camiseta esburacada com a foto de um tigre dente-de-sabre que dizia SABRE: CANINOS MELHORES QUE OS SEUS que eu tinha comprado em um torneio de esgrima alguns anos atrás. Estava sem sono tanto quanto Cathy.

Não tinha me dado conta de que a culpa causa insônia. Mas, em minha defesa, também não tinha me dado conta de que se apaixonar por um vampiro também causasse.

Achei que estava poupando Cathy de uma decepção, que mandar Francis embora antes que ela ficasse realmente envolvida fosse o melhor para ela. Mas aparentemente, quando se está diante de amor eterno, duas semanas são o suficiente para se envolver.

Deixei a cabeça cair pesadamente no travesseiro e considerei pegar um remédio noturno para gripe que deixasse nós duas com sono. Só que, do jeito que andava a minha sorte, seria bem capaz que Cathy se recusasse a tomar porque Francis achava esse tipo de medicamento perigosamente moderno, como enviar mensagens de texto, televisores e piadas realmente engraçadas.

— Não acredito que mesmo tendo ido embora esse cara continue a nos atormentar — disse. — De muitas e muitas formas. Cathy sonha em estar presa em seu ardente abraço frio; eu sonho com a cabeça dele com uma cadeira.

— Ardente é uma boa palavra — observou Kristin. — Caiu nos exames admissionais?

— Bem que eu queria — grunhi.

Francis, seu maldito, sai da minha cabeça!

— Você está bem, Mel? — perguntou Kristin.

— Estou frustrada com a situação de Cathy. Ela está se torturando por causa desse cara, e ele não vale a pena. Eu devia contar a verdade para ela. Eu realmente devia.

— Não acho que ela vai querer ouvir — disse Kristin. — Não existe surdo mais surdo do que aquele escutando "All by Myself" no *repeat*.

Joguei a cabeça com força contra o travesseiro. No *repeat*.

Kristin deve ter percebido que não estava sendo de muita ajuda.

— Você sabia que ela iria ficar chateada, né?

— Acho que sim — falei.

Mas achei que ficaria chateada da mesma forma que eu fiquei quando terminei com Ryan. Achei que Cathy fosse ficar com raiva, tomar sorvete comigo e falar mal de Francis. E então eu esperava ser um ombro amigo.

Eu não esperava que ela fosse parar de dormir ou comer. Eu não esperava porque isso é loucura.

— Só tem alguns dias. Espere algumas semanas antes de entrar em pânico. Ela só precisa de um tempo.

— É — suspirei. — Você está certa. Obrigada, Kris.

Eu sei que "ela só precisa de um tempo" é um grande clichê, mas eu encerrei o telefonema me sentindo um pouquinho melhor. Era verdade — não fazia tanto tempo assim. Ela podia ficar deprimida lá em sua cadeira por um tempo, e então ela voltaria ao normal.

Meu celular tocou. Era Cathy. Um ótimo sinal!

— Oi — comecei, sem saber o que dizer. Não queria parecer tão feliz. Devia perguntar se ela estava se sentindo melhor? Ou se tinha mudado de ideia sobre o milk-shake?

— Oi, Mel — disse a gentil e cadente voz da mãe de Cathy.

A mãe dela estava me ligando. Coisa que nunca tinha feito antes. Nem uma única vez.

Sentei imediatamente.

— Posso falar com a Cathy, por favor? Ela não está atendendo o celular.

— Como ass... — comecei, mas parei logo no começo de "como assim Cathy não está aqui".

Pense, Mel, pense.

Fato: Se a mãe de Cathy achava que ela estava aqui, então Cathy devia ter falado para ela que estaria aqui. Fato: Cathy odiava mentir, logo, deve ter feito isso por um motivo que considerasse muito importante.

Fato: Tudo o que Cathy considerava muito importante no momento era o morto-vivo traíra.

— É... — disse. — Cathy não pode atender agora. Porque... porque ela está no banheiro. Ela está lá no banheiro. E eu não posso entrar e passar o celular. Eu e Cathy somos próximas, mas não tão próximas assim. Além disso, você conhece a Cathy! Ela é muito tímida. Sobre fazer xixi. E como um todo.

Houve uma longa pausa.

— Queria saber se ela estava se sentindo melhor — disse a sra. Beauvier.

— Ela está se divertindo! — falei para ela. — Bem, não nesse momento. Nesse momento ela está no banheiro.

— Mel — perguntou a sra. Beauvier —, vocês não andaram bebendo, andaram?

— Estamos bêbadas de vida! E de sorvete de chocolate. Sabe, a sobremesa clássica dos términos. Aliás, o sorvete está derretendo, então preciso ir. Vou falar para Cathy carregar o celular e avisar que você ligou.

Desliguei.

A voz de Cathy ecoou em minha mente, da maneira como estava naquela tarde, calma e triste, e com uma pontinha de especulação que na hora eu não pesquei.

Tenho certeza de que ele teve um bom motivo para ir embora. Eu só queria que... que ele tivesse dito qual.

Olha só o "bem" que esse lance todo de "pelo seu bem" tinha causado. Agora Cathy estava à procura das respostas que eu e o vampiro escondemos dela.

Ela tinha ido atrás de Francis.

Ela tinha ido para Shade.

Não importava o quanto eu me culpava por não ter contado à Cathy toda a verdade, tinha uma coisa pela qual eu me parabenizava no momento: ainda bem que eu tinha lido o arquivo de Francis.

O endereço dele estava lá.

Presumindo que ele tivesse dito a ela onde morava, e que ela não tivesse ido — por favor não, mas com certeza Cathy não seria tão idiota assim — vasculhar o Shade inteiro atrás dele, o que seria tipo procurar uma agulha num palheiro, eu sabia para onde ela tinha ido.

Quem disse que o crime não compensa?

CAPÍTULO ONZE

Cathy no Shade

Eu já tinha estado no Shade antes. Sabe come é? Parentes de fora da cidade vêm visitar, a gente faz as programações turísticas, passeia no ônibus de turismo com eles e atura o humilhante desprezo da guia vampira da excursão — que odeia os turistas por invadirem seu bairro e por ficarem de olhos arregalados para ela e para a casa dela, além de odiar a si mesma por ganhar a vida com esse emprego. Só que seus parentes não percebem que é desprezo. Eles acham que a guia é assustadora, e que eles estão sendo superousados em entrar num ônibus com uma vampira que poderia COMER TODOS ELES! Eles estremecem de prazer e apontam para todas as apavorantes casas de vampiros e fazem "ahhh" e "ohhh" a respeito da pouca iluminação do Shade e sobre como os moradores andam rápido.

E todas as vezes algum turista no ônibus irá gritar: "Caramba, viram aquele morcego?" E nesse momento o guia entediado irá informar aos turistas — assim como eles fizeram em todos os ônibus cheios de turistas que alguma vez já visitaram o Shade — que não há nenhuma relação entre vampiros e morcegos, ou qualquer outro animal. E nesse ponto os turistas astutos novamente espiarão pela janela e se darão conta de que não há qualquer animal no bairro. Animais não gostam de vampiros, e o sentimento é recíproco. Então os turistas vão supor que não há animais porque os vampiros comem todos eles. Vão estremecer novamente. Sua tia, turista, irá olhar para você e notar que você não estremeceu, então será preciso fingir que também está apavorada. A situação toda é muito deprimente. E quando a pessoa já fez isso mais de uma vez, também é totalmente estúpido.

Estar sozinha no Shade era diferente. Quando um ou dois vampiros se misturam com humanos é uma coisa; quando é só você no meio de muitos deles, é totalmente outra. Tudo em relação ao Shade diz HUMANOS NÃO SÃO BEM-VINDOS (exceto como lanche).

Não havia prédios residenciais ou comerciais, ou shoppings. Nenhum edifício que tivesse sido erguido com pressa porque a vizinhança precisava de uma creche ou de um supermercado. Vampiros nunca estavam com pressa; eles não comem comida nem têm filhos. E eles têm opiniões bem claras sobre estética.

Além disso, a maioria gosta de coisas realmente antigas. Nas poucas vezes em que alguém conseguiu permissão para construir no Shade, os vampiros subornaram, aterrorizaram ou, segundo os rumores, certa vez mataram a pessoa responsável.

Sabia que o incorporador queria construir um McDonald´s para os turistas?

Fui até lá de bicicleta, imaginando que se um vampiro resolvesse agir por conta própria e atacar, a bicicleta aumentaria um pouquinho minhas chances de escapar. Ainda bem que a lua estava quase cheia. Mesmo assim, meus olhos tiveram que se ajustar à fraca iluminação.

As casas em estilo georgiano, gótico revitalizado e art déco, além de outros que eu não sabia identificar (neofederalista-transilvaniano-e-o-vento-levou-grego-explosionista), assomavam como castelos de monstros em um cenário de escuridão. Em cada janela preta enorme eu pensava ter visto alguém observando.

Não havia triciclos em nenhuma das entradas de garagem, nenhum cachorro latindo, nenhum guaxinim revirando o lixo ou gatos brigando. Não havia crianças. Nenhuma risada ou choro ou berros emanavam das casas. Tudo o que eu ouvia era o som ocasional de uma televisão e, é claro, o tráfego nas ruas. Vampiros gostavam de caminhar.

O Shade era outro mundo, sombrio, com criaturas de rosto pálido andando um pouco mais rápido e com mais fluidez do que fariam fora do Shade. Eu sentia que cada um deles olhava para mim e calculava a probabilidade de me sugar sem ser descoberto. Cada vez que uma patrulha da polícia dos vampiros (sempre em pares, como os humanos) passava com seus peculiares uniformes brilhantes — muito mais legais que os uniformes dos policiais humanos —, eu sentia uma enorme vontade de abraçá-los.

O Shade era mais frio e escuro e tinha um cheiro diferente de qualquer bairro humano. Isso fez minha pele formigar.

Pensar em Cathy em algum lugar ali dentro, no escuro e igualmente sozinha, me fez pedalar mais rápido.

Se acontecesse alguma coisa com ela eu nunca me perdoaria.

E eu realmente quebraria uma cadeira na cabeça de Francis.

Foi quase um anticlímax quando virei a esquina da rua de Francis e vi Cathy parada na frente da casa dele, parecendo insegura.

Seu longo cabelo balançava com a brisa. Sua cabeça estava inclinada para trás para observar as janelas, mas não como eu, que olhava com suspeita; Cathy olhava com desejo. A casa tinha detalhes pontiagudos e colunas no pórtico. Juntas, Cathy e a casa pareciam a capa de um romance.

Até que eu acelerei, larguei a bicicleta, peguei Cathy e sacudi-a pelos ombros.

— Você ficou maluca?

Surpresa, ela emitiu um som que parecia um ganido.

— Mel! O que você tá fazendo aqui?

— Eu... O que *você* está fazendo aqui? — interpelei. — Como se eu não soubesse. O que *eu* estou fazendo aqui é levando você de volta para casa. Sua mãe ligou. Ela estava procurando você, então eu disse que você estava lá em casa. Aliás, não há de quê. Vamos voltar para a minha casa.

Cathy balançou a cabeça.

— Qual é, Cathy. Você nem sabe se ele está aqui. É uma casa de vampiros. Não vai bater na porta e perguntar a um estranho, um estranho vampiro, se Francis pode sair e dar uma volta, vai?

Era errado usar a timidez de Cathy contra ela mesma. Eu sabia disso. Assim que Cathy estivesse segura em casa, eu planejava de fato me sentir muito culpada.

99 ◆◆◆

— Não — respondeu Cathy, parecendo ainda mais pálida.

Comecei a sentir o gosto da vitória, que desapareceu instantaneamente quando ela disse "Vou pelos fundos" e seguiu, determinada, para dar a volta na casa.

Disparei atrás dela. Passei por cima de um canteiro de petúnias bem-cuidado, mas deixaria para me preocupar depois com jardineiros mortos-vivos no meu encalço.

Para meu espanto, encontrei Cathy espiando o que parecia ser um alçapão. Ela estava tentando invadir uma *casa de vampiro*.

— Cathy — disse com uma voz calma e tranquila —, o que você acha que está fazendo?

— Eu sei qual é o quarto dele — anunciou Cathy. — Ele descreveu no diário. Só preciso entrar e subir até onde ele está.

Fiquei imaginando se eu pareci assim tão louca para Anna quando invadimos a escola. Se sim, então não surpreende que ela tenha ficado alarmada.

Eu ainda estava tentando articular as muitas e muitas objeções que eu fazia em relação ao plano de Cathy quando ela levantou o alçapão e desapareceu lá dentro.

— Cathy — berrei, escalando atrás dela. Dei uma leve escorregada até que meus sapatos tocaram no chão e eu fiquei ali, parada, piscando com a luz do luar que entrava e revelava engradados e barris de...

— Uma adega de vampiros? Achei que eles não bebessem... vinho.

Cathy deu um sorriso fraco, então eu soube que a verdadeira Cathy ainda estava em algum lugar debaixo de camadas e camadas de loucura que o amor por Francis tinha espontaneamente criado.

Até onde eu conseguia ver, por conta da luz limitada, a adega dos vampiros parecia pequena. Era possível distinguir uma grande escada de madeira que levava até o resto da casa. Abaixo dela, a luz do luar iluminava uma teia de aranha. Quando a teia tremulou, eu também estremeci.

— Cathy — insisti —, precisamos sair daqui. Vão descobrir a gente. Não é seguro.

Cathy hesitou.

— Cathy, por favor — implorei. — É tudo culpa minha, eu vou explicar tudo, mas temos que dar o fora daqui. Agora!

Os fios prateados da teia tremularam mais uma vez.

E foi o único aviso.

Uma sombra mortífera em movimento deslizou pelo corrimão da grande escada de madeira. A forma de uma mulher, o cabelo preto voando, saltou diante de nós com as presas à mostra.

Eu agarrei Cathy e puxei-a para trás de mim, cerrando os punhos. Não que eu tivesse alguma chance contra alguém com aquela velocidade e aqueles dentes.

— Mãe — gritou alguém. — *Calma*, mãe.

◆

A vampira parou como um pássaro batendo em uma janela. Seu lábio continuou encurvado. As presas brilhavam para mim.

— O que vocês estão fazendo na minha casa? — sussurrou ela, e a melodia daquela voz arrepiou todos os pelos da minha nuca.

Atrás de mim, senti Cathy estremecer.

— Cathy, não ouse se mexer — falei em voz baixa.

— Cathy? — perguntou a vampira, com mais surpresa do que ameaça de morte na voz.

A vampira tinha um leve sotaque francês e finalmente reparei o que ela estava vestindo. (Temer pela minha vida faz meu radar fashion se desligar.) A gola aberta na altura da garganta, o distintivo reluzindo — ela estava usando o uniforme escuro da divisão de vampiros da polícia.

Tínhamos invadido a casa de uma policial vampira. Que espertonas.

— Cathy? — ecoou um cara mais ou menos da minha idade, que nos observava do topo da escada. Um cara totalmente normal, com cabelo encaracolado desgrenhado e uma camiseta de banda de rock. Ele desceu as escadas em um ritmo humano normal. — A Cathy dos sonetos? Cathy das baladas de amor?

Um calafrio visível atravessou o corpo da vampira policial. Como se aquela velha história sobre vampiros terem medo de cruzes fosse verdade e ela estivesse se esquivando de uma.

— Por favor, não fale sobre baladas de amor — implorou ela.

O cara se sentou no primeiro degrau e apoiou o queixo sobre o punho fechado.

— Cathy — disse ele. — Ótimo.

Como o cara humano e a policial vampira tinham relacionado Cathy a algo incrivelmente idiota como baladas de amor, eu fazia uma ideia de quem poderia tê-las escrito: Francis.

Pelo menos estávamos na casa certa.

— Então, pois é — respondi, sabendo que Cathy não abriria a boca nem em um milhão de anos. — Essa é Cathy.

— Essa é maneira menos ortodoxa de nos fazer uma visita, hein? — observou a vampira, parecendo mais francesa do que nunca. — Vocês não repararam que há uma porta da frente? Bem, acho melhor subirem. Temos uma cozinha e uma variedade de comidas apropriadas para humanos — acrescentou ela com o que parecia ser orgulho. — Kit vai ao mercado toda semana. Embora eu preferisse que ele comprasse mais vegetais.

— Nã, nã, não — grunhiu o cara, como se sua presença no Shade não fosse totalmente estranha e inexplicável. Ele ficou de pé.

— Por aqui — disse a vampira.

Seu tom não dava brecha para qualquer argumento. Isso sem contar que eu e Cathy havíamos, err... invadido a casa dela e isso nos deixava muito no erro.

Com Cathy segurando com força meu cotovelo, seguimos a vampira pela escada de madeira para o coração do Shade de Francis.

CAPÍTULO DOZE

A cozinha dos mortos-vivos

A primeira coisa que eu reparei foi que nessa casa de vampiro havia luz artificial, embora todos os vampiros pudessem ver perfeitamente no escuro e, como a vampira policial tinha prometido, havia uma cozinha também. Tive que supor que isso tudo era para o garoto, que no momento estava sentado no balcão da cozinha, encarando Cathy com grande curiosidade.

— Francis não está — observou ele enquanto sua mãe vampira (ele realmente tinha usado esse tratamento, presumindo que a gente não tenha entendido mal) perguntava se queríamos chá.

— Não, obrigada — disse, enquanto Cathy sussurrava a mesma coisa para o chão.

— Eu sou Camille — falou a vampira. — E esse é meu filho, Kit.

Não só não tínhamos ouvido mal, como agora ela estava dizendo a mesma coisa que Kit. Como isso era possível? Esqueça o fato de que eles não eram nem um pouco parecidos. Camille era pequena e delicada, seu cabelo liso era negro como a noite (muito apropriado para uma vampira), enquanto Kit era alto e magro, seu cabelo um emaranhado de cachos castanhos.

Fazia sentido que vampiros ainda tivessem interesse nos filhos que tinham antes da transformação, mas eu não achava que fosse esse o caso diante de nós. Quanto mais antigo o vampiro, menos ele se parece e se comporta como um humano. A pele de Camille parecia uma pedra branca e ela se movia como água.

— Oi, Camille. Oi, Kit — arrisquei, sentando na cadeira que Camille tinha indicado. Cathy cautelosamente fez o mesmo na cadeira ao lado da minha, tomando cuidado para não olhar nenhum deles nos olhos. Em vez de fazer a pergunta óbvia: "Como assim você é a mãe dele?", eu disse: — Eu sou Mel e ela é...

— A famosa Cathy — completou Kit.

Cathy ficou vermelha e baixou ainda mais o olhar para ficar estudando o próprio pé. Ao menos agora ela acreditaria que Francis realmente achava que ela era especial. Era a única coisa positiva em que conseguia pensar.

— "Que faz Francis muito feliz" — continuou ele. — Caso você tenha tido a sorte de não ter ouvido, essa frase é um verso da canção já mencionada. Provavelmente é o melhor verso na coisa toda, o que deixa totalmente óbvio o quanto é ruim.

Eu ri. Kit se virou imediatamente na minha direção e abriu um sorriso enorme.

O sorriso dele era incrível, radiante e um pouquinho cruel. Embora fosse estranho sorrir daquela forma para um completo estranho que invadiu sua casa.

Tudo sobre a atual situação era estranho, é claro.

— Francis escreveu uma balada de amor sobre Cathy?

Cathy ficou ainda mais vermelha. Fiquei pensando qual seria a sensação de saber que o amor da sua vida escreveu uma música sobre você? Provavelmente bem diferente da sensação de saber que esse mesmo amor vinha usando você como cobaia para um livro sobre humanos e o amor.

Kit fez que sim.

— Nos últimos dias ele tem cantado sem parar, acompanhando os versos com o alaúde. Eu me ofereci para queimar o alaúde durante o dia, mas minha mãe não deixou.

— Um oficial da lei não pode aprovar a destruição de propriedade privada, não importa o quanto seja tentador — disse Camille, que estava fazendo o chá mesmo eu tendo recusado. — No entanto, preciso admitir que a oferta é *muito* tentadora.

Cathy ergueu os olhos, obviamente dividida entre sua timidez e a vontade de protestar contra a difamação a respeito do alaúde de Francis. Ela olhou para baixo novamente.

— Eu gostava bem mais de Francis antes de ele encontrar o amor — comentou Kit.

— Não, não gostava — disse Camille, debruçando sobre os ombros de Kit e o presenteando com uma xícara de chá cheia até a borda. Ele sorriu.

Era esquisito. Camille parecia uma mãe, protetora e amorosa, mas ao mesmo tempo parecia muito nova para ser mãe de Kit e, bem, muito vampira para ser mãe de qualquer um.

Quando o filho sorriu para ela, ela não retribuiu o gesto. Fiquei arrepiada ao ver aquele rosto polido como estátua perto do dele, as mãos de ambos se tocando.

Desviei os olhos. Talvez por isso ele tenha sorrido daquela forma para mim. Ninguém nesta casa cheia de mortos-vivos calados nunca deve ter rido de uma de suas piadas.

Quando olhei novamente, Camille estava sentada à mesa, o rosto com a mesma inexpressividade de antes. Kit, no entanto, olhava para mim com uma das sobrancelhas erguidas e fazendo uma leve carranca.

Ergui as duas sobrancelhas de volta para ele. (Eu não conseguia fazer isso com uma só, por mais que praticasse na frente do espelho.)

O rosto de Kit, que era extremamente expressivo, possivelmente algum tipo de compensação por viver entre vampiros, foi da carranca para um riso malicioso e então de volta para um sorriso comum.

— Para deixar claro. Não é que eu não goste de Francis — disse. — É só que... vocês sabem como ele tem uma opinião sobre tudo, certo? Como ele sabe tudo sobre tudo.

Concordei.

— Sim, estou ciente desse aspecto da personalidade de Francis.

Cathy emitiu um pequeno som.

— Ele adora compartilhar conhecimento. E como ele me considera o menos sábio em nosso Shade e muito possivelmente em todo o mundo, eu sou o sortudo que serve de depositório para a maior parte de suas pérolas de sabedoria.

— Kit estremeceu. — E de suas brilhantes observações.

Kit se referir a si mesmo tão casualmente como parte do Shade era como ouvir um peixe dizer que pertencia a um bando de papagaios. Por outro lado, seria uma grosseria comentar que ele não era vampiro. Como dizer a uma pessoa maluca que ela não era Napoleão.

— Não, querido — disse Camille lentamente. — Mas é que o resto de nós já ouviu tudo isso muito antes de você nascer.

— Ele também gosta de me estudar. — Kit fez uma mímica de Francis segurando uma lupa, e eu ri novamente. A semelhança era incrível.

Kit pareceu ficar absolutamente encantado, e mais uma vez estremeci ao vê-lo reagir daquela forma, um comediante de primeira em uma casa de vampiros.

— Eu sou o humano em cativeiro dele — continuou, tentando me fazer rir novamente. — Eu fui interrogado. Medido. Examinado. Cutucado.

Pensei no tema humano que Francis mencionou em seu arquivo. Será que era por isso que Kit era mantido aqui?

Isso não era nem um pouco engraçado.

— Kit! — disse Camille.

— Tá bom, não *literalmente* cutucado.

— Você não está em cativeiro! — protestou Camille.

A atenção de Kit passou de mim para ela, e ele franziu a testa, preocupado.

— Desculpa, mãe. Só estava sendo dramático.

— Ele estava estudando a gente também — respondi, prestativamente, tentando não demonstrar o quanto eles estavam me deixando apreensiva. Se aqueles vampiros tinham capturado Kit para estudá-lo, o que os impediria de manter a Cathy e a mim ali? — Mas acho que ele desistiu da gente — acrescentei com firmeza. — Somos inúteis para ele. Essas somos nós. Totalmente inúteis.

◆◆◆ 108

— Achei que ele tinha se matriculado na escola de vocês porque decidiu que eu era uma amostra muito pequena para sua obra-prima — disse Kit.

Cathy balançou a cabeça, mas não disse nada. Talvez ainda estivesse muito concentrada na revelação Francis-escreve-baladas-de-amor para pensar mais profundamente no que a obra-prima de Francis poderia ser.

— É um fardo pesado para você carregar — disse a Kit. — Representar toda a humanidade.

— Foi *isso* o que eu disse! Também falei que se ele estava tão interessado na humanidade, deveria começar a assistir TV. Uma semana de *Alunos Reais de Chicago* ou *Porteiro de celebridades* iria satisfazer a curiosidade dele para sempre. Mas Francis não suporta TV.

— Ou mensagens de texto. Ou caixa postal. Ou internet. Todos eles são máquinas sem alma que estão...

— Destruindo a delicada reciprocidade das relações sociais. — Kit e Camille terminaram para mim, em uníssono.

Aparentemente, Camille ter se juntado a nós foi a gota d'água. Cathy deixou escapar um gemido baixo.

— Eu amo Francis — disse ela. — E tudo o que vocês fazem é rir dele!

E esse foi o momento que Francis escolheu para chegar em casa.

Ele ficou parado na soleira da porta, segurando um buquê de rosas murchas, encarando Cathy. Ela se levantou da cadeira. Nenhum dos dois disse uma palavra. Estavam muito ocupados em olhar um para o outro.

— Você tem visita — observou Camille secamente.

— Achamos que esta pode ser a Cathy que você mencionou uma ou duas vezes — disse Kit.

Eu ri. Kit sorriu. Cathy desmaiou.

CAPÍTULO TREZE

Encontros dos apaixonados. Com chá.

— Isso acontece muito? — perguntou Camille enquanto Francis segurava o corpo inerte de Cathy em seus braços e gentilmente respingava água em seu rosto.

— Ela não anda se alimentando muito bem — expliquei.

— Por causa da decepção amorosa.

Eu realmente queria que Francis a colocasse no chão, mas ele a segurava de uma forma muito gentil e parecia muito preocupado.

— Prepare alguma coisa para ela comer — ordenou Camille dirigindo-se a Kit. — Algo revigorante. Vou fazer mais chá.

Fazer chá parecia ser a tarefa doméstica preferida de Camille.

Fiquei andando inutilmente de um lado para o outro perto de Cathy, pensando se deveria ou não ligar para a mãe dela e me dando conta de que seria bem difícil explicar toda essa situação. *Por favor, fique bem*, implorei silenciosamente. Nunca tinha visto Cathy desmaiar antes. Ela raramente ficava doente. Era forte, embora não parecesse.

Sempre tinha sido. Até conhecer Francis.

Os cílios de Cathy tremularam.

— Francis — murmurou ela.

— Cathy — murmurou ele de volta.

— Heathcliff — resmungou Kit, enquanto começava a preparar sanduíches. Não consegui segurar o riso novamente. Kit se voltou para mim com um grande sorriso no rosto.

— Ela vai ficar bem — sussurrou ele.

Kit, que tinha ficado seriamente surpreso quando Cathy desmaiou, parecia se recuperar. Imagino que estando acostumado a viver com vampiros invulneráveis, ver alguém cair pode ser bem desconcertante.

Francis ajudou Cathy a ficar de pé.

— Ah — disse ela, colocando a mão na testa. Então pareceu se dar conta de que estava nos braços de Francis e ficou vermelha. — Ah — disse novamente.

— Você desmaiou — expliquei a ela.

— Você me segurou — disse Cathy, olhando fixamente e com admiração para Francis.

Queria poder dizer que isso não era verdade. Mas era. Francis se movimentou mais rápido do que eu jamais tinha visto um vampiro se movimentar antes. Segurou Cathy antes que ela estivesse a meio caminho do chão. Foi bem impressionante.

Kit estendeu um prato lascado com um sanduíche de queijo e tomate.

— Você deve se alimentar, minha querida — disse Francis, erguendo-a sem fazer o menor esforço e colocando-a em uma cadeira.

— Ah, eu não posso — protestou Cathy.

— Achamos que foi por isso que você desmaiou. O quanto você comeu nos últimos dias? — perguntei.

Cathy ficou vermelha.

— Uma mordida só — implorei. — Você vai se sentir melhor.

Kit estendeu o prato para mais perto de Cathy, agitando-o de forma a encorajá-la.

— Ah, não — começou Cathy.

— Por favor, coma, querida — estimulou Francis, pegando o prato da mão de Kit e colocando-o na frente de Cathy.

— Por mim?

Cathy pegou o sanduíche e deu uma mordida. Tentei não ficar magoada por ela ter comido por ele e não por sua melhor amiga.

— Está ótimo — disse ela, presumivelmente para Kit, que o tinha preparado, embora estivesse olhando para Francis. Ela deu outra mordida, e mais uma, e então comeu tudo mais rápido do que eu jamais a tinha visto comer. Kit preparou outro sanduíche e Camille ofereceu uma xícara de chá.

— Obrigada — disse ela. — Peço desculpas por todo o incômodo.

— Você nunca é um incômodo — assegurou Francis.

— É, sim — protestei. — Quando não come nem levanta da cadeira você é um incômodo. Eu fiquei incomodada. Muito.

Cathy não estava ouvindo. Estava ocupada demais comendo o sanduíche, sorvendo o chá e olhando fixamente para Francis.

Eles pareciam perdidos um nos olhos do outro. Mesmo se eu fizesse um mapinha de olhos para que os dois conseguissem encontrar a saída, ainda assim eles não iriam querer.

A situação era ainda pior do que eu pensava. Se Francis também estivesse apegado a essa alucinação de amantes desafortunados, coisa que pelo andar da carruagem — baladas românticas, gente! — ele estava, tudo isso seria ainda mais confuso e doloroso para Cathy quando acabasse. Eu me apoiei no balcão da cozinha, as lágrimas quase rolando. Então pisquei e cravei as unhas na palma da mão. Eu não iria chorar.

— Você vai voltar para a escola manhã, não vai? — perguntou Cathy.

— Eu... — começou Francis.

— Sim, ele vai — garantiu Camille.

Aquilo me fez sentir tão traída. Camille era uma vampira assustadora, que tinha saltado na nossa frente com um brilho nos olhos de dilacerar a jugular, mas ao menos tinha sido sensata. Uma vampira policial sensata que preparava chás!

Imaginei que ela não estivesse mais aguentando as baladas de amor. Mas parecia cruel impor Francis à gente por causa disso.

— Eu vou — disse Francis.

— Fico feliz — murmurou Cathy. Ela olhou para o chão e ficou corada.

Francis pegou as mãos de Cathy e os dois voltaram a olhar um nos olhos do outro.

— Sério? — perguntei a Camille. — Você quer que ele volte para a escola? Você não acha que isso é uma má ideia?

— É, mãe, eu achei que você não quisesse, hum... — Kit falou mais baixo — abre aspas "encorajar essa maluquice" fecha aspas. Suas palavras.

— Tarde demais — disse Camille, acenando em direção aos pombinhos. — Além disso, acho que a escola humana está fazendo bem a Francis. Assim ele para de encher o nosso saco.

— Não, não para. Ele fica fora durante o dia, quando todos vocês estão dormindo.

— Sim, mas ele dorme mais à noite. Sem mencionar que com isso ele para de encher você, Kit. Você não fica feliz de ele não ficar o dia todo atrás de você fazendo perguntas?

Pegando o prato de Cathy e as canecas, Kit admitiu que sim.

Tentei me intrometer nesse momento. No papel de visita indesejada, achei que o mínimo que eu podia fazer era lavar a louça. Mas Kit era muito mais alto do que eu e segurou o prato bem acima da minha cabeça enquanto eu o seguia até a pia. Fiquei observando-o atentamente e consegui arrancar o prato da sua mão assim que estava limpo. Seus dedos molhados esbarraram nos meus. O toque o assustou e ele olhou para mim com os olhos azuis arregalados.

Ele não teve a menor chance de impedir.

Eu enxuguei o prato e coloquei-o de volta no armário, que era possivelmente o armário de cozinha mais vazio que eu já tinha visto. Imagino que eles não ofereçam muitos jantares já que só uma pessoa na casa fazia refeições.

— Ele não ficou insuportável depois que se separou de "Cathy, a estrela do amor"? — continuou Camille da mesa.

— Oi?

— É o título da canção. — Kit fez uma careta.

— Faz poucas décadas que Francis se recuperou da última decepção amorosa. Era a garota que ele amava antes de se transformar. Esses românticos... — disse Camille, conseguindo exprimir seu deboche com o mísero movimento de uma sobrancelha.

O amor parecia ter deixado Francis e Cathy surdos.

Percebi que, embora Cathy sempre fosse a educada de nós duas, ela não ia tocar no assunto. Então, com atraso, falei:

— Desculpa pela invasão.

— Não se preocupe — disse Camille, dando outra olhada no casal feliz. — Sei que a ideia não foi sua.

— Minha mãe provavelmente ficou feliz por vocês terem invadido — comentou Kit em voz baixa, embora eu tivesse quase certeza de que Camille podia nos ouvir. — Ela vive dizendo que eu devia passar mais tempo com outros humanos.

Eu ri novamente, mas não passou longe de ser uma boa risada falsa. Tudo o que eu conseguia pensar em dizer era "Mães e essa pressão louca para a gente interagir com nossa própria espécie, né? A propósito, como exatamente ela é sua mãe?"

Mas não disse nada.

Pelo menos ele sabia que não era vampiro. Ufa.

Kit sabia que minha risada não era para valer. Ele não sorriu. A sobrancelha dele arqueou em uma pergunta silenciosa enquanto lavava a xícara de Cathy.

Eu não respondi. Não era eu o mistério aqui.

CAPÍTULO QUATORZE

Um passeio com o vampiro

— Permita-me acompanhá-las até em casa — disse Francis.

— Não precisa — respondi.

— Você é tão gentil — acrescentou Cathy.

Advinha quem Francis, o Ouvido Seletivo, escutou?

Lancei um olhar de súplica para Kit e Camille.

— Tenho certeza de que Francis tem coisas para fazer em casa — falei a eles. — Seus afazeres, no caso? Talvez alguém precise limpar o banheiro?

— Vampiros não vão ao banheiro — observou Kit melancolicamente. — Então advinha de quem é sempre a vez de limpar o banheiro?

Eu estava assustada com o jeito conformado com o qual ele falava *vampiros*, como se estivesse falando *adultos*.

◆◆◆116

— O Shade não é totalmente seguro à noite para humanos desconhecidos — informou Camille. O olhar indecifrável que lançou para mim poderia ser interpretado como um pedido de desculpa. — Como diz o ditado, melhor excesso de precaução do que uma jugular a menos.

Era um ditado bem mórbido, hein? Talvez fosse usado só por vampiros.

Talvez só por vampiros franceses.

— Eu vou com vocês e com o tio Francis — ofereceu-se Kit.

Cathy reagiu. Possivelmente ouvir alguém chamando Francis de uma maneira tão familiar a tenha acordado do devaneio. Ela olhou para Francis com uma expressão de interrogação.

— Às vezes eu chamo Francis assim — explicou Kit. — Porque ele é mais velho.

— Ele nunca me chamou assim antes — rebateu Francis com uma voz congelante.

— Provavelmente você não lembra — falou Kit. — Por isso é melhor que eu vá com você, tio Francis. Pode ter um de seus surtos de senilidade e acabar esquecendo o caminho de casa. Pense no quanto vamos sentir sua falta. Pense no quanto vamos sentir sua falta tocando o alaúde.

Os olhos de Kit deslizaram na minha direção para ver se eu estava sorrindo.

Eu não estava. Kit podia estar tirando sarro de Francis, uma atividade que eu aprovava e apreciava, embora eu não a fizesse daquela maneira suave e carinhosa. Por mais inexplicável que fosse, Kit obviamente gostava muito de Francis.

Por que todas as pessoas que eu conhecia eram tão atraídas por vampiros? Fico pensando se eles realmente têm poderes hipnóticos.

Francis, naturalmente, respondeu da mesma forma calorosa de um iceberg ofendido.

— Kit, imploro para que você não demonstre sua insolência de sempre na frente dos convidados. Temo as impressões que Catherine terá formado a respeito de nosso Shade.

— Ah, não — disse Cathy. — Todos foram muito gentis.

— Eu ofereci para levá-las em casa — interrompeu Kit. — Sempre um perfeito cavalheiro mirim, este que vos fala.

— Você é tão amável — murmurou Francis para Cathy. — Podemos ir, minha querida?

Radiante, Cathy colocou a mão no braço que Francis oferecia e o vampiro a conduziu até a porta da frente. Camille ficou parada na soleira da porta, serena e respeitável, a senhora da casa.

— Obrigada por nos receber. — Ouvi Cathy falar para Camille com sinceridade.

— Volte sempre que quiser. Vocês duas. — Foi meigo ela não ter mencionado o fato de que nós invadimos a casa.

Esperava que não voltássemos, mas dada a maneira como Cathy e Francis olhavam um para o outro, a esperança era vã. Tive um vislumbre de jantares incrivelmente esquisitos, onde metade dos presentes à mesa não comia. Um vislumbre de eu e Ty conversando com Camille, a vampira policial, enquanto Francis e Cathy estariam no sofá, olhando fixamente um nos olhos do outro. Obviamente, os sentimentos de Francis por ela eram verdadeiros. Sonetos? Baladas?

Ele não imaginava que Cathy tomaria conhecimento dessas obras. Não consigo imaginar nenhuma razão para que escrevesse e atormentasse todo o Shade com o alaúde se não fosse por sentir algo por ela.

Embora quem lá pudesse saber o que vampiros sentiam de verdade.

Mesmo que fosse de verdade, ainda era assustador.

— Preciso pegar minha bicicleta — avisei, descendo a toda os degraus na entrada da casa.

Kit deu um beijo na bochecha da mãe e então desceu as escadas do pórtico e se juntou a mim.

— Desculpa pelo canteiro de petúnias — balbuciei enquanto pegava minha bicicleta e tentava não pisar nas flores já esmagadas.

— Sem problemas — disse ele. — Minty troca as flores do jardim a cada poucos meses. Alguns vampiros — e ele falou a palavra daquela mesma forma novamente, como se eles fossem os adultos — ficam muito entediados. Paisagismo. Redecoração. Ela já deve estar prestes a fazer algo novo de qualquer forma.

Fiquei pensando em como seria possível mexer com jardinagem apenas à noite. Ou talvez ela usasse um traje como o de Francis.

— Minty — repeti.

Kit sorriu para mim e pareceu surpreso ao ver que retribuí o gesto. O sorriso dele ficou ainda maior.

— O nome dela é Araminta. Ela odeia que eu a chame de Minty. Se por acaso você conhecê-la, é melhor não a chamar assim.

— Provavelmente não vou conhecer.

Kit parou de sorrir.

Cathy e Francis estavam bem mais à frente, imagino que tendo uma conversa sonhadora sobre nada: "Ah, como eu te amo!", "Não como *eu* te amo!" Ainda bem que não dava para ouvir.

— Deixa que eu levo a sua bicicleta.

— Não precisa — disse com firmeza.

Não sabia se a oferta tinha sido fruto do treinamento de cavalheirismo de Francis ou apenas Kit pensando no quão insignificantes as garotas humanas deviam ser. De uma forma ou de outra, não gostei da atitude.

Vários vampiros passaram por nós. Supus que depois da meia-noite era a hora ideal para fazerem o passeio da tarde.

Alguns vestiam o que imaginei ser a última moda da época em que foram transformados. Vi vestidos com ancas e crinolinas, sombrinhas, vestidos de melindrosa e shorts curtos. (Vampiros não sentem frio.) Outros vestiam roupas mais comuns, mas de alguma forma ainda davam a impressão de que deveriam estar segurando sombrinhas e, de fato, alguns deles estavam. Para completar, eles caminhavam, embora a caminhada fosse quase tão rápida quanto a minha corrida.

Era muito, muito esquisito. Como Kit conseguia suportar? E mesmo assim ele parecia *gostar*.

Comparada às vampiras que praticamente flutuavam segurando os braços de seus acompanhantes, Cathy parecia tropeçar. Eu estava quase grata a Francis por igualar sua velocidade à dela.

Por outro lado, se não fosse por Francis, nenhuma de nós estaria aqui. O cara mais esquisito que já conheci não estaria andando ao meu lado, carregando a minha bicicleta, enquanto a luz do luar refletia nos rostos dos vampiros que passavam por nós. Era de longe a noite mais estranha da minha vida.

Uma garota vampira planou até a calçada, inclinando a cabeça.

— Oi, Kit — disse ela, a voz de alguém que parecia muito culta e adulta.

— Olá, sra. Appleby — disse Kit, sorrindo para ela.

Ela não sorriu de volta, apenas continuou planando.

— Sra. Appleby? — repeti. — Ela parece mais jovem que a gente.

— As pessoas casavam com 14 anos na Idade Média — respondeu Kit. — Ela é uma coisinha velha e simpática. Costumava me trazer doces quando eu era criança.

— Ah.

Fiquei olhando para as costas de Francis e Cathy e decidi não ser mal-educada e perguntar a Kit sobre a estranha vida que levava, mesmo estando curiosa a ponto de explodir.

— Então, você mora no Shade desde criança? — perguntei, descaradamente indo contra minha própria decisão em menos de um segundo.

— Sempre morei aqui — respondeu Kit, olhando de um lado para o outro.

— Sei que estou me intrometendo... Mas um humano, vivendo com vampiros! Estou morrendo de curiosidade.

— Você está morrendo a cada minuto que passa, mas não vai morrer agora — disse Kit. Olhei para ele, que murmurou: — É uma coisa que minha mãe fala.

Fiquei em silêncio. O mesmo que reinava no mundo do Shade. Um vampiro com roupas de corrida passou voando por nós, tão rápido que seu agasalho pareceu um borrão e seus tênis mal tocavam a grama.

— Vampiros praticam corrida? — Não me contive. — Eles precisam ficar em forma?

— Não — respondeu Kit. — Esse que passou é novato. É um hábito humano. Daqui a pouco desaparece.

Tentei não estremecer. Como Kit conseguia viver nesse lugar?

— Alguém me deixou na porta deles, no dia em que eu nasci — relatou Kit abruptamente.

— Alguém... — comecei. — Mas por que alguém...

Não era o mesmo que deixar um bebê na frente de uma igreja ou de um orfanato. Era uma *casa de vampiros*. No Shade.

— É algo que as pessoas às vezes fazem — disse Kit com uma voz suave. — Se você tem um bebê e não quer que ninguém descubra, os vampiros sabem como fazer a criança desaparecer sem deixar rastros.

— Ah... — Entendi, ele estava falando sobre bebês sendo *assassinados*.

— É como *delivery* de comida chinesa — disse Kit. — Tirando que conseguir isso aqui no Shade é um saco. Quando eu tinha 6 anos, fiquei dois meses comendo nada além de guiozas. Minha mãe tinha que dar gorjetas quatro vezes maior aos entregadores.

Eu ri e fiz uma cara de horror ao mesmo tempo.

— Mas eles escolheram a porta errada para mim — continuou Kit alegremente. — Minha mãe é policial, ela não deixaria ninguém fazer de mim um lanchinho delicioso e ilegal. Ela disse aos companheiros de Shade que eles precisavam me entregar para as autoridades humanas, mas Minty, Albert e June acharam que eu era adorável e queriam ficar comigo. E Francis queria me estudar. Ele disse que eu era um símbolo da inocência a ser contemplado por todos, e acho que Marie-Therese tinha esperanças de que, passada a novidade, o pessoal permitisse que ela me arrancasse uns pedaços. Eles votaram, e então eu fiquei.

— Viva a democracia — murmurei, pensando em como o destino de Kit tinha sido decidido por uma brecha no destino. E ainda assim sorri quando ele revirou os olhos ao mencionar a contribuição de Francis no debate sobre o bebê.

Como alguém podia abandonar um bebê para monstros se alimentarem dele? Como alguém poderia fazer isso e ainda se considerar humano?

CAPÍTULO QUINZE

Kit, diminutivo de...

Fiquei feliz por estarmos finalmente fora do Shade. Ainda na parte antiga da cidade, mas havia luzes de neon bruxuleando em alguns prédios e em uma loja de conveniência 24 horas, um ou dois clientes humanos lá dentro. Estávamos no mundo real, brilhando em cores e vida. Mais alguns quarteirões e estaríamos em uma região mais familiar, passando pelo meu café favorito.

O alívio me fez falar.

— Então eles obviamente não se cansaram de você.

— Quando eu tinha um ano de idade, já estavam cansados de mim até os dentes — disse Kit, ainda parecendo entretido. — Mas minha mãe não desiste quando assume uma responsabilidade. E eu era uma criança esperta. Eles ainda contam histórias sobre como eu costumava me arrastar por todo lado segurando na perna dela. Os outros tinham fases em que ficavam excessivamente preocupados comigo, mas embora minha mãe achasse que eu era um incômodo, porque ela queria sair e fazer o trabalho dela, ela era a responsável. Sempre garantia que eu estivesse alimentado e bem-cuidado. Vestia aquelas roupas ridículas e me levava para passear durante o dia para que eu não ficasse raquítico. Coitada. Foram tantos passeios que eu decorei o caminho de volta, então não adiantava me deixar na porta de outra pessoa. Embora, aposto, ela tenha ficado tentada.

— Aposto que não. — Bati com a bicicleta no quadril de Kit, um pouco mais forte do que eu pretendia.

— Ai — disse ele, mas parecia se divertir.

Quando finalmente alcançamos Cathy e Francis já tínhamos chegado à casa de Cathy. Estava quase frustrada. Tinha muitas outras perguntas para Kit.

Cathy e Francis estavam trocando despedidas intermináveis no pórtico. Vi Francis tocar o rosto dela.

— Todo esse lance entre Cathy e Francis é horrível — anunciei.

— Você não sabe nada sobre coisas horríveis — disse Kit. — Não ouviu a balada.

Tirando Kristin, Kit era quem estava dando o maior apoio até agora. Estava abrindo a boca para dizer algo quando Cathy interrompeu:

— Boa noite, Mel! Vejo você amanhã.

Pareceu tão normal. Acenei de volta para ela.

— Até amanhã.

— Agora vamos acompanhá-la até sua casa, Melanie — disse Francis, antes de reparar em algo e parecer escandalizado. — Pelos céus, Cristopher, pegue a bicicleta da dama.

— Err — disse Kit.

— Eu falei pra ele que não precisava.

— Ela não deixou, Francis.

Com expressão de quem reprovava aquilo, o vampiro foi para o lado de Kit. Fiquei feliz em ver que Kit era bem mais alto. Bem, na verdade, muitos caras eram mais altos que Francis. Ele tinha nascido na Inglaterra no século XIX. Não se pensava muito em nutrição voltada ao crescimento naquela época. Francis provavelmente cresceu comendo mingau de aveia e banha de javali.

— Em que direção devemos prosseguir? — perguntou Francis.

— Está perto — disse. — Posso ir sozinha até lá.

— Não quero nem ouvir isso — respondeu Francis com firmeza.

Suspirei e tomei o caminho de casa. Talvez eu conseguisse dissuadi-lo de me levar até a porta. Mais uma vez, eu tinha saído sem meus pais saberem.

— Você verá que Melanie é bastante temperamental — disse Francis a Kit.

Decidi não comentar que eu estava bem ali.

— Vou? — perguntou Kit. — E como é Cathy? Além de ter a minha idade e ser uma estrela do amor?

— Cathy é extremamente madura para a idade...

— Só assim, não é?

— Já você, apesar da criação que teve, sinto dizer que não é.

— Ai, essa doeu, tio Francis! — exclamou Kit.

Eu bufei. Francis parecia irritado.

— Sobre Cathy — disse. — Minhas objeções permanecem inalteradas. — (Bem ao estilo de Francis, né?) — Como

Kit disse, ela é muito, muito, mais nova do que você. E ainda há a questão do livro que você está escrevendo sobre ela.

Francis ficou, pelo que dava para perceber, sinceramente escandalizado. A essa altura, eu tinha visto Francis ficar assim várias vezes — aparentemente eu inspirava isso nele — e tinha certeza de que era genuíno.

— Meu livro não é sobre Cathy.

— *Sobre o Amor e a Adolescência* Home Sapiens sapiens não é sobre uma garota humana que você está fingindo estar apaixonado por causa de sua pesquisa?

— *Fingindo*? Que tipo de canalha acha que eu sou? Vou provar que meu amor é sincero. Ademais...

— É verdade — disse Kit em voz alta, interrompendo-o. — Ele realmente está apaixonado por ela.

Depois da demonstração dessa noite eu tinha que admitir que talvez isso fosse verdade.

— Mas, e quanto ao livro?

— Meu *livro*, como você rudemente diz, não é simplesmente sobre adolescentes humanos apaixonados. Isso é só um capítulo. Minha obra-prima, que já conta com vários volumes, é uma história sobre as emoções humanas e vampiras. Há muito tempo alega-se que os vampiros não sentem nenhuma ou que são mínimas quando comparadas a dos humanos. Puro preconceito de vocês. Algumas de nossas emoções são diferentes, admito, mas diferente não é o mesmo que menor. Estou escrevendo essa obra monumental para refutar essas alegações para todo o sempre e permitir que humanos e vampiros possam se comunicar com boa vontade e disposição de entendimento mútuo. Para provar minha tese, era necessário estudar tanto as emoções humanas quanto as vampiras. Comparar e confrontar. Eu descobri que...

— E lá vamos nós — sussurrou Kit. — Ele vai ficar falando durante meses.

Dei uma risada.

— Eu desisto — disse Francis friamente. — Desculpe se uma das maiores obras de todos os tempos é tão tediosa para você, Christopher. E motivo de risadas para você, Melanie.

— Meu nome não é Melanie — respondi, exasperada.

— E o meu não é Christopher — disse Kit.

— É, sim — retrucou Francis, se dirigindo a mim. — Ele tem esse nome em homenagem a Christopher Marlowe, poeta e dramaturgo. Se não fosse por sua trágica e precoce morte, tenho a impressão de que provavelmente ele, e não Shakespeare, seria lembrado como o proeminente gênio de seu...

— Cathy é minha melhor amiga desde que nascemos — interrompi. — Eu sei quem é Kit Marlowe.

— Sim, é claro que você saberia. Cathy tem um conhecimento excepcional para alguém tão jovem.

Tentei não fazer uma careta.

— Poderíamos falar em particular, Melan... Mel?

Assenti. Francis fez um gesto para que Kit se afastasse.

— Em relação a nosso acordo, ainda está determinada a impedir que eu frequente a sua escola?

Encarei Francis.

— Sei que concordei em não me aproximar mais de Cathy, mas como você pode ver... — Ele fez um movimento com a mão na direção da casa dela.

— O acordo acabou — disse. — Pode voltar para a escola. Eu não vou contar para ninguém.

Eu sabia que contar a Cathy sobre o livro não teria o menor resultado.

— Obrigada — disse Francis. — Não me esquecerei disso tão cedo. Cathy significa tudo para mim.

— Aham, claro — falei. Eu ainda estava me perguntando por que Francis queria guardar segredo especificamente da diretora Saunders. A história do livro constava no arquivo dele. Não fazia o menor sentido.

E se a diretora Saunders não sabia sobre o livro, por que ela estava agindo de forma tão estranha? Por que ela odiava Francis? Era só por ele ser vampiro?

Eu precisava de respostas. Anna precisava de respostas, e eu não sabia como consegui-las.

Francis entrou em um transe romântico. Ou seja, não estava mais acompanhando o ritmo de nós, meros mortais. Isso deu uma chance a Kit para tossir e dar um solavanco na minha bicicleta.

— Não é verdade — afirma ele.

— O quê? — perguntei. Estávamos quase na minha casa, e eu fiquei pensando no que meus pais iriam dizer se me vissem com um vampiro. Não que eles fossem preconceituosos, mas ficariam um pouco surpresos. Fora que eles não sabiam que eu não estava no meu quarto.

— Não é verdade que meu nome é uma homenagem a Christopher Marlowe — revelou Kit. — Minha mãe e Francis fingem que é. Mas me lembro do que os outros costumavam me chamar quando eu era bem pequeno.

Ele se aproximou e me contou com um sorrisinho.

Enquanto eles se afastavam, fiquei ali na escuridão, pensando no mundo em que minha melhor amiga estava se metendo.

Um mundo de escuridão e silêncio — exceto por um ocasional som de alaúde. Um mundo de monstros, onde humanos abandonavam seus bebês mesmo sabendo que nunca mais ouviriam falar deles.

Ou se, num impulso, os monstros decidissem ficar com o bebê, não teriam o menor cuidado em esconder dele o que exatamente representava para eles. Não um filho, mas um animal de estimação.

Eles o chamavam de Kitten, "gatinho" em inglês.

CAPÍTULO DEZESSEIS

Caught in a (realmente) bad romance

Eu e Cathy fomos juntas para a escola no dia seguinte. Cathy não parava de sorrir e soltar exclamações sobre a beleza de tudo. Daria para achar que estava usando drogas. Talvez estivesse. Muitas pessoas estão convencidas de que o amor funciona como tal.

Se for mesmo assim, Cathy estava injetando.

Acabou que ela sabia tudo a respeito do livro de Francis — ah, perdão, obra-prima — e sabia quase desde o início. Ela estava adorando compartilhar comigo mais informações sobre ele do que eu jamais quis saber.

O que trazia a pergunta: a que Francis achou que eu estava me referindo quando eu disse que sabia o que ele estava fazendo?

O que ele não queria que a diretora Saunders soubesse? E o que estava acontecendo com a diretora, afinal de contas?

E como se pensar neles os fizesse aparecer, dei de cara com os dois.

Francis estava esperando por Cathy na escada na entrada da escola. Quando nos aproximamos ele ficou de pé, fez uma reverência e ergueu a mão de Cathy até o visor de seu capacete como se fosse beijá-la. Não dava para dizer qual era a expressão dele, uma vez que estava com o traje especial, mas imagino que era tão angelical quanto a de Cathy.

No estacionamento, a diretora Saunders estava trancando seu carro novo e chique. A expressão em seu rosto era o oposto de angelical. Ela ficou branca quando nos viu. Achei que fosse desmaiar ali mesmo quando nós quatro entramos juntos na escola e Francis tirou o capacete, voltando seus olhos gelados e azuis para ela.

Eu juro que a diretora Saunders estremeceu.

— Está tudo bem com a senhora? — perguntei. Ela parecia mais magra, e as olheiras estavam ainda mais profundas e escuras. Não me surpreenderia se morcegos começassem a se empoleirar nela.

— Tudo bem, obrigada — respondeu ela secamente. — Você está melhor, Cathy? Sua mãe disse que você estava doente.

Cathy ficou corada.

— Sim, diretora Saunders.

— Que ótimo. Não gostamos nem um pouco de ter nossa oradora longe por muito tempo. É ruim para o moral. — A diretora Saunders tentou esboçar um sorriso, mas os lábios ficaram mais parecidos com os de um cadáver. Ao mesmo tempo, ela parecia perdida.

Estranho, mas algo na expressão em seu rosto me fez lembrar da expressão de Cathy quando achou que Francis tinha ido embora para sempre.

O rosto de Francis não se alterou. O que estava rolando entre esses dois? Por que a diretora tinha medo dele? O que ele estava fazendo que não queria que ela soubesse?

E, mais importante de tudo, como eu iria descobrir?

◆

Não vi mais Cathy ou Francis pelo resto do dia — os dois estavam totalmente envolvidos em seu mundinho, como se estivessem presos dentro de um globo de neve de amor vampiro. Ainda assim era como se estivessem sentados bem no meu colo, visto que eram o principal tema das conversas na escola. Aparentemente, além da Diretora, muitas outras pessoas perceberam que tanto ela quanto Francis tinham sumido.

Embora essas mesmas pessoas pelo jeito tivessem esquecido que Francis já estava ausente alguns dias antes de Cathy sumir. Também pareciam incapazes de perguntar a Cathy ou Francis aonde tinham ido. Não, eles perguntavam para mim.

— Está tudo bem com a Cathy? — perguntou Ty enquanto devorava macarrão com almôndegas. — Ela estava doente? Ela e Francis foram a algum lugar? Eles estão casados?

— Está tudo bem com ela. Tudo bem com eles. Está tudo bem — disse, embora não estivesse. — Eles não estão casados.

— O que aconteceu, exatamente? Tem certeza de que ela está bem? — perguntou Anna, juntando-se à nós porque Cathy e Francis estavam em algum outro lugar. Debaixo de uma árvore declamando poesias, imaginei. Ou talvez ele estivesse lendo a obra-prima para ela?

Narrei a tocante história com monotonia.

— Ela achou que tivesse perdido Francis para sempre. Agora ele está de volta. Cathy está, abre aspas, "em um delírio de felicidade", fecha aspas. Então sim, acho que isso significa que está tudo bem com ela.

— Ah — disse Anna. Ela pareceu ter ficado surpresa, possivelmente por conta da parte do "delírio de felicidade".

— Que bom — disse Ty.

— Não, Ty. Não é bom. Caso você não tenha percebido, Francis é um vampiro.

Ty pareceu angustiado. A beleza e o conhecimento de Francis a respeito de aviões tinham obviamente afetado todos os neurônios em sua cabeça.

— Francis é um vampiro muito legal — protestou ele. — E, sabe, algumas relações humano-vampiro funcionam muito bem.

— Ah, é mesmo? — perguntei. — Quantas pessoas que você conhece estão em um relacionamento feliz com um morto-vivo?

Ty e Anna aproveitaram a oportunidade para ficar absolutamente em silêncio.

— Tirando Francis e Cathy — acrescentei.

— Bem, nenhuma — disse Ty. — Mas a gente sabe que acontece. Existem livros sobre isso. Toda hora sai uma matéria no jornal. Você viu aquela do vampiro que ficou namorando todas as descendentes de uma mesma família? Imagina a garota dizendo "nossa, o ex da vovó era gato".

— Como isso é um argumento a favor de namorar vampiros? — Eu estava me perguntando se Ty tinha ficado louco.

Ele me ignorou.

— E tem também Gina Lyons e Zac Rider.

— O relacionamento deles é um golpe publicitário para o filme — disse Anna, se intrometendo. — Quase todos os namoros de celebridades são.

— Bem, eu acho que o amor deles é de verdade — opinou Ty, que parecia determinado a ser o romântico do grupo na ausência de Cathy. Ele hesitou, então foi adiante: — E Rob Lin e Aaron Zuckermann? Eles estão juntos há dez anos!

— Período durante o qual Aaron Zuckermann fez tipo umas quinze plásticas — disse Anna. — Que se tenha notícia.

— Mas é porque estar bonito é importante para ele. Ele sente que deve isso a seus fãs e isso expressa sua dedicação ao trabalho — alegou Ty. — Não tem nada a ver com se sentir inseguro sobre o amor deles.

— Aham — disse Anna. — Cirurgia plástica não faz você ficar mais bonito. O cara é uma aberração.

Respirei profundamente.

— Parem de falar sobre celebridades que namoram vampiros! Suponho que todos nós concordamos que Cathy não deve fazer nenhum procedimento estético invasivo. E Ty, por favor, não me venha falar sobre os romances que você lê, ok? É tudo ficção.

— Alguns são baseados em histórias reais.

— Não estamos falando de um livro! — disse. — Cathy não é uma celebridade! Ela está toda enrolada com esse vampiro estúpido e os próprios sonhos dela, e eu estou seriamente preocupada! — Posso ter aumentado um pouquinho a voz. Ty e Anna estavam me encarando.

— Olha, que horas são mesmo?! — exclamou Ty de maneira pouco convincente. — Tenho horário marcado com, hummm, o orientador. Tenho andando meio agitado ultimamente.

— Aham — respondi enquanto ele disparava o mais rápido que podia para longe da mesa, abandonando almôndegas, macarrão e refrigerante. — Ele também poderia ter dito que precisava ir arrumar a gaveta de meias.

— Você foi meio agressiva — disse Anna. Ela parecia quase tão cansada quanto a mãe. Onde eu estava com a cabeça, discutindo sobre relacionamentos amorosos com mortos-vivos, deixando Ty falar sobre vampiros e celebridades? Essa história toda de Francis e Cathy deve ser insuportável para Anna, levando em conta que o pai dela fugiu com uma morta-viva destruidora de lares.

— Eu me sinto agressiva — disse, baixando a voz e chegando mais perto de Anna. — Tive que resgatar Cathy da casa de Francis ontem à noite.

Eu continuava a falar sobre vampiros, mas ao menos Anna parecia mais desperta.

— Mentira! Você foi ao Shade? Sozinha?

— Sim. Foi assustador. Francis mora com uma policial vampira que quase matou Cathy e eu!

O calafrio de Anna me fez lembrar do calafrio da diretora Saunders naquela manhã.

— Desculpa. Eu não devia estar te contando isso já que...— As palavras *seu pai* pairaram entre nós, ainda mais altas por não terem sido faladas.

Anna arqueou a cabeça.

— Não, tudo bem. Eu quero saber. A casa era fria e escura?

Ela falou como se tivesse passado algum tempo imaginando como seria a casa de um vampiro, imaginando que o lugar para onde seu pai tinha ido era úmido e escuro e frio como uma geladeira.

— Era frio, mas não escuro — fiquei procurando uma maneira de distrair Anna. — E você não vai acreditar, mas tem um humano que mora com Francis no Shade!

— Na verdade isso é bem comum — disse Anna com a voz frágil. — Coabitação vampiro-humano. Por um período curto, pelo menos. Eu imagino que atualmente meu pai esteja vivendo em um Shade.

— Ah! Desculpa, Anna. Eu não quis... Eu só... Putz, desculpa. — Aparentemente era o dia de falar o que não devia.

— É que tem esse menino que mora lá e se chama Kit. Ele não é exatamente um menino, tem a nossa idade e tal. Mas ele chama a policial vampira de mãe e Francis, de tio. Ele cresceu no Shade.

Anna ficou boquiaberta.

— Ok, você estava certa, eu não acredito. Como foi que isso aconteceu?

Contei a ela.

— Ele é bem estranho, Anna — disse, pensando em Kit.

Contei animadamente que seu nome era na verdade Kitten porque ele era um animal de estimação de vampiro.

— Ele acha que os vampiros são... — parei, sem estar totalmente certa do que ele achava. — Adultos? Como as pessoas são? Parece que ele acha que não está à altura deles. É horrível. Fiquei com a impressão de que ele não conhece nenhum humano. Fiquei com pena, sabe? Ele sequer sabe que vampiros e humanos não se misturam.

— Ao menos não deveriam — disse Anna friamente.

— Concordo com você. Ty está errado a respeito disso. — Ela entrelaçou as mãos por um momento, e então explodiu: — Às vezes eu acho que essa cidade não deveria existir, sabe? Quero dizer, sim, nós podemos passar a maior parte do tempo fora do caminho deles e eles do nosso, mas nem sempre isso é possível. E tem pessoas, como o meu pai, que trabalham com eles diariamente, que trazem eles para a nossa vida mesmo sem a gente querer. Isso está errado. Isso leva a... coisas ruins.

Ela fechou os olhos por um instante. Torci para ela não começasse a chorar.

— Uma vez a vampira com quem meu pai fugiu foi até a nossa casa. Nunca contei, né?

— Não.

Anna tinha falado muito pouco sobre o que tinha acontecido. E ao contrário do que sempre faço, eu não tinha realmente perguntado. Não soube por conde começar.

— Bem, ela foi. Ficou esmurrando a porta da frente durante horas. Ao menos pareceram horas. Mamãe ligou para a polícia imediatamente. A vampira desapareceu quando eles chegaram, o que tenho certeza de que não demorou muito, mas quando estamos esperando o que são minutos ou horas? Foi um inferno. Meu pai estava em uma conferência, então só estávamos eu e mamãe, abraçadas dentro do closet, sabendo que se ela derrubasse a porta ou entrasse pela janela, não poderíamos fazer nada.

"Nunca senti tanto medo na vida. Ela não estava apenas esmurrando a porta. Ela uivava. O barulho foi a pior coisa que já ouvi. Demoramos um pouco para entender o que ela estava falando..."

Anna tremia.

— Ela estava dizendo o nome do meu pai. Sem parar.

Balancei a cabeça. Os olhos de Anna estavam cheios de lágrimas, mas ela continuou falando, como se todas aquelas palavras estivessem se acumulando dentro dela, sempre tão quieta durante muito tempo, e agora simplesmente precisassem sair.

— Na manhã seguinte havia vários sulcos na madeira. Acho que ela usou as unhas. Tivemos que trocar a porta.

"Eu não cheguei a vê-la, mas posso imaginar a aparência. Mais zumbi do que vampira, olhos enormes e vazios, o cabelo voando para todo lado, coberta de sangue. Um monstro. Por que meu pai fugiria com alguém... com *algo* como aquilo? Mas ele foi. Ele amava esses monstros histéricos mais do que amava a gente."

Lágrimas começaram a rolar por suas bochechas.

— Eu sinto muito — sussurrei.

— Minha mãe está destruída. Como ele pôde fazer isso com ela? Como ele pôde fazer isso comigo?

Coloquei meus braços em volta dela.

— Eu não sei.

— Não entendo como ele pode amá-la — disse Anna. — Ele conversou comigo sobre ela depois do que aconteceu. Não podia contar muito, porque a tal era paciente dele, mas meu pai chegou a dizer que ela era digna de pena. Isso não é amor. Não consigo parar de pensar naquela noite, Mel. Meu pai sentia pena dela, mas não acho que poderia amar alguém assim. E se ele não amava, por que fugir com ela?

Engoli. Minha boca estava seca.

— Você acha que ele não queria ir? Você acha que ela o obrigou?

— Não sei — disse Anna. — Minha mãe falou que ele amava aquele monstro. Contou que ele olhou no fundo dos olhos dela e contou que estava indo embora porque queria estar com a vampira e não com a gente. Não vejo razão para minha mãe mentir. E não acredito que ela faria algo assim.

Mas não consigo acreditar que meu pai seria capaz de amar uma criatura como aquela, então não sei no que acreditar. Eu só sei o quanto eu a odeio!

Anna encostou seu rosto no meu ombro e soluçou. Fiz um carinho em suas costas e odiei aquela vampira também: não podia evitar sentir isso, mesmo se ela fosse apenas uma maluca. Minha amiga estava sofrendo tanto...

É isso que os vampiros fazem. Eles arruínam vidas.

Eu não permitiria que outro deles arruinasse a vida de Cathy.

CAPÍTULO DEZESSETE

Uma modesta proposta de Francis

Com uma das minhas melhores amigas tendo uma crise de choro no refeitório e tudo mais, estava sendo um dia bem ruim. No fim do dia eu não estava exatamente no estado de espírito de ver Cathy flutuar pelos degraus da entrada da escola, como se o dia tivesse sido nada além de pétalas de rosa, música suave e o brilho charmoso das presas de Francis.

— Oi, Mel — disse ela, sorrindo para mim, como se encontrar a melhor amiga fosse a cereja do seu bolo de amor. Ela praticamente me levantou do chão em um abraço. — Como foi o seu dia?

— Não muito bom — respondi em uma voz abafada pelo suéter de Cathy. — Anna está bem triste.

— Ah, não! — exclamou Cathy. — O que está acontecendo?

— Ela ficou falando sobre o pai hoje no almoço — expliquei a ela. Não sabia o quanto do que Anna tinha me contado era confidencial, então não entrei em detalhes. — Estava pensando em arrastá-la para o Kafeen Krank depois do treino de esgrima hoje à noite. Apelar para umas doses de chocolate quente. Quer ir?

Cathy mordeu o lábio.

— Ai, Mel, eu queria, mas já fiz planos com Francis.

Ela se afastou de mim nesse momento, de forma que pudesse ver meu rosto.

— Eu juro que não vou ser uma dessas pessoas horríveis que começam a namorar e passam a ignorar os amigos! Não vai ser Francis, Francis, Francis... — ela se demorou ao dizer o nome dele — o tempo todo. Vou com você até a casa da Anna amanhã. Farei cupcakes. Podemos combinar um dia só das meninas no fim de semana.

Eu costumo ser facilmente subornável por cupcakes. Mas não dessa vez. Mantive os braços cruzados e meus lábios pressionados.

— Francis me convidou para jantar em um restaurante chique hoje — disse Cathy. Ela estava tão empolgada.

Eu franzi a testa.

— Francis não come. Não vai ser meio estranho?

— Não — respondeu Cathy.

— Eu ficaria preocupada com a ideia de alguém ficar avaliando como eu mastigo ou meus modos à mesa.

— Mel, vai ser romântico! É importante, ok? Será nosso primeiro encontro oficial. E ele disse que quer me pedir uma coisa séria.

Imediatamente parei de pensar em como jantares românticos com vampiros devem ser estranhos. Na verdade, eu simplesmente parei de pensar. Meu cérebro estava paralisado de horror.

— O quê? — consegui falar por fim.

Cathy apertou as mãos, aparentemente por felicidade, já que sorria.

— Não sei. Ele não pediu ainda!

E se ele fosse pedir para ir com Cathy para a Inglaterra? Assim ele poderia vampirizá-la por toda Oxford e lançar sua grande sombra morta-viva por toda a vida universitária da minha amiga. Cathy estaria sozinha, exceto por ele. Ficaria totalmente dependente de Francis. Seria um pesadelo!

— Você devia cancelar — disse com a voz esganiçada, o pânico transformando o ar em gás hélio. — Você devia vir comigo e Anna.

— Mel — insistiu Cathy, com uma voz que eu sabia que ela estava mantendo equilibrada à custa de esforço. — Eu já combinei. Você entenderia se fosse qualquer outro cara. Sei que você não gosta do Francis, embora eu não entenda o motivo.

Abri minha boca para falar. Em detalhes.

— Eu também não gostava do Ryan — disse ela, calando a minha boca. — Mas foi decisão sua sair com ele, e eu respeitei isso.

Mencionei que tive outro namorado depois que eu e Ty terminamos amigavelmente, certo? Um namorado que me fez querer deixar de namorar por um bom tempo?

A história foi a seguinte: Ty decidiu que nós não tínhamos muita química, o que era verdade. Mas, como foi ele quem disse isso, fiquei magoada. Logo depois conheci Ryan em um torneio de esgrima e nossa química era tanta que eu não quis enxergar certas coisas.

Tipo o fato de que ele era um babaca.

Ele deu em cima de Cathy em uma festa. Foi uma droga.

— Ryan foi um grande erro.

— Mas a escolha de cometer esse erro era só sua.

— Francis é um erro maior ainda.

Cathy se aproximou de mim, tão perto que tive que inclinar minha cabeça para trás para ver seus olhos. Malditas pessoas altas.

— Mel — disse ela —, você sabe que eu te amo. Sei que você me ama. Sei que você só quer o melhor pra mim. Só que Francis é maravilhoso comigo. Ele é maravilhoso *para mim*. Fique feliz por sua amiga.

— Mas, Cathy, ele...

— Eu estou feliz. Talvez não dê certo — disse ela, como se aquilo fosse a ideia mais ridícula do mundo. — Nesse dia você vai pode falar o que quiser, ok? Mas agora preciso que você pare com isso.

— Cathy — comecei.

Ela olhou em meus olhos. Sua voz soava tão fria quanto a de Francis ou Camille.

— Mel — disse ela. — Pare com isso. Agora.

◆

Já estava escuro quando Ty veio nos encontrar todo saltitante depois da esgrima. Sabendo que Anna estava chateada, ele ficou rondando nossa amiga, tentando animá-la a seu modo desajeitado de menino, o que envolvia quase fazê-la tropeçar e oferecer chiclete o tempo todo. Chegava a ser fofo.

— Desculpa por ter perdido minha carteira de motorista — disse ele. — Não que minha mãe fosse necessariamente emprestar o carro.

— Depois que você bateu? — perguntei.

— Eu não bati — protestou Ty. — Tipo, tudo bem que se você quiser ler o número da placa agora, será preciso se enfiar embaixo do carro. Mas foi mais um amassado do que uma batida.

Anna deu um meio sorriso para Ty, o que foi gentil, porque já tínhamos ouvido aquela história antes. Ty tinha conseguido bater o carro e perder a carteira na primeira semana de férias. Foi uma aporrinhação. Continua sendo. Apesar de Cathy ter passado nas aulas teóricas de direção com notas altas, a mãe dela não tinha carro e, por isso, nada de carteira ainda pois Cathy não tinha feito o mínimo de aulas práticas. O mesmo comigo: meus pais compartilhavam um carro, no qual eu tive precisamente duas aulas com meu pai. Fora isso, como eu já devo ter mencionado, vou levar anos para juntar dinheiro suficiente para comprar um só pra mim.

Ty continuou fazendo estripulias como um cachorrinho durante todo o caminho até nosso lugar de sempre, o Kafeen Krank. Havia muitas coisas para amar a respeito dele. Serviam pedaços gigantes de marshmallow no chocolate quente; os atendentes eram divertidamente excêntricos ou cheios de fofocas incríveis que dividiam com qualquer um. Embora detonadas, as poltronas eram confortáveis e, ao contrário daquelas no café idiota que Francis escolheu, não combinavam entre si. Havia grafitis em cores fortes em todas as superfícies planas: paredes, mesas, chão. Eles inclusive deixavam canetas disponíveis para que os clientes pudessem acrescentar sua arte. O lugar fazia muito mais o meu estilo. Não apenas por causa da desorganização acolhedora, mas quase todo mundo lá era jovem e sem grana como a gente, incluindo os atendentes.

Eu e Ty falávamos sem parar, em uma tentativa desesperada de tirar a expressão de infelicidade do rosto de Anna. Ty narrou as últimas aventuras do time de futebol. (Eles tinham ganhado quatro jogos nas últimas duas temporadas.) Eu falei sobre as competições de esgrima que tínhamos pela frente. (Não gosto de me gabar, nem me pergunte quantos times femininos de sabre existem em nosso estado, mas a nossa está chegando às dez melhores.) Eu também compartilhei alguns poucos contratempos relacionado à prática que podiam ou não ser verdade. (Eu estava tentando fazer Anna rir. Era tão errado assim?)

O que levou a discussão ao desafortunado time de hóquei da New Whitby — Os Penguins —, do qual Anna costumava ser uma grande fã. Apesar dos nossos valorosos esforços, ela não sorriu.

Apelando, falamos sobre dever de casa. Tendo em vista a quantidade de tempo que Anna passava na biblioteca, não foi surpresa quando ela indicou, de maneira concisa, que estava em dia com tudo. Tinha feito o trabalho sobre o sistema de esgoto de New Whitby. Eu também admiti que estava em dia com tudo, incluindo o mencionado trabalho sobre o esgoto. (O que posso dizer? Em tudo que não se refere a amor, Cathy é um grande exemplo. Um exemplo que venho seguindo desde o jardim de infância. Um calafrio me percorreu ao pensar onde eu estaria se tivesse trilhado o caminho até aqui por conta própria.) Ty estava se saindo bem como sempre. Ele tinha encontrado ao menos quatro mapas da rede de esgotos na internet, embora não soubesse o que iria falar sobre eles.

Apelando ainda mais, falei sobre Cathy.

— Eu mandei mal, né? Se até Cathy perdeu a paciência comigo, é porque eu mandei mal. Eu devia ter parado de me intrometer. Só um pouco, até que a rosa murchasse ou algo assim. E então quando Cathy estivesse menos entusiasmada sobre o morto ambulante, seria um bom momento para atacar!

— Atacar? — Ty pareceu alarmado.

— Com argumentos habilidosos — disse.

— Acho que você está fazendo a coisa certa — afirmou Anna.

Olhamos para ela. A frase tinha sido praticamente tudo que ela disse em uma hora. Anna nos deu um sorriso sarcástico.

— Só estou falando minha opinião — disse ela. — Ninguém entende desse assunto melhor do que eu, certo? Vampiros têm todo esse glamour, por serem mais velhos e mais experientes, mais fortes e bonitos... Enfim, apenas por serem vampiros. Não acho que seja uma má ideia continuar lembrando Cathy de ser sensata. Acho que você está sendo uma boa amiga.

Anna apertou minha mão, que estava pousada perto do meu brownie gigante.

— Ounnn — disse. — Obrigada pelo discurso tocante, Anna. Mesmo assim você não pode pegar um pedaço do meu brownie, ok?

— Ao menos eu tentei, né?! — Anna deu de ombros.

Tirei um pedaço do brownie e dei a ela. Era bom ver minha amiga sorrir. Ty gemeu baixinho na tentativa de indicar sua iminente morte por inanição.

— Nem pensar, pede um para você.

— Eu deixei todo o meu dinheiro... — Ty ficou refletindo. — Bem, nas máquinas de vender na escola.

Dei uma grande mordida no brownie, fazendo sons de *hummm* exagerados para Ty.

— Cathy — disse Ty.

— A gente pode parar de falar sobre ela se você...

— Oi, Cathy — disse Ty um pouco mais alto.

Olhei. Cathy estava parada na nossa frente. E chorando. Fiquei de pé rapidamente e peguei sua mão.

— Eu vou matá-lo — avisei aos demais.

Os ombros de Cathy tremiam.

— Eu... eu...

— Eu vou tirar o vivo de morto-vivo. Juro — ameacei, puxando uma cadeira para ela. — Cathy, o que ele fez? O que aconteceu?

— N-n-n-ada! — disse Cathy afundando na cadeira. Apesar do mar de lágrimas em seu rosto, os olhos de Cathy brilhavam.

— Eu estou tão feliz — continuou Cathy entre soluços. — Eu tive que vir correndo contar para vocês!

— O que aconteceu?

Cathy reluzia por detrás das lágrimas. Era como ver o nascer do sol atrás de uma cachoeira.

— Francis me pediu para ficar com ele para sempre — disse ela. — Ele perguntou se eu... se eu cogitaria me tornar uma vampira.

Minhas mãos ficaram dormentes. As mãos de Cathy poderiam ter escapulido a não ser pelo fato de que ela apertava as minhas com força, como se pudesse passar toda a sua felicidade para mim pela ponta de seus dedos.

Então era isso. Essa era a verdadeira razão para que eu odiasse tanto a ideia de Cathy com Francis. Eu já estava com medo, mesmo antes de ter sido capaz de imaginar que as coisas chegariam a esse ponto.

— Eu disse sim. — Cathy sorriu.

CAPÍTULO DEZOITO

Francis diz...

Não sou idiota. Eu sabia que falar para Cathy que ela estava prestes a cometer o maior erro de sua vida, expondo estatísticas sobre a probabilidade de ela se tornar um zumbi em vez de vampiro, sem falar na chance de morrer imediatamente, não seria muito bem recebido. Eu sabia que, naquele exato momento, não daria certo furar a bolha de alegria na qual Cathy flutuava com um R maiúsculo de Realidade.

E, mesmo assim, quais foram as primeiras palavras que saíram da minha boca?

— Você está MALUCA? — gritei. — PERDEU COMPLETAMENTE A CABEÇA?

O barulhento café de repente estava bem menos barulhento. Todo mundo tinha se virado para olhar. Literalmente todo mundo. Inclusive o bebê gorducho no carrinho parou de sugar os próprios punhos e olhou para mim.

Não tinha sido minha intenção gritar.

Cathy também estava me encarando. Seus grandes olhos tinham ficado ainda maiores. Ela parecia chocada, como se não acreditasse que eu não estivesse vibrando de uma felicidade insana por ela. Mas, em minha defesa, quando foi que dei a Cathy qualquer indicação de que eu achava que encerrar a vida aos 17 anos era uma ideia superfantástica?

— Você pode morrer — falei da maneira mais calma que consegui. O que não era muito. Todo mundo ainda estava prestando atenção. — Se você não morrer, vai acabar se tornando um zumbi babão...

— É ilegal — disse Anna, interrompendo minha fala. — Você é menor de idade.

Cathy pareceu ficar aliviada por alguém ter feito um comentário racional. Eu não achava que era muito racional ser racional nesse momento.

— Vou pedir para minha mãe autorizar — respondeu Cathy tranquilamente. — Vamos fazer tudo dentro da lei, é claro.

— Acho romântico — disse Ty.

Dei um soco com força no ombro dele. Tão forte que vi ele se preparar imediatamente para revidar.

A expressão no meu rosto deve tê-lo feito parar. Em vez disso, ele esfregou o ombro.

— O que foi?

Eu fitei Ty. Olhar para Cathy doía muito.

— Não é romântico, Ty! É o fim da vida dela! Cathy está abrindo mão de tudo, e provavelmente vai morrer. Esse é o maior erro de toda a sua vida, Cathy. Isso é o fim de tudo. Você não pode fazer isso. Não pode!

Outra voz interrompeu o fim do meu discurso. A voz de um desconhecido.

— Perdão. — Um cara bonito, vestido de preto e com delineador demais, dirigiu-se à Cathy. — Você vai fazer a transformação? Já tem padrinho? Queria te desejar boa sorte. Sei que nem todo mundo entende.

Ele me lançou um olhar. Abri a boca para colocar o *vamposer* no lugar dele, dizer que eu entendia perfeitamente bem o que Cathy estava fazendo.

Anna agarrou meu braço. Eu não tinha percebido que cerrara meus punhos novamente. Ou talvez eu nem tivesse chegado a abri-los. Anna estava certa; não tinha por que discutir com um *vamposer*.

— Uau. Você é tão sortuda. Tão abençoada. Estou morrendo de inveja. Posso te abraçar? Talvez eu pegue um pouquinho da sua sorte.

Ainda parecendo chocada, Cathy deixou que o sujeito a abraçasse.

— Isso é loucura — disse um homem mais velho na mesa ao lado, baixando seu jornal. Devia ter uns 40 anos. Provavelmente o cara mais velho no salão. — Vampiros significam morte. Você devia ouvir a sua amiga. Um amigo meu fez o que você quer fazer. Meu melhor amigo. Sabe onde Leif está agora? Morto. Parece que não deu muito certo para ele, não é? Morreu aos 19 anos. Muito glamoroso. Você acha que seu amor vampiro deu a mínima? É claro que não. Mas aqui estou eu, vinte anos depois, ainda pensando no meu melhor amigo que morreu cedo demais porque acreditou em uma mentira!

— Não é uma mentira — disse o *vamposer*, soltando Cathy e rapidamente girando na direção do homem. — É um risco. E a recompensa vale à pena. É uma oportunidade inacreditável, o tipo de coisa que a maioria das pessoas pode apenas sonhar. Viver para sempre, ver no que o mundo irá se transformar.

— E se tornar um monstro? — perguntou calmamente o homem.

— Ei! — exclamou Ty. — Minha tia é uma vampira.

— É, corta essa, você está sendo intolerante! — berrou uma mulher de outra mesa, levantando os olhos da tela do notebook.

— Quantos anos você tem — perguntou a mulher com o bebê no carrinho. Ela olhou para Cathy, então para o bebê e de novo para Cathy.

Em pouco tempo, todo o café estava dando seus valiosos conselhos.

Anna, que odiava chamar atenção ainda mais do que Cathy, começou a guardar suas coisas. Então acenou para que eu e Ty fizéssemos o mesmo, pegou Cathy, que estava chorando novamente, e a puxou para fora dali.

— Vamos levar você em casa — sugeriu Anna enquanto guiava Cathy para além das várias pessoas que queriam tocá-la para conseguir sorte ou para avisar que sua alma estava em risco.

Do lado de fora, Ty esfregou seu ombro novamente, olhando para mim com ar de crítica. Eu estava tremendo, chateada e morrendo de raiva. Como ela sequer poderia pensar em se tornar vampira? Quanto mais já ter dito que sim!

— Obrigada, Ty — agradeceu Cathy, as lágrimas ainda rolando. — Seu apoio é muito importante para mim.

— Sem problema — disse Ty.

Eu estava prestes a comentar que havia, na verdade, um enorme problema, quando Anna apertou minha mão em sinal de advertência.

— Nenhum de nós quer dizer alguma coisa da qual irá se arrepender depois. — Anna olhou para o café do qual tínhamos acabado de sair, dezenas de pessoas nos encarando pelas janelas. — Vamos continuar andando.

Seguimos para o norte, mais ou menos na direção de casa. Não consegui evitar em pensar no quanto estávamos perto do Shade. Provavelmente Cathy estava pensando a mesma coisa.

— Cathy — disse Anna. — Nós três amamos você e nos preocupamos. Acha que ao menos poderia ouvir nossas observações sobre o assunto? De maneira calma e racional?

— Mel não está sendo calma nem racional.

Anna apertou minha mão com ainda mais força. Fiquei em silêncio mesmo estando a ponto de explodir.

— Ela vai ficar. Você entende que ela se importa e se preocupa com você?

Cathy assentiu.

— Queremos que você reflita sobre essa decisão. Parece que você está apressando as coisas.

— Concordo — disse Ty. — Eu realmente acho romântico. De verdade, Cathy — acrescentou ele quando ela lançou um olhar de *Até tu, Brutus?* para ele. — Acho vocês ótimos juntos. Mas é um passo muito grande.

— Enorme — observou Anna. — E parece que você não pensou no quão grande é essa decisão. Não é como escolher para qual universidade você vai. Não é sequer como decidir se vai casar ou ter filhos. Essa é decisão mais importante que você vai tomar na vida. E a mais perigosa.

— Eu amo Francis.

A voz de Anna permaneceu calma. Não sei como ela estava conseguindo.

— Sabemos que sim. Pode nos contar o que vocês conversaram depois que você aceitou? Francis deixou claro que ele a transformaria em vampira de acordo com a lei? Que você iria solicitar sua licença?

— É claro! Eu já disse que vamos fazer tudo dentro da lei. Francis está disposto a esperar até que eu faça 18 anos.

— Que magnânimo — murmurei, tão baixo que nenhum deles ouviu.

Ou ao menos todos fingiram que não. Anna continuou com sua tranquila e sensata linha de raciocínio enquanto eu fiquei ali, observando todos eles e querendo esmurrar alguma coisa.

— Vocês conversaram sobre a licença?

— Sim. Eu disse que pediria permissão da minha mãe para fazer a transformação antes dos 18. Francis não teria problema em esperar, mas já decidi. Vou ter uma nova vida. Não quero perder mais tempo nessa. Quero seguir em frente assim que conseguirmos a licença.

A voz de Cathy estava muito séria. Como se por um segundo fosse possível acreditar que tudo isso tinha sido ideia dela.

— Sua mãe nunca vai concordar.

Anna mandou eu calar a boca com o olhar.

— Você sabe que eles só liberam poucas licenças — disse ela. — E solicitar sendo menor de idade, mesmo com a permissão dos pais, não vai melhorar suas chances.

— Francis me falou. Mas mesmo se minha mãe não concordar, ou se o conselho rejeitar o pedido, eu posso tentar novamente depois dos 18. Acho que vale a pena tentar agora, porque o processo de aprovação pode levar muito tempo. Eu queria entrar com o pedido enquanto estou com a mesma idade que ele, e quando analisarem a nossa solicitação e virem o quanto estamos apaixonados...

Anna assentiu pensativa, como se Cathy estivesse se saindo bem no debate. Não dava para acreditar no quanto ela estava tranquila em relação a isso. Justo ela, que tinha sido aterrorizada por uma vampira, que me disse que a nossa cidade inteira era um equívoco. Era como se ela já tivesse desistido de Cathy.

— Vocês conversaram sobre a possibilidade do processo não dar certo?

Cathy assentiu.

— Francis diz que a porcentagem de transformações malsucedidas é muito pequena quando tudo é feito dentro da lei e supervisionado corretamente. Ele diz que a maior parte das mortes e zumbis resultam de processos não autorizados e de vampiros que não sabem o que estão fazendo.

Se Anna não estivesse me reprimindo, eu teria me expressado sobre o assunto, sobre o quanto achava isso tudo uma grande besteira. Às vezes não dava certo. Todo mundo sabia disso.

— Tenho uma amiga que quero que você conheça, Cathy. Amiga do meu... — hesitou Anna — do meu pai, que sabe muito mais sobre isso do que qualquer um de nós. Ela acompanhou muitas transformações, trabalha no controle de zumbis. Você conversaria com ela?

Cathy assentiu.

— Francis diz que devo me preparar. É uma das condições para tirar a licença.

— Preciso ir — eu disse. Era isso ou começar a gritar e esmurrar Ty novamente. Não suportaria escutar "Francis diz" nem mais uma vez. Porque o que Francis tinha dito era: "Acabe com a sua vida."

Era isso o que ela estava ouvindo.

CAPÍTULO DEZENOVE

Encontro marcado com o inimigo do meu inimigo

Eu não dormi naquela noite. Simplesmente não consegui. Também não consegui jantar. Não consegui conversar com ninguém, nem mamãe ou papai, nem mesmo Kristin, porque e se algum deles resolvesse fazer o mesmo discurso de Ty, ou daquele *vamposer* no Kafeen Krank? E se dissessem que era uma honra, um privilégio, uma bênção para Cathy ter todo o seu sangue sugado e nunca mais voltar a sorrir?

Ela nunca mais seria capaz de rir se virasse vampiro. Seria incapaz de rir, sorrir e falar normalmente se a transformação desse errado.

Se ela morresse.

Não conseguia entender como Ty e Cathy não estavam pensando nisso. Eu não conseguia pensar em mais nada.

Eu tinha que dar um jeito nisso. Tinha que fazer Cathy mudar de ideia, mas eu estava tão longe de entender o que ela queria que não fazia ideia de como começar a construir um argumento. É como se ela estivesse dizendo: "Maçãs são azuis!"

Não, elas não são. O céu é azul. Maças são vermelhas. (Ou verdes, mas *não* azuis!)

Em vez disso ela estava dizendo: "Arriscar minha vida para me transformar em um vampiro é uma ideia legal!"

Não, não é, e que tipo de pessoa concordaria com uma coisa dessas?

Aparentemente, Ty. E um monte de gente aleatória que frequenta cafés.

A mãe de Cathy nunca, jamais, daria permissão. Nenhum pai faria tal coisa; concordar com um procedimento que poderia matar o filho. Cathy completaria 18 anos daqui a oito meses. Eu tinha oito meses para fazê-la mudar de ideia.

Não parecia ser muito tempo.

Fracassar não era uma opção. Eu precisava convencê-la a não jogar a própria vida fora. Precisava encontrar uma maneira. E alguns aliados também.

◆

No dia seguinte, na escola, tinha aquela sensação que costuma rolar depois de uma briga: um silêncio meio incerto no ar depois de um esporro, parecido com aquele que vem depois de uma tempestade.

Tanto Ty quanto Anna deram um "oi" esquisito com o canto da boca quando me viram. Eu olhei para o chão e murmurei "oi" em resposta.

Quando Cathy se aproximou, seus sapatos rangendo no piso de linóleo verde, eu não consegui sequer repetir o cumprimento. Fiquei muito feliz em ver que Francis não estava com ela. Eu não estava pronta para encarar o cara que queria matar minha melhor amiga.

— Oi — disse Cathy em voz baixa.

— Humm — respondi, e o sinal tocou.

Fugi para a aula sem falar mais nada, o que não me deixou orgulhosa.

Claro que eu estava apenas adiando o inevitável, que nesse momento era o almoço no refeitório e Cathy se aproximando de mim.

— Podemos tentar de novo? — perguntou ela. — Oi. E desculpa.

Desculpa por ter tomado uma decisão tão insana e estou pronta para voltar atrás? Desculpa por Francis ter colocado drogas em sua comida na noite passada para convencer você a concordar com aquela loucura? Desculpa por ter tido que vê-la naquele estado e "Mel, você pode repetir toda a conversa maluca de ontem porque eu não lembro de nada"?

— Desculpa? — repeti.

— Não é exatamente segredo que você não vai muito com a cara do Francis — disse Cathy. — Também sei o que você acha de vampiros. E como Anna se sente.

— Isso não é justo. Eu...

Cathy me interrompeu antes que eu pudesse terminar.

— Não acredito que contei para você daquela maneira. Eu devia ter noção de que você ficaria chocada. É que eu estava tão feliz, e acho que isso me deixou totalmente incapaz de raciocinar.

— Quando você vai ser capar de raciocinar novamente?
— perguntei.

Cathy preferiu ignorar essa pergunta totalmente razoável.

— Sei que isso é uma decisão importante, e sei que isso pegou você de surpresa. Que você está com medo por mim. Sei que isso parece repentino. Nunca sonhei que pudesse acontecer comigo, mas assim que Francis falou... foi como uma revelação. Eu quero isso mais do que qualquer outra coisa, Mel. Você é minha melhor amiga no mundo, então espero que você entenda.

Cerrei meus punhos em vez de agarrar Cathy e sacudi-la da forma como eu queria.

— Você também é a minha melhor amiga. E é por isso que não posso deixar que cometa suicídio.

— Virar vampiro não é cometer suicídio! — afirmou Cathy. — Escuta, Mel. Você não pode admitir que é um pouquinho preconceituosa com vampiros? Você não acha que pode tê-los julgado rápido demais? E se eu te pedisse para aprender um pouco mais sobre eles?

— Nós podemos ler um livro sobre eles juntas, se você quiser — respondi, imaginando destacar todas as partes onde estivesse escrito POTENCIALMENTE FATAL.

Cathy sorriu.

— Você sabe que eu adoro livros. Mas estava pensando em uma experiência mais no estilo mão na massa.

— Você quer que eu ponha a mão na massa do Francis? — Fiz uma careta. — Esse não é exatamente o tipo de coisa que as melhores amigas fazem, Cathy?

— Não, não com Francis — disse Cathy com paciência. — Estava pensando em sairmos em um encontro duplo.

Esse era um novo lado de Cathy. Um lado de completa insanidade.

— Oi? Eu não quero sair com um vampiro!

Não é questão de ser preconceituosa. Muitas garotas não querem sair com caras mais baixos. Ou ruivos.

Eu não saía com caras que não tinham pulsação.

De qualquer forma, qualquer um que não risse das minhas piadas estava fora da lista. Então caras que não têm a *capacidade* de rir das minhas piadas podem muito bem estar fora do planeta.

— Não precisa — recusou Cathy. — Sua companhia não precisa ser um vampiro — hesitou ela. — Achei que você e o pupilo de Francis tinham se dado bem.

— Oi? Pupilo? Você está falando do Kit? — Quase uivei.

Cathy sequer sabia o nome dele de verdade ou por que Kit era chamado de Kit. Ela não sabia que, se as coisas saíssem como ela queria, as pessoas deixariam bebês indesejados em sua porta para que servissem de *lanche*.

— Vocês acharam graça um do outro — disse Cathy delicadamente.

— Ele é engraçado — admiti de má vontade. — É só que ele é...

"Estranho" foi o que eu quase disse, porque era isso que Kit definitivamente era. Ele fazia parte do estranho mundo do Shade. O mundo do qual Cathy queria fazer parte. Kit era alguém que eu não entendia e não tinha certeza se queria entender.

No entanto, ele era engraçado, e nós concordávamos em algumas poucas coisas.

Ele tinha feito algum comentário para Camille sobre não querer *encorajar essa maluquice*.

Tinha zoado a canção idiota de Francis. Tinha mencionado a idade de Cathy.

Kit também tinha deixado bem claro que não queria o conto de amor imortal de Francis e Cathy rolando em sua casa.

Eu precisava de um aliado.

— Gato! — exclamei. — Ele é gato! E nem um pouco estranho, definitivamente.

— Ah — disse Cathy, parecendo surpresa, mas contente.

Era maldade da minha parte, mas não resisti, então continuei:

— E eu já estava mesmo pensando em ir à praia esse sábado. Tem feito bastante calor, e o clima não vai ficar assim por muito tempo mais.

— Ah — repetiu Cathy.

Agora ela parecia bem menos contente.

CAPÍTULO VINTE

Noite infernal em casal

A previsão do tempo tinha dito "sol", e só para variar os meteorologistas não tinham mentido. Estava claro e o ar estava fresco: um ótimo dia para ir à praia.

White Sands era de longe a praia mais popular, e essa era a época do ano perfeita para visitá-la: outono, quando não estava muito lotada. Mas, por alguma razão, Kit insistiu para que fôssemos à Honeycomb Beach.

Não ajudou a melhorar meu humor. Os pais de Anna tinham se conhecido em Honeycomb Beach e, antes dessas últimas férias, ela sempre quis vir para cá. Acho que também esperava conhecer alguém.

A praia não era uma droga só pela Anna. A paisagem não era tão bonita quanto White Sands e o mar não estava bom para nadar por causa das correntezas, embora nessa época do ano não fosse muito divertido entrar na água.

Só havia um homem mais velho nadando bravamente. De sunga, o cara parecia uma ameixa seca e sem ar. As poucas pessoas na areia não estavam olhando para ele. Tinha dúvidas de que perceberiam caso ele se afogasse.

Todo mundo na praia estava olhando para a gente.

Cathy tinha trazido uma toalha de piquenique e uma garrafa de limonada preparada por ela mesma. Francis estava em seu traje. Sentou em cima da toalha, rígido, o sol reluzindo em seu capacete.

Talvez fosse possível pensar que sugeria um encontro com um vampiro na praia com a intenção de fazer uma piada profana e de mau gosto.

Não: isso era apenas um bônus.

Queria que Cathy visse o que iria perder: um dia de sol, o oceano azul, a areia branca e fina. Não deixaria que o fato de ser outono atrapalhasse. Eu também torcia para que um encontro com um astronauta morto-vivo e emburrado em ambiente externo e à luz do dia tirasse um pouco do deslumbramento. Mas a atenção de Cathy, que parecia sonhadora e feliz, estava fixada no capacete de Francis. Ou seja: obviamente eu tinha — mais uma vez — subestimado a força das alucinações dela.

Falando em romance, eu também tinha companhia, é claro.

Kit não era exatamente um encontro. Eu não queria sair com ele, e duvido muito que ele quisesse sair comigo. Sabia por que ele estava aqui. A mãe dele queria que passasse mais tempo com humanos. Possivelmente por ter pensado que cuidar de Kit era como cuidar de um filhote de leão ou algo assim: algum dia ele precisaria ser reintroduzido na natureza selvagem ao lado de outros animais da própria espécie.

Não podemos ficar com os bichinhos para sempre. Não seria bom.

Os vampiros deram a ele o nome de Kitten. Não pensavam nele como uma pessoa.

Mesmo assim, Cathy tinha dito que aquilo era um encontro, o que me fazia sentir um pouco incomodada. Lancei um olhar para Kit.

— Tio Francis — disse ele por cima do protesto abafado de Francis. Ele se aproximou e deu uma pancadinha na lateral do capacete do vampiro. — Tio Francis.

— O que foi, Christopher? — perguntou Francis, desviando a cabeça de capacete e deixando de lado sua contemplação de Cathy.

— Alguém em casa?

Francis voltou a atenção para Cathy. Kit riu. O garoto tinha a habilidade de parecer satisfeito consigo mesmo sem parecer metido. Era meio fofo. Eu teria dado uma olhada com o canto de olho para ver o sorriso dele, ou suas bochechas ou o cabelo castanho encaracolado e bagunçado.

Ok, eu não tinha mentido para Cathy: Kit era gato.

O que basicamente me irritava. Eu estava em uma missão para salvar minha melhor amiga; não tinha tempo para que esse cara esquisito fosse gato.

Meus pensamentos sofreram uma brusca interrupção quando uma bola de vôlei atingiu a parte de trás da minha cabeça.

Ainda em cima da toalha de piquenique, peguei a bola e levantei, ficando cara a cara com o garoto que presumivelmente havia acertado aquilo em mim. Ele viu a expressão no meu rosto e cuidadosamente começou a caminhar de volta para a rede. Possivelmente tinha intuído pelo meu olhar que eu não estava no melhor dos humores.

E eu estava armada.

— Calma, calma — disse ele, levantando os braços de forma defensiva. — Quer jogar com a gente?

Devolvi a bola nele com muita força; o garoto segurou mais com a barriga do que com as mãos. Quase soltou um grunhido.

Eu precisava fazer algo que ajudasse a me livrar desse sentimento de fúria e violência. Não havia a menor chance de convencer Cathy de qualquer coisa se eu não estivesse calma, e estar calma significava não fazer coisas como socar o capacete do namorado dela. Além disso, eu precisava de uma oportunidade para conversar sobre toda essa situação com Kit.

— Sim, quero — respondi, olhando para Kit por cima dos meus ombros. — Topa?

Kit piscou e então sorriu novamente.

— Claro.

— E você, Francis? — perguntei para que Cathy visse que eu estava incluindo Francis na atividade.

Kit estava se levantando enquanto eu falava, e nossos olhos se encontraram em um momento de perfeita harmonia, dividindo a mútua e fantástica visão de Francis levando uma bolada no capacete.

— Agradeço, mas não — respondeu o vampiro. — Mas Catherine, se você quiser jogar, por favor, vá. Eu não gostaria que deixasse de aproveitar este dia nem por um segundo.

— Estou muito feliz onde estou — disse Cathy timidamente.

Francis segurou a cabeça dela entre suas desajeitadas mãos enluvadas e a ergueu até deixá-la a um centímetro do visor escuro de seu capacete. Kit, que estava de costas para eles, fez uma rápida e silenciosa imitação de alguém vomitando. Foi minha vez de sorrir.

CAPÍTULO VINTE E UM

Vôlei e sexo

Eu estava meio irritada, e qualquer um da equipe de esgrima diria que, mesmo em condições tranquilas, eu sou muito competitiva. O sol batia na minha cabeça e nos meus braços nus, levantava nuvens de areia cada vez que cortava uma bola, e nós estávamos arrasando o time adversário.

Só tive que gritar uma única vez para Kit: "Sai, tudo que chegar perto da rede é meu!", o que foi bem legal. Um monte de caras vinha com o "Deixa comigo, baixinha" de sempre. Mas Ty era um que havia aprendido direitinho a não fazer isso depois de um jogo de duplas mistas e uma paulada na cabeça.

Pulei para botar com força a bola na areia do outro lado da rede. O cara que tinha me atingido sequer tentou defendê-la. Só deu um grunhido meio desanimado de tristeza e derrota.

Fiquei parada com as mãos na cintura e gargalhei.

— Querem parar um pouco?

— Sim, sim, por favor — berrou uma garota de biquíni verde, e todos começaram a se arrastar de volta para as respectivas cadeiras de praia.

Coberta de suor e areia e me sentindo muito bem, olhei para Kit e sorri.

— Você é bom em receber ordens.

— E você dá ordens bem direitinho — rebateu Kit que, relaxado, fez um *high-five* comigo mesmo com a mão cheia de areia. Ele sorriu novamente, olhando para a mão. — Primeira vez que faço esse lance de bater a mão. Estou curtindo o momento. Também foi minha primeira partida de vôlei.

— Vôlei de praia.

— Corrigindo. Primeira partida de vôlei de praia. Um dia de excelentes primeiras vezes.

Não tive como não sorrir de volta. Até que vi a toalha de piquenique azul de Cathy, sem ninguém, presa à areia apenas pela garrafa de limonada. As pontas da toalha sacudiam de um lado para o outro ao sabor da brisa, em um leve sinal de perigo.

— Onde estão aqueles dois? — perguntei.

Meus olhos rastrearam a praia ao longo da enseada até o rochedo. Nenhuma das pessoas à beira-mar eram um vampiro astronauta e sua bela senhora.

Continuei em direção ao rochedo.

Seguimos o paredão de pedra. Encurvadas pela ação do vento, as faces do rochedo tinham quase o mesmo formato da enseada. Tropecei em algumas pedras soltas escondidas na sombra do rochedo e por um momento pensei que a entrada da gruta fosse outra sombra. Mas não era: a escuridão tinha uma tonalidade azul que sugeria frescor e profundidade maiores do que o negrume plano de uma sombra. Caminhei para o interior da gruta e avistei os dois.

Francis tinha tirado o capacete e seu cabelo louro brilhava na luz fraca. Sua cabeça estava inclinada na direção da de Cathy. Eram um quadro na escuridão, amantes de contos de fadas cujos lábios estavam prestes a se encontrar.

Obviamente, eu tinha subestimado o potencial romântico desse encontro.

Dei meia-volta e fui pisando com firmeza por pedras e areia até estar novamente à luz do sol.

Kit me seguiu. Lancei um olhar furioso por cima do ombro. Ele era parte daquilo, do mundo que queria engolir Cathy. Fui pulando as ondas e fiquei lá olhando o mar, sem ligar para a água gelada que congelava meus pés. Kit ficou perto, apenas a um passo de distância.

— Se divertindo? — perguntei rispidamente, e então me arrependi. Não era culpa de Kit.

— Aham — disse Kit. — É legal conhecer Honeycomb Beach. Minha mãe falou sobre ela.

Honeycomb quer dizer favo de mel, um nome que não corresponde exatamente à história daquela enseada. Séculos atrás, essa praia era o centro do contrabando nessa parte do Maine. Barcos chegavam aqui vindos de todas as partes do país e do mundo, cheios de escravos que serviriam de alimento para os vampiros. Mesmo na época em que a escravidão era legal, o comércio de escravos com essa finalidade nunca foi permitido. E ainda assim acontecia; logo, havia contrabando. Difícil saber quem era pior — os vampiros ou os humanos que vendiam para eles.

Olhei fixamente para Kit. Não tinha imaginado que Camille era tão velha.

Ele ergueu as sobrancelhas.

— Quando os soldados ingleses desembarcaram aqui durante a Guerra da Independência e toda a população, vampiros e humanos, esperava por eles, minha mãe estava presente.

Ele tinha escutado o que ele mesmo tinha dito? A mãe dele estava mordendo soldados durante a Revolução. Fiquei pensando se Camille também tinha se alimentado de escravos. Será que ela pensava nessa época como os bons e velhos tempos? Quando vampiros eram uma peça importante para manter vivo o comércio de escravos? Embora tenha se tornado policial e hoje prenda vampiros que tentam mordiscar humanos que não são doadores. Os tempos mudam, hein?

Mas quantos vampiros gostariam que não tivessem mudado?

— É muito legal poder finalmente ver com meus próprios olhos — comentou Kit.

— Não estamos muito longe da cidade — disse. — Você poderia ter vindo a qualquer hora.

— Eu sei. Mas passar um dia na praia com meu Shade seria a coisa menos divertida de todos os tempos. — Kit olhou ao redor. Por um segundo enxerguei a situação com os olhos dele; então, vi os olhos dele pura e simplesmente, absorvendo tudo, a cor das íris em algum ponto entre o céu e o oceano. — É bonito aqui — disse ele, soando levemente melancólico.

O nó de raiva se afrouxou um pouco em meu peito.

— É, pode ser.

— Você é mimada, hein? — observou Kit, de implicância, ao mesmo tempo que cutucou minhas costelas com seus dedos cheios de areia. — Minty sempre disse que banho de sol em excesso deixa as crianças sem limites.

— Ah, e ela criou um monte de crianças, né?

Kit riu.

— Não, só eu, e não foi exatamente uma criação. Ela diz que praticamente qualquer coisa me deixava incontrolável.

— Ótima escolha de palavras. *Incontrolável?* Minty parece ser um encanto de pessoa.

Kit me cutucou novamente.

— Ela não é exatamente a minha preferida. Mas nenhum Shade é perfeito.

— Mais um dos ditados da sua mãe?

Kit veio me cutucar novamente e eu segurei a mão dele. Temendo algum tipo de retaliação de cutucadas, ele segurou a minha mão livre. E então ficamos parados ali, com as mãos entrelaçadas, as ondas quase quebrando em nossos pés.

— Bem, obrigado por me convidar — disse Kit. Senti que a pulsação dele estava acelerada e me dei conta de que talvez ele não soubesse que esse não era um encontro de verdade.

Talvez essa não fosse a melhor hora para falar que o convite não tinha sido meu.

Em vez disso, soltei uma das mãos, fiquei na ponta dos pés e puxei a cabeça dele na minha direção. O sol aquecia meu cabelo quando senti a boca quente contra a minha. Toda a energia do jogo de vôlei, todo o sofrimento e confusão por causa de Cathy... Tudo foi extravasado naquele beijo e se transformou em algo novo e poderoso.

Os lábios de Kit pressionaram os meus à medida que o beijo se tornou mais intenso, e coloquei a mão cheia de areia em sua nuca. Quando a mão dele pousou na base das minhas costas, eu entrei no clima. Nossos corpos eram uma coisa só, as bocas coladas — um misto de calor, proximidade e natureza humana.

Kit me afastou e murmurou:

— Eu não quero transar, tudo bem?

— O quê?

— Sei que os humanos estão sempre a fim — disse Kit.

— O que é ótimo! Não estou julgando. É só que, sabe... Não estou pronto e minha mãe teria um ataque e...

Empurrei Kit com tanta força que ele tropeçou para dentro da arrebentação.

Neste momento, farei uso de uma metáfora náutica: as palavras de Kit foram o equivalente emocional a ter o orgulho ferido por uma água-viva.

— "Sei que os humanos estão sempre a fim"? — repeti, minha voz ficando mais alta. (Um pouco parecido como o grito de uma gaivota, se fôssemos continuar no tema náutico.)

Kit esfregou a nuca e me olhou cautelosamente.

— Bem — começou ele. — É que tem essas garotas e esses caras que estão sempre lá no Shade e...

— São vampiretes, Kit! — falei, com raiva. — São vampiretes. Eles estão lá porque querem transar com vampiros! Não representam o comportamento de todos os seres humanos.

— Ah — disse Kit. — Ah, tudo bem.

Ele estava começando a ficar um pouco vermelho.

— Aqui vai uma lição sobre comportamento humano — alertei. — Quando um cara presume que uma garota quer transar com ele na segunda vez em que eles estão saindo, nós, humanos, normalmente consideramos esse cara um grande idiota! Na verdade, isso vale para qualquer cara que presuma que uma garota quer transar com ele em qualquer momento antes de ela dizer "Sim, transar é uma ótima ideia!"

Cerrei meus punhos novamente. Meu humor não melhorou quando percebi que tinha acabado de dizer "transar é uma ótima ideia" alto o suficiente para que qualquer pessoa por perto pudesse ouvir.

— Ok — concordou ele, soando muito sério, algo que eu já sabia ser raro para ele. — Uau, sinto muito. Eu não sabia. Eu não tinha intenção de ofender ou insultar você ou qualquer outra coisa. Desculpa.

Bem feito para mim, né? Que aceitei um falso-quem-sabe-verdadeiro encontro bizarro com um cara que sequer sabe como os humanos se comportam e então, feito uma idiota, beijei esse cara.

Esses vampiros estavam arruinando a minha vida!

— Foi a primeira vez que beijei uma humana. Eu disse que era um dia de primeiras vezes.

Eu não queria nem saber sobre os outros beijos de Kit. Ele quis dizer que já tinha beijado vampiros, certo? Reprimi um calafrio. Como ele podia viver assim? Como Cathy poderia viver assim?

O que me fez lembrar que eu precisava de um aliado.

— Ok — disse, imitando o jeito com que Kit tinha dito "ok" momentos antes. Um sorriso breve faiscou em seu rosto, mas não à vontade o bastante para permanecer. — Você, no entanto, arruinou o momento — fiz uma pausa. — Falando em momento, o que você acha desse novo desenrolar Cathy-e-Francis?

— São dois malucos — disse Kit, ainda parecendo um pouco cauteloso. — No mínimo eles deviam esperar completar um mês de namoro antes de pensar sobre vida de casal eterna. Eu disse isso a ele, mas Francis me mandou para o meu quarto alegando que eu não tenho poesia na alma. Camille me falou para ignorá-lo, e foi o que fiz.

— Está vendo? — perguntei, me sentindo vingada. Eu estava certa; Kit estava ao meu lado. — Esse namoro é muito esquisito. Eles não podem levar isso a sério.

Com a maré subindo, caminhamos mais para longe da água.

— A mim também parece uma péssima ideia — disse Kit. — Mas nós realmente não temos nada a ver com isso.

— Eu tenho a ver com isso sim quando minha amiga está tomando uma decisão que pode fazê-la infeliz para sempre. Ou matá-la.

— Não é como se Francis fosse acorrentá-la — disse ele. — Ele é uma boa pessoa, e realmente gosta dela. Se o relacionamento não estiver dando certo, eles podem desistir.

— Ela não vai poder desistir de ser vampira! Ela nunca vai ser feliz se virar um troço daqueles!

Kit ficou imóvel.

— Um troço daqueles? — repetiu ele.

— Não, tipo... — respondi com dificuldade. — Eu tenho certeza de que Camille, a sua... a sua mãe é muito legal, mas...

— Sim, minha mãe — falou Kit. — Ela é minha mãe, e você pode parar de dizer isso como se estivesse colocando entre aspas.

— Eu não estava! — protestei.

— Estava sim — afirmou Kit. — Deixa eu te falar algo sobre *aqueles troços*. Seres humanos me deixaram na porta da casa desses troços. Os vampiros me acolherem. Se eu tiver que escolher, vou escolher os vampiros todas as vezes.

— Isso seria uma decisão bem estúpida, tendo em vista que você não sabe nada sobre humanos! — gritei.

— Do que mais eu preciso saber? — gritou ele de volta. — Não importa. Vou saber tudo o que preciso saber em alguns meses, quando poderei esquecer tudo sobre vocês e me tornar um *troço daqueles*!

Foi a minha vez de ficar paralisada e gelada, como se as sombras do rochedo tivessem recaído sobre mim. Ou uma sombra diferente.

— O que você disse? — sussurrei.

— Eu vou fazer a transição assim que completar 18 anos — disse Kit, muito friamente. — É óbvio.

CAPÍTULO VINTE E DOIS

Diversão com zumbis

A sala de espera era basicamente como qualquer outra na história do mundo. Juro, poderia ser de dentista, médico ou até de um salão de beleza. Revistas por todos os lados. Cartazes. Com direito até a cercadinho para as crianças pequenas brincarem.

A única pista de que não era uma sala de espera como qualquer outra era o conteúdo dos cartazes: todos sobre zumbis ou vampiros e os perigos da transformação. Ah, e as portas de entrada e saída eram de chumbo e tinham mais trancas e vigilância do que uma prisão de segurança máxima.

Mais uma vez, sorri sem jeito para os recepcionistas. Se é que poderiam ser considerados meros recepcionistas, uma vez que estavam armados e treinados para neutralizar zumbis.

Tirando os recepcionistas/neutralizadores de zumbi, eu estava sozinha. O que tornava a espera ainda pior. Não conseguia parar de pensar no que poderia acontecer se um daqueles zumbis se soltasse e atacasse Cathy. Teoricamente, isso era impossível. Estávamos em um prédio de segurança máxima, blá-blá-blá.

Mas era um prédio com *zumbis* dentro e, nesse momento, minha melhor amiga estava vendo esses zumbis como parte da preparação para a decisão de se tornar ou não um vampiro. Junto com Kit do Infeliz Incidente do Beijo, com quem eu não falava desde então. Nem Francis nem Camille estavam com eles. Algo a ver com influência imprópria e tendenciosa.

Kit não tinha sorrido ao me ver pela manhã (a primeira desde o Infeliz Incidente do Beijo). Tudo o que recebi foi um breve e duro aceno com a cabeça, que poderia significar tanto "Ah, aquela garota que me beijou e eu achei que estava implorando por sexo — que situação incrivelmente constrangedora" quanto "Ah, aquela garota que odeia todos os vampiros, incluindo minha mãe — que pessoa detestável".

Não que isso me incomodasse, não realmente. Eu estava muito mais preocupada com Cathy — que embora não quisesse admitir, estava nervosa com tudo que envolvia aquela manhã. Ela nunca tinha visto um zumbi. Eu também não. Ou mesmo Kit. Ou qualquer um que a gente conhece, exceto pelos vampiros.

Quando uma transformação dá errado e um zumbi é criado em vez de um vampiro, a Unidade de Extermínio de Zumbis (UEZ) é chamada imediatamente e todos os vestígios da coisa são destruídos. Tem que ser assim. A mente dos zumbis pode ter se perdido para sempre e eles podem ser lentos se movimentando, mas são altamente contagiosos. Quando a pessoa é mordida, o prazo é de cerca de um dia para raspar ou amputar a área afetada, ou então ela se tornará um deles. Uma coisa nojenta. Hoje em dia, mesmo cidades bem pequenas tem a sua própria UEZ. Não há uma epidemia séria há décadas.

Ainda assim. Zumbis.

Em algum lugar do outro lado dessas portas de chumbo que passam uma incrível sensação de segurança, Cathy estava à distância de um cuspe de um zumbi. Talvez de mais de um. Sabia que em alguns institutos eles mantinham mais de um exemplar, substituídos à medida que as coisas se desfaziam.

Uma vez fui a um protesto com a minha mãe, de pessoas que reivindicavam a aniquilação de todos os zumbis. O lado contrário dizia que as pessoas precisavam ver zumbis para estarem totalmente preparadas para todas as potenciais consequências da transformação.

Pessoalmente, eu acho que o outro lado vai reconsiderar sua posição se algum dia acontecer outra epidemia de zumbis. Mas aí será um pouco tarde, não é mesmo?

Fui até o bebedouro e enchi um copo de água.

— Demora quanto tempo normalmente? — perguntei a um dos recepcionistas/exterminadores de zumbis.

Ele ergueu os olhos do trabalho e sorriu de leve.

— Depende. Às vezes eles voltam em poucos minutos. — Ele fez uma careta. — O pessoal lá dentro não costuma ter uma boa aparência. Se é que me entende. Se está torcendo para que seus amigos mudem de ideia, está com sorte. Dos que fazem essa visita, mais da metade muda de ideia.

— Sério?

Ele assentiu.

— Não é nada bonito lá dentro. Para a maioria das pessoas os riscos não parecem reais. Os interessados tentam se convencer pensando: "Ah, um risco de dez por cento de zumbificação não parece tão ruim." Só que eles se esquecem de que existe uma chance praticamente igual de eles sequer se tornarem mortos-vivos e pularem direto para a parte do morto simplesmente. Mas depois de verem um zumbi de verdade e como nós lidamos com eles? Isso torna absolutamente real a probabilidade de dois a cada dez de dar errado.

Estremeci.

— Não precisa me convencer. Sou totalmente Time Humanos.

Ele riu e então disse "oh-oh", antes de vir para o meu lado do balcão com um balde na mão.

A porta pela qual Cathy tinha desaparecido se abriu. Meu coração deu um salto enorme na garganta.

Kit deu alguns passos desequilibrados para dentro da sala de espera, a mulher a seu lado oferecia a mão como apoio.

— Se você precisar de um balde — começou ela.

Kit se ajoelhou. O recepcionista conseguiu passar o balde para ele bem na hora.

CAPÍTULO VINTE E TRÊS

Sobre vômito e beijos

— Estou feliz por minha mãe não ter vindo — disse Kit. — Indisposições humanas meio que a deixam com nojo.

Nós estávamos na sala de recuperação, que incrivelmente parecia com uma área de um hospital, com cortinas envolvendo cada um dos seis leitos. Apenas uma das camas estava ocupada no momento. Kit estava deitado com um saco de gelo na cabeça. Tinha sido examinado pelo médico, que deu a Kit um atestado e receitou que ele fosse reidratado e descansasse por pelo menos meia hora antes de ir embora. Eu sentei perto dele e tentei confortá-lo.

Estava treinando para quando Cathy reaparecesse.

— Bem, vomitar não está no topo da lista de atividades que eu também goste de presenciar. Ou de participar. Vampiros não estão sozinhos em seu nojo por vômitos. — Eu não comentei que meus pais nunca tinham ficado com nojo de mim quando isso acontecia. Ou então não me contaram, caso tenham ficado.

— É — disse Kit, parecendo desanimado. — Não tinha pensado nisso.

— Tudo bem — comentei, tocando em seu joelho. Ele me olhou de forma estranha. — Hum, não. Tocar no seu joelho não quer dizer que eu quero transar com você, ok?

Kit ficou corado.

— Eu não...

— Quando você virar vampiro não vai mais ser capaz de ficar corado novamente, sabia?

Ele ficou mais vermelho ainda.

— Talvez eu não sinta falta de ficar corado. Mais uma vez, desculpa.

— Tudo bem — menti. Não tinha contado à Cathy o que tinha acontecido entre nós dois. Acusada de ninfomaníaca por um cara esquisito criado por vampiros? Eu *jamais* contaria para qualquer pessoa. — Estou brincando com você, Kit, o que provavelmente não é legal da minha parte, já que você vomitou as tripas várias vezes depois de ter visto um zumbi.

— Muitos zumbis — disse Kit, fazendo careta.

— Quantos?

— Ok, três, Mas um era mais do que suficiente. Bem mais do que suficiente.

— Sinto muito. Deve ser horrível. — Imaginei que sim, embora ele não tenha contado quase nada a respeito. Eu estava louca para perguntar os detalhes. Como eles eram? De perto, quero dizer. É verdade que eles são capazes de lembrar o que era ser humano, pelo menos por um curto período? Eles falam? Ou só ficam gemendo? Eles fedem tanto quanto as pessoas dizem que fedem?

— Não dá para imaginar se transformar em algo como aquilo — disse Kit, pegando o copo de água. — É muito... — Ele estremeceu. — E são duas chances em dez.

— Na verdade — corrigi, repetindo as palavras do recepcionista —, acho que é uma chance em dez de se tornar um zumbi. Morrer imediatamente na hora do processo ou por ter se tornado zumbi é que são duas chances em dez. Porque, sabe como é, né? Zumbificação é igual a extermínio automático.

— Ah, é. Bem, agora melhorou *muito* — disse Kit, que deu um gole na água e recostou um pouco mais na cama. Ele me fitou e contraiu os lábios. Parecia tentar um sorriso, embora ainda estivesse abalado e pálido.

Kit estava sempre sorrindo e tentando fazer com que todo mundo também sorrisse. Imagino que a pessoa ou aprenda a ser persistente em relação a isso por causa da convivência com vampiros, ou desista. Obviamente, Kit não era do tipo que desiste.

— Por que você quer virar vampiro? — perguntei do nada. — Quer dizer, você mesmo falou que sequer sabe o que é ser humano.

— Eu não disse isso. Falei que eu não sabia *muito* sobre humanos. Por que você acha que vampiros são troços e não pessoas?

Endireitei a postura rapidamente e mordi o lábio. Dava um pouco de pena ver Kit ali deitado, o que não era uma surpresa levando-se em conta que ele tinha vomitado quatro vezes seguidas.

— Não devia ter dito aquilo — admiti.

— Só que você acha isso. Mas por quê? — perguntou Kit.

— Um vampiro nunca fez mal a você.

Senti meus lábios se encurvarem.

— Bem, não estou muito certa disso. Vampiros já fizeram mal a amigos meus — disse sem entrar em detalhes, porque a situação de Anna não era da conta dele. — Francis está tentando levar embora a minha melhor amiga. Fora isso, a maneira como ele fala me faz mal. Fora a poesia!

Kit deu uma risada. Sorri ao vê-lo rindo.

— Você nunca ouviu nenhuma das poesias dele!

Dei um tapinha no ombro dele.

— A propósito, isso também não quer dizer que eu quero transar, ok?

— Ah, cala a boca — disse Kit. — Me responde uma coisa: por que você é contra vampiros?

— Kit, sinceramente, eu não sou contra. Tipo, eu realmente acho que as vampiretes são ridículas, ok.

Kit olhou para o lado e tossiu.

— A questão é que os vampiros estão ali — apontei na direção em que calculei que o Shade ficava — e nós, humanos, no resto da cidade. E eu prefiro dessa forma. Francis é o primeiro vampiro com quem eu realmente conversei. É mais fácil lidar com eles enquanto conceito abstrato, mas acho que a simples ideia me dá repulsa. Vivo, mas não realmente. Morto, mas não realmente. Sem falar que são como sanguessugas ou mosquitos ou morcegos: eles bebem o nosso sangue. É difícil não reagir a isso, sabe?

Kit franziu a testa.

— Obviamente eu não sou um expert, você é a única humana com quem eu tive uma conversa de verdade. Quero dizer, além de "Quero massa fina com pepperoni extra", ou

"Para de encher o saco da minha mãe! Ela não quer você como escravo sexual". Mas os vampiros são tão variados quanto os humanos. Eles são gente. Alguns são maus e egoístas, como Minty, por exemplo. Alguns se importam com os outros e são responsáveis, como a minha mãe. Alguns são chatos mas só querem o bem, como Francis. Existem vampiros de todos os tipos. Alguns são bons, outros não. Alguns realmente se alimentariam de você se pudessem. Alguns querem te analisar. Alguns não ligam para você. Não venha me dizer que os humanos não são assim.

— Assim como? A fim de se alimentarem de mim?

— E os canibais do Donner Party? — ressaltou Kit. — E Jeffrey Dahmer, o canibal de Milwaukee?

— Ok, mas humanos se alimentando de humanos é algo que acontece em situações extremas, envolvendo pouquíssimos indivíduos, diferente dos vampiros, com quem isso acontece todo santo dia!

Kit parou de falar, um ar de presunção no rosto por seu brilhante ponto histórico.

— Só estou dizendo que eles são pessoas — resmungou ele. — São apenas diferentes.

— Eles são muito diferentes — contestei. — É difícil não ficar assustada. E mais difícil ainda entender que minha melhor amiga queira ser um deles.

— Bem — disse Kit —, quem sabe os zumbis não deixem sua amiga menos entusiasmada?

— Sei lá. Funcionou com você?

Kit olhou para o lado, os cílios baixos, subitamente fascinado com as cortinas do hospital.

— Para mim é diferente — disse ele. — Tenho o meu Shade, onde sempre existiu a expectativa de que eu me tornasse um deles. Eu não sei como ser outra coisa; eu não quero ser outra coisa — acrescentou ele em tom desafiador.

— Ok.

— Ok — repetiu Kit, agora menos indignado. — Eu compreendo por que você talvez queira coisas diferentes para sua amiga — admitiu ele, quase relutante. — Ela tem muitas opções. É uma grande decisão que ela está tomando. Além do mais, e digo isso com, tipo, carinho e tal, correr o risco de virar um zumbi pelo doce, doce amor de Francis me parece um pouco de maluquice.

— Um pouco? — disse. — Você acha?

Sorri. Mesmo ainda pálido e um pouco em choque, Kit sorriu de volta. Eu tinha um aliado, simples assim.

— Você acha que poderia conversar com ela? Dizer as mesmas coisas que você me falou? — perguntei.

Se alguém além de mim dissesse essas coisas para Cathy, talvez ela entendesse.

— Claro. — Kit sorriu para mim. Não um sorriso do tipo viu-como-eu-sou-perspicaz? Foi um sorriso lento e caloroso e que me deixou com vontade de beijá-lo novamente. Não que eu fosse fazer isso. Tossi e mudei de assunto. — Como Cathy estava se saindo lá com os zumbis?

— Não estava passando mal — disse Kit, o sorriso agora ficando sarcástico. — O que a torna mais durona do que eu, no mínimo.

— Ah.

— Não se preocupe. Eu vou falar com ela. Sua amiga não vai passar pela transformação sem ouvir todos os prós e contras.

Dei um suspiro e abaixei a cabeça.

— Ela está tão apaixonada...

— Mel — disse Kit subitamente. — Sei que talvez não seja o momento ideal para mencionar isso, já que você me viu vomitar quatro vezes e tal, mas eu gostei daquele beijo.

Levantei minha cabeça tão rápido que quase mordi a língua. (Me ocorreu que morder a língua era provavelmente bem doloroso para vampiros. Outra coisa para mencionar para Cathy.)

Kit estava fincando vermelho outra vez.

— Quando nós nos beijamos naquele dia na praia.

— Eu sei de qual beijo você está falando.

— Sim, claro. Só estou tentando dizer que foi legal e, humm, acho que não tinha falado isso. Queria que você soubesse que eu gostei. Foi bom e... E, oi! Oi, Cathy! — Kit se virou. — Como você está?

Virei também. Possivelmente, Cathy estava um pouco mais pálida do que o normal. Com a luz excessivamente branca não dava para saber direito. Não parecia estar nem perto do quanto Kit tinha ficado abalado.

— Está tudo bem com você, Kit? — perguntou ela?

— Tudo. Estarei pronto para outra em breve. O médico disse que algumas pessoas reagem mal ao cheiro.

— Foi horrível — concordou Cathy de forma simpática. — Ninguém pode culpar você por ter passado mal. Provavelmente são a pior coisa que já cheirei na vida.

— Ou olhou.

— Ah, é. — Cathy balançou a cabeça. — As pobres criaturas são caquéticas e enrugadas. Mal conseguem se movimentar. Acho muito cruel mantê-los vivos só para serem vistos.

Essa era a Cathy. Não ficou tomada pelo horror, não estava ali jurando que jamais se arriscaria a se tornar tal coisa. Não, Cathy tinha decidido que teria pena dos zumbis.

— Os panfletos dizem que os zumbis não sentem nada; a parte do córtex responsável pelos sentimentos é a primeira coisa que o processo de zumbificação destrói — ressaltei para ela.

Havia muitos panfletos na sala de espera.

— Mas os olhos deles, Mel, os olhos! Estavam tão cheios de dor. — Cathy estremeceu, mais chateada pelo horror em sua imaginação do que pelo horror real. — Francis me prometeu que se isso acontecer ele mesmo vai pôr um fim no meu sofrimento.

Cerrei os punhos. Kit olhou para mim com firmeza.

— Não mudou de ideia, então? — perguntou ele, muito suavemente. Muito mais suavemente do que eu jamais teria conseguido.

— É claro que não — disse Cathy, parecendo surpresa. — É claro que isso é uma coisa horrível, mas não é nenhuma novidade.

Então os olhos dos zumbis estavam cheios de sofrimento? Ok, mas havia muito sofrimento rolando por aqui também.

CAPÍTULO VINTE E QUATRO

Pistas no jantar cantonês

— Não acredito que você não viu os zumbis — disse meu irmãozinho, Lancelot, com arrogância durante o jantar. — Que bosta.

— Lance — disse mamãe, sua voz inflexível.

Estávamos todos sentados para um verdadeiro jantar cantonês. Meu pai era bisneto de chineses e, de vez em quando, tinha ataques de culpa por estarmos sendo criados sem conhecermos as nossas raízes. A família da minha mãe estava aqui desde o século XIX e ela era bem mais tranquila a respeito disso. Mas, se meu pai quisesse cozinhar uma tonelada de pratos cantoneses, não era ela que iria recusar.

Mamãe sempre ficava empolgada quando a preparação da refeição era feita por outra pessoa.

Normalmente, eu não recusaria também. Mas hoje, meu *gai lan* — brócolis-chinês, muito melhor do que o brócolis normal — com molho de ostra não parecia tão bom como de costume. Talvez eu tenha lido panfletos demais sobre zumbis.

Ou talvez fosse a lembrança do rosto de Cathy, perturbada, mas ainda assim totalmente determinada a fazer algo que poderia matá-la.

Ou quem sabe do rosto de Kit, pálido e indisposto, falando como se não tivesse outra opção a não ser virar vampiro.

— Não acredito que Cathy não tirou uma única maldita foto — continuou Lance. — Ela sempre disse que eu sou como um irmão caçula pra ela. Mas de que isso adianta se ela não me arrumou uma única e simples foto de um zumbi com os olhos nas bochechas?

— Lancelot! — exclamou papai. — Estamos tentando ter um jantar agradável e celebrar nossas raízes. Faça isso agora, ou então vai assistir a aulas de cantonês durante as férias. A escolha é sua.

Lance enfiou seu rosto na costelinha com mel e alho.

— E como castigo vai lavar a louça — acrescentou mamãe, parecendo satisfeita como sempre ficava quando tinha qualquer desculpa para não lavar a louça.

— Mas, falando sério, como foi toda a coisa lá no UEZ? — perguntou mamãe, posicionando seus pauzinhos para roubar uma porção imensa de nirá refogado. — Ouvi dizer que é bem pesado para os jovens que vão lá pela primeira vez.

— É. Um menino que conheço passou mal — disse sem pensar. — Mas Cathy ficou bem.

Mamãe estalou a língua contra o dente.

— Não sei no que Valerie está pensando.

Fiquei espantada. Minha mãe e a mãe de Cathy não eram exatamente amigas. Elas não tinham nada a ver.

Por outro lado, meus pais costumavam jantar com os pais de Anna.

— Valerie andou pelo fórum pesquisando leis relacionadas à transformação de vampiros — disse mamãe. — Ela me contou que Cathy pediu que ela assinasse os formulários de permissão. Isso é loucura. Cathy tem toda uma vida pela frente. Não existe motivo para Valerie permitir que ela tome uma decisão tão rápido. Eu acho que a transição antes dos 18 não deveria ser permitida para ninguém. Exceto para pacientes terminais menores de idade, é claro.

— Em alguns estados você não pode fazer a transição antes dos 21 — disse meu pai. — Pessoalmente, acho correto. Por que alguém teria autorização para beber sangue antes de ter para beber álcool?

— Eles jamais aprovariam uma lei como essa no Maine, o estado dos vampiros — disse mamãe, revirando os olhos.

Meus pais começaram imediatamente um debate sobre as leis que controlam o vampirismo. Enquanto rolava essa discussão, tirei um tufo do cabelo de Lance de cima das costelinhas. Ele estava com a testa suja de molho.

— Song, a verdade é que os vampiros assinaram a Declaração de Independência também...

— Megan, não estou questionando isso, embora eu não acredite nos rumores de que Thomas Jefferson era vampiro...

Apoiando o cotovelo na mesa, Lance se inclinou na minha direção e sussurrou:

— Quer jogar bola mais tarde?

— Tenho dever de casa — sussurrei de volta.

— Só um pouquinho — disse ele, dando aquele sorriso doce e cativante. O efeito foi cortado pelo molho na testa. — Além do mais, você já tem notas quase perfeitas nas provas. Qualquer universidade vai aceitar você. Qual é a necessidade de fazer dever de casa?

— Quase perfeita não é perfeita. Fora isso, tem a pequena questão da minha média na escola, Lottie. E até parece que você alguma vez deixou de fazer o dever.

Ele revirou os olhos, parecendo ansioso.

— Futebol faz bem para o cérebro.

E, como eu sou fraca, disse que "talvez", o que qualquer irmão pestinha sabe como explorar até transformar em "sim".

Toda essa história com Cathy obviamente tinha me desmoralizado.

— Ainda não consigo acreditar na atitude de Valerie — disse minha mãe, voltando ao tema original. — Sei que Cathy é muito romântica, mas não consigo acreditar que ela esteja cogitando autorizar. Ela sabe o que um vampiro fez com os Saunders.

Era a minha deixa.

— Você tem... conversado com a diretora Saunders desde que o dr. Saunders, você sabe... — disse, deixando os pauzinhos de lado.

— Leila sequer retornou minhas ligações — disse mamãe. — Queria dizer que eu sentia muito por ela. Que não conseguia acreditar que Chris tinha sido capaz de fazer uma coisa dessas. Todos diziam que ele era um médico excelente, e dava para ver, da maneira como ele falava sobre os pacientes. Era compreensivo, mas, ao mesmo tempo, mantinha a distância correta. Eu jamais imaginaria, nem em um milhão de anos, que ele faria algo assim.

Lembrei de Anna dizendo que não imaginava que o pai fosse capaz de se apaixonar por uma vampira. Pensei em Francis pedindo que eu não contasse para a diretora Saunders o que ele estava fazendo na escola.

— Eu imaginei que um vampiro atacaria Chris primeiro — disse papai, assentindo em perfeita concordância com mamãe, para variar. — Não que alguma vez ele tenha deixado escapar algo que não devia, mas o secretário dele, Adam Wasserman, costumava contar histórias que deixariam qualquer um com medo e bem longe do Shade para sempre.

— Sério? — perguntei, fazendo um som de "hummm" encorajador quando meus pais começaram a contar histórias de vampiros que não aceitaram muito bem o fim da relação. Coisas que envolviam animais de estimação e também sobre uma vampira que jurava ser Lord Byron na encarnação atual. — E esse secretário ainda trabalha no Centro de Aconselhamento para Vida Prolongada? — perguntei por fim, da forma mais inocente que consegui.

— Sim — confirmou mamãe. — Amor, você se lembra daquela história do vampiro com problemas de bebida? O cara ia de bar em bar e pagava para as pessoas ficarem bêbedas e deixarem que ele se alimentasse delas...

Quando eles tinham esgotado todas as histórias das quais se lembravam, meu pai olhou para mim e franziu a testa daquela maneira particular dos pais, meio preocupado, meio amoroso.

— Toda essa história com a Cathy deixou você desanimada, meu amorzinho? — perguntou ele. — Não se preocupe. Cathy é uma garota inteligente. Tenho certeza de que ela vai pensar melhor a respeito.

Desviei o olhar para que ele não percebesse que eu estava tramando alguma coisa.

— Tenho certeza que sim.

Eu me certificaria disso.

◆

Mais tarde, depois de ter ficado brincando de cobrança de pênaltis com Lance até escurecer e ele ter marcado quatro gols — maldito pestinha! —, deixei o cenário de minha horrível derrota e subi pulando as escadas até o balanço na varanda.

— Ah, vamos lá, Mel, só mais um pouquinho.

— Não abusa da sorte, Lottie! — berrei.

Minha camiseta estava grudada de suor. Afastei o tecido para sentir a brisa noturna na pele, tirei o celular de um dos bolsos e liguei para Kit.

Ele concordava comigo em relação à Cathy, era um aliado no território inimigo. Sim, eu tinha pedido o número do celular dele. E isso não tinha nada a ver com incidentes envolvendo beijos ou com o fato de gostar deles. Bem, quase nada a ver.

Kit atendeu no terceiro toque.

— Oi! — cumprimentou ele. — Oi! Não desliga, ok? Tenho que ir para fora com o celular porque o pessoal aqui no Shade tem superaudição e eles são incrivelmente intrometidos.

Havia um som que mal consegui distinguir do lado da linha de Kit.

— Desculpa — disse Kit, parecendo sem ar enquanto corria. — Exceto por meu tio Francis, que gostaria de informar a nós dois que ele jamais sonharia em demonstrar uma curiosidade inadequada ou escutar qualquer conversa às escondidas, seja de cunho pessoal ou qualquer outro.

— Ah, Francis — disse, suspirando dramaticamente. — Que homem. Se Cathy não tivesse chegado antes...

Kit gargalhou, e então houve uma série de solavancos e sons farfalhantes.

— Oi, Kit? — chamei. — Kit?

— Foi mal! — disse Kit. — Pulei uma cerca, deixei o celular cair. Não desliga.

— Ok — sorri.

A respiração de Kit estava mais rápida, e parecia que ele tinha deixado o celular cair novamente. Finamente, ele disse:

— Ok, acho que agora estou longe o bastante.

— Acredito que sim — respondi. — Porque imagino que você esteja em Marte agora. Quer parar de falar um pouco para recuperar o fôlego?

— Estou bem — disse ele, arfando. — Parece que você está um pouco sem fôlego também.

— Hummm. — Por um segundo, fiquei tentada a dizer para ele que estava sem ar por ter acabado de beijar um cara extremamente gato, que não tinha sido criado por vampiros e por isso não presumia que o beijo tinha sido um prelúdio para sexo selvagem. — Estava jogando futebol com meu irmãozinho.

— Nada de inho! — gritou Lancelot, quicando a bola da cabeça para o pé e vice-versa.

— Não passou da hora de você ir para cama, Lottie? — berrei de volta.

— Não me chame de Lottie!

— Você tem um irmão? — perguntou Kit.

— Sim — disse, sentando do outro lado do balanço para ficar longe dos berros de Lancelot.

— E vocês jogam futebol juntos? — perguntou Kit, como se eu tivesse falado mergulho em águas profundas em vez de futebol. — Parece bacana.

— Sua família não gosta de futebol?

— Bem, não — disse Kit. — Não que a gente não faça atividades juntos. Francis me ensinou a dançar valsa.

Explodi em uma gargalhada.

— Desculpa... Ensinou a quê?

— A dançar valsa! — repetiu.

A voz de Kit ficou carinhosa. Podia imaginá-lo feliz por ter conseguido fazer alguém rir, ainda mais ao telefone.

Talvez não alguém simplesmente. Talvez feliz por ter feito com que *eu* risse.

— Sim, bem. Primeiro ele tentou ensinar a minha mãe e eu juntos, mas ela disse que nunca gostou muito de valsar. Já Minty achava hilário dançar rápido de propósito para que eu passasse mal. No fim das contas Francis disse que nós todos éramos impossíveis, que ninguém estava propriamente empenhado na educação da criança, eu, no caso, perguntou se algum deles já tinha pensado em como eu me portaria em sociedade e como isso refletiria sobre todo o Shade etc. E então Francis acabou ele mesmo valsando comigo.

— E você é um orgulho para seu professor? — perguntei, solenemente.

— Ah, sou um excelente dançarino de valsa. Mas infelizmente não sei como guiar a dama...

Pensei em uma série de piadas ótimas sobre o primeiro baile de gala de Kit, mas me segurei. Essa não era hora de flertar, principalmente com alguém determinado a se tornar um vampiro. Isso era para Anna e Cathy. A hora agora era de salvar minhas amigas.

— O que você vai fazer amanhã?

— Uhm — disse Kit. — Nada! Nada. Estou livre. O que você... você quer fazer alguma coisa? Comigo?

— Pensei que podíamos ir até o Centro de Aconselhamento para Vida Prolongada.

Talvez Adam Wasserman, o secretário do dr. Saunders, tivesse algo a dizer que esclarecesse o que estava acontecendo com a diretora Saunders. Valia a tentativa.

E pelo que os meus pais tinham falado, ele teria histórias sobre coisas que deram errado mesmo após transformações bem-sucedidas. Eu estaria com Kit, alguém que Cathy jamais poderia imaginar que tinha preconceito contra vampiros. Alguém que pudesse falar para ela exatamente o que ouviu, e fosse confiável.

— Humm, não sei — balbuciou Kit.

— Kit... — comecei, não longe de implorar.

— Desculpa, Mel — disse Kit rapidamente. — Não estava falando com você. Claro, eu vou com você ao... uhm, isso soa como um encontro bem estranho.

— Bem, isso não é um encontro — disse. — Só achei... que você talvez achasse interessante. Nós podemos... hum, podemos tomar um café depois.

Falei só por educação! Não queria que parecesse que eu estava usando Kit como um porta-voz do antivampirismo.

— Ótimo.

— Então, com quem você estava falando?

— Hein? Ah, com a sra. Appleby. Lembra dela? — perguntou Kit. Sim, eu lembrava da vampira de 14 anos casada. — Ela... ela perguntou se eu estava falando com minha namorada.

Eu não tinha o que dizer em relação àquilo. Então falei:

— Vejo você amanhã, Kit, tchau! — E desliguei o mais rápido possível.

Essas missões de salvar-as-amigas estavam ficando cada vez mais complicadas.

CAPÍTULO VINTE E CINCO

O Centro de Aconselhamento para Vida Prolongada

— Oi — falei. — Eu não tenho hora marcada. Quer dizer, óbvio que eu não tenho, levando-se em conta que eu não sou vampira. — Kit se contorceu ao meu lado. — Não que tenha algo de errado nisso — emendei.

Adam Wasserman, antigo secretário do dr. Saunders, tinha um olhar doce e parecia ser alguém com senso de humor. Infelizmente, suspeitava que no momento estivesse rindo de mim por dentro.

— Na verdade, nossos médicos atendem muitos humanos. Pessoas que tenham relacionamentos com vampiros, ou que estejam pensando em fazer a transformação. Gente que enfrenta alguma dificuldade por trabalhar com vampiros.

Ele indicou os pacientes com um gesto, e eu e Kit nos viramos ligeiramente para olhar. Embora tivéssemos chegado ao centro não muito depois do entardecer, quase metade dos presentes era de humanos.

— Certo — concordei.

Parando para pensar, Anna tinha mencionado que o dr. Saunders tinha pacientes humanos também. Mas como as histórias de vampiros eram as mais dramáticas, presumi que os pacientes humanos eram bem raros. Suponho que não deve ser uma surpresa que tantos humanos tenham problemas com vampiros. Eu mesma não estava enfrentando um?

Cheguei à conclusão de que não estava fazendo progressos com a abordagem sutil, então coloquei as mãos sobre o balcão e me inclinei sobre ele.

— Então — falei baixinho. — Sou amiga da Anna Saunders, filha do dr. Saunders, e...

— Só um instantinho — disse Adam, atendendo ao telefone. — Centro de Aconselhamento para Vida Prolongada?

Abandonei a pose inclinada conspiratória.

— Não, sem problemas, tudo bem, não me importo em esperar, de forma alguma — sussurrei para Kit.

Ele estava olhando para as paredes brancas e para as pessoas sentadas em fileiras.

— É impressão minha — sussurrou Kit — ou esse lugar parece muito com a sala de espera do UEZ? Tem mais plantas e é um pouco mais luxuoso, mas aqui estão as revistas e os cartazes e o cercadinho para as crianças. Por que todas as salas de espera são praticamente iguais?

— Pois é — acrescentei. — Pensei exatamente a mesma coisa quando estava esperando você e Cathy na UEZ.

Sorrimos um para o outro, e então olhamos em direções opostas.

Adam terminou a ligação e voltou a se dirigir a nós.

— Você mencionou que é amiga da Anna?

Assenti.

Era coisa certa a dizer. Os olhos castanhos e doces de Adam basicamente transformaram-se em piscininhas de chocolate derretido tamanha simpatia.

— Que tristeza por ela. Como ela está? Anna costumava vir aqui alguns sábados para almoçar com o dr. Saunders. Um doce de menina.

— Tem sido difícil — respondi, me sentindo desprezível por usar a dor de Anna como forma de me aproximar do cara. Mas ela queria saber mais sobre o que estava acontecendo com a mãe, ela queria que eu descobrisse. Ela me agradeceria se soubesse o que estou fazendo.

Eu tinha quase certeza que sim.

— Dá para imaginar. Ninguém aqui acreditou no que aconteceu. O dr. Saunders seria o último homem do mundo a fugir com uma paciente.

Justo quando as coisas estavam começando a ficar interessantes, o telefone tocou outra vez e mais um paciente entrou. Um humano. Era tão alto quanto Kit, mas bem mais magro, e mais ou menos da idade dos meus pais. Ele ignorou nossa presença e foi direto a Adam, a quem disse em voz alta que tinha uma consulta.

Adam gesticulou para o homem indicando que estava ao telefone.

— Minha consulta é agora mesmo. É muito importante — disse o homem ainda mais alto. Tanto eu quanto Kit nos afastamos devagar. — Eu preciso ver a dra. Yu AGORA MESMO! — gritou ele.

Adam baixou o telefone.

— A dra. Yu está atendendo — informou Adam calmamente. — Eu já avisei que o senhor está aqui.

— Como?! — exigiu ele. — Se você estava no telefone?!

— Está vendo esses botões aqui? — disse Adam. O homem se curvou para ver. — Quando um paciente chega, eu aperto o botão ao lado do nome do médico. Está vendo aqui, onde está escrito "dra. Yu"? Pois é. Ela já sabe que o senhor está aqui. Nesse momento ela está cuidando de outro paciente. Houve uma visita de emergência mais cedo, o que provocou um atraso na agenda dela. O senhor vai ter que esperar.

O homem abriu a boca, fechou, depois fez a mesma coisa novamente. Parecia um peixe. Então se afastou e foi sentar perto de uma senhora que o olhou com uma expressão que seria antipática até para uma barata. Ela também era humana. Cinco humanos estavam sentados em um lado da sala e sete vampiros no outro. A separação era tão clara quanto aquela entre meninos e meninas no baile do primeiro ano da escola.

Adam voltou a atenção para mim.

— Você quer marcar uma consulta com um terapeuta?

— Não — respondi. — Na verdade, eu queria conversar com você. Pensei que talvez você pudesse saber um pouco mais sobre o que aconteceu. Com o dr. Saunders.

— Eu realmente não...

— Anna está arrasada — arrisquei, sem a menor vergonha. — Eu realmente preciso ajudá-la.

O telefone tocou outra vez.

— Bem — acrescentou Adam —, não dá para conversar aqui. Tenho um intervalo em dez minutos. Vou descer até o pátio na entrada do prédio. Que tal você me acompanhar?

CAPÍTULO VINTE E SEIS

Não é fácil ser vamp

O pátio tinha dezenas de árvores, provavelmente uma tentativa de tornar o local mais amigável e convidativo. Lamentavelmente, apenas duas delas ainda tinham folhas, que balançavam violentamente com o vento forte. Algumas folhas secas tinham caído na mesa de piquenique ao redor da qual estávamos sentados. A magia de um outono com tempo ameno tinha obviamente acabado, mas, pelo menos, não estava chovendo. Estava feliz por ter levado meu casaco.

Kit tremia mesmo estando de casaco também.

— Vou te falar uma coisa — disse ele. — Quando eu for vampiro, não vou sentir falta de sentir frio.

Não respondi. Só levaria a outra briga quando eu enumerasse as coisas maravilhosas das quais ele sentiria falta quando fosse vampiro. Tipo os beijos calorosos que ele mencionou.

◆◆◆204

Kit se aproximou de mim.

— Espero que você não ache que estou sendo muito enxerido, mas estava pensando... por que estamos aqui?

— Anna está preocupada com a mãe dela.

— Certo — disse Kit lentamente. — Quem é Anna?

Sim, eu entendia como toda a situação podia ser, sob o ponto de vista de Kit, incompreensível.

— Minha outra melhor amiga — expliquei. — A que não está apaixonada por um vampiro. O pai dela...

— Fugiu com uma paciente da clínica. Isso eu entendi.

— E desde então a mãe dela tem agido de forma bizarra. A mãe dela também é diretora da nossa escola, e ela e Francis parecem ter medo um do outro. Ou algo assim. É estranho.

Eu continuava dando mais oportunidades ao garoto que tinha sido criado por vampiros para pensar que sou estranha. Fiquei bem surpresa quando ele abriu um sorriso e não era um daqueles "Anda, pode sorrir também, você sabe que quer", mas do tipo que diz "Ora, ora, isso não é maravilhoso?" e vai se abrindo lentamente.

Na verdade, como ele estava olhando para mim, imaginei ser do tipo: "Ora, ora, não é que você é maravilhosa?"

Era um sorriso bom.

Fiquei com vontade de beijar Kit de novo.

— Então você está investigando — disse ele alegremente. — Você é uma detetive amadora! Adorei isso!

Sorri e desejei ter visto a previsão do tempo e trazido gorro e cachecol. Minhas orelhas estavam congelando.

— Algo assim. Eu meio que sempre fui o tipo de pessoa que resolve os problemas. Acredite ou não.

— Ah, eu acredito — confirmou Kit. — Do pouco que eu conheço você... já percebi que é muito competente.

205 ◆◆◆

— Obrigada.

Adam saiu do prédio com um casaco pesado e um gorro de lã que parecia maravilhosamente quentinho. A aparência dele com o casaco era tão confortável e simpática que eu nem quis roubar suas luvas.

Só um pouco.

— Olá — disse ele. Então sentou, desembrulhou um sanduíche e deu uma mordida.

— Olá. Eu sou a Mel — apresentei-me a ele. — E esse é o Kit.

— Sou o fiel escudeiro dela — acrescentou Kit, sorrindo.

— Deve ser divertido — observou Adam. — Eu sou o Adam. Você falou que tem perguntas? Pode mandar ver. Mas infelizmente só posso tirar vinte minutos de intervalo. Estamos com a equipe reduzida no momento. Normalmente somos dois na recepção.

— É normal os pacientes serem tão escandalosos feito aquele cara? — perguntei.

Adam deu um sorriso triste.

— É comum todos ficarem agitados, tanto humanos quanto vampiros. Mas sabe como é, o salário é muito bom. Sou um dos poucos recepcionistas que duraram mais de uma semana.

— Há quanto tempo você trabalha aqui? — perguntou Kit.

— Dez anos — respondeu Adam objetivamente.

— Uau! — Tentei imaginar como deve ser lidar com pessoas escandalosas há dez anos. Outro trabalho a ser riscado da minha lista.

— Eu gosto. A maioria dos médicos é ótima. Como eu disse, o salário é muito bom para ser seu recepcionista--barra-secretário-barra-solucionador de problemas. E os pacientes são fascinantes. Comecei a escrever um livro, mas acho que ninguém vai acreditar.

— O livro é sobre um médico humano que foge com sua paciente vampira sexy?

— Ah, não, nisso todo mundo acreditaria — disse Adam, sorrindo novamente, o que criou ruguinhas ao redor dos olhos por detrás dos óculos. — Mas é bastante raro, na verdade. Aconteceu duas vezes desde que comecei a trabalhar aqui. Embora, francamente, continue achando difícil de acreditar que o dr. Saunders tenha fugido com Rebecca Jones.

Eu não tinha ouvido o nome dela antes. Era sempre a vampira ladra de maridos, o pesadelo de Anna. Agora a tal tinha um nome: era uma pessoa.

"Eles são pessoas", disse a voz de Kit em minha mente, e eu lancei um olhar culpado para ele. Kit, por sua vez, me encarou com olhos arregalados, obviamente esperando que eu continuasse com o meu excelente lado investigativo.

— Ela era muito bonita? — perguntei, pensando no rosto magro e assustado da diretora Saunders.

— Acho que sim — respondeu Adam lentamente, como se ele não estivesse convencido. — Rebecca estava muito doente. Ela entrava e saía de tratamentos psiquiátricos há 23 anos, desde quando fez a transformação. É meio surreal pensar que o dr. Saunders se sentiria atraído por ela, ou que levaria essa atração adiante caso fosse verdade. Já Rebecca era claramente obcecada por ele. O processo de transferência é muito comum entre paciente e médico e... bem, todo mundo quer acreditar que ser amado irá mudar a sua vida.

Pensei em Cathy e Francis.

— Rebecca queria mudar a dela mais do que tudo — disse Adam, parecendo cansado e particularmente compadecido dessa vampira, mesmo depois de dez anos de pacientes. — Ela vinha até o centro mesmo sem ter consulta marcada, sempre tentando encontrar com o dr. Saunders depois que ele saía do trabalho. Mas ele era um dos melhores em lidar com esse tipo de coisa. Era totalmente profissional. Nunca deu a menor sugestão de que estava correspondendo aos sentimentos dela. Então nunca imaginei que ele abandonaria a mulher e a pequena Anna. Ainda mal posso acreditar... Digo, ele mandou o pedido de demissão por e-mail, mas a própria diretora Saunders telefonou para cá e nos disse tudo — suspirou Adam. — Eu não deveria estar contando nada disso para você, mas... sinto falta dele.

Fitei o tampo da mesa de plástico branco, desgastado pelo tempo.

— Anna também.

— Coitadinha. Que jeito horrível de perder o pai. Ele não entrou mais em contato com ela?

— Mandou mensagens de texto.

— Dureza — murmurou Kit.

A voz de Kit me fez lembrar que eu devia estar no meu papel de detetive.

— Você viu Rebecca Jones recentemente? — perguntei. Rastrear Rebecca levaria até o dr. Saunders, e isso poderia dar a Anna algumas respostas, pelo menos.

Adam balançou a cabeça negativamente.

— E ela também nunca mais voltou à clínica. Não que precisasse, tendo um terapeuta à sua inteira disposição agora, por assim dizer.

Um calafrio me percorreu ao pensar na imagem.

Houve um silêncio breve e incômodo.

— Então... quais são as situações que você vai contar no livro e que nós não acreditaríamos? — perguntou Kit, parecendo bem seguro de que *ele* acreditaria, tendo sido criado com vampiros.

— Vocês sabem que alguns vampiros não conseguem se adaptar à condição? Eles ficam apegados às coisas humanas, tentam seguir como se a vida fosse exatamente a mesma de antes. Sabiam?

Nós dois assentimos. Pensei no vampiro correndo pelo Shade.

— Uma das coisas que os pacientes acham mais difícil de lidar é que eles não conseguem mais rir.

Olhei para Kit de canto de olho. Ele tinha no rosto uma estudada expressão de indiferença, com uma ponta de tédio, como se dissesse que qualquer um que tivesse um mínimo conhecimento sobre vampiros saberia daquilo.

— Perdi a conta de quantos pacientes nossos fizeram cirurgias na garganta para tentar recuperar a capacidade de rir. Alguns fizeram operações de fundo de quintal com médicos que tiveram a licença revogada. Os cirurgiões sérios não operam porque sabem que nada pode ser feito.

— Ah — disse.

Fiquei enjoada. Kit reparou.

— Eles ficam bem depois do procedimento, é claro. Sendo vampiros e tudo o mais. Ainda assim continuam tentando. Muitos desses casos terminam em suicídio.

Suicídio para vampiros é muito fácil. Tudo o que precisam fazer é sair no sol.

— Vocês perdem muitos pacientes? — perguntei, mesmo relutante.

Eu não queria olhar para Kit, mas ainda assim não me contive. Eu não queria pensar em Cathy, mas não conseguia evitar.

Adam fez que sim.

— Certos humanos nunca deveriam se tornar vampiros — disse ele. Eu poderia ter dado um beijo naquele cara. Kit parecia petrificado. — Esses indivíduos que sofrem não conseguem viver sem o sol, sem rir, sem dor. Sei que parece estranho, afinal, uma vida sem dor parece ótima, né? Mas muitos dizem que isso, não sentir absolutamente nada, os deixa vazios.

— Mas vocês só cuidam dos piores casos, certo? — perguntou Kit. — Muitos vampiros recém-transformados se adaptam bem.

— É claro — respondeu Adam. — Estou falando das exceções. Há alguns que prosperam tanto como vampiros que nunca nos procuram. Mas a adaptação de um tipo de vida para o outro é difícil mesmo quando tudo dá certo. Nem todas as pessoas que querem fazer a transformação se dão conta disso. Elas romantizam o processo. Dizem a si mesmas que estão se dando um presente, que isso vai resolver todos os problemas. Esse tipo de comportamento é a principal razão para clínicas como a nossa existirem.

— Eu tenho uma amiga que quer fazer a transformação — revelei. — Acho que ela precisa conversar com você.

Adam pareceu levemente surpreso.

— Bem, uma das condições para conseguir a autorização é que ela faça pelo menos três sessões com médicos como os nossos. Acredite em mim, eles vão falar tudo isso para ela.

— Espero que ela escute.

Tanto faz quem traria Cathy de volta à razão, contanto que ela voltasse.

— Há um tipo especial de pessoas que se adaptam melhor à vida como vampiro do que outras? — perguntou Kit.

— Alguns acham que sim. O dr. Saunders costumava dizer que não ter muito senso de humor era uma grande vantagem para uma transformação bem-sucedida. Ter um motivo muito forte para se tornar vampiro também é determinante. E, principalmente, estar mais apaixonado pela morte do que pela a vida é de grande ajuda. Você deve saber a que tipo me refiro.

Não tinha certeza se sabia.

— E lá se foram os meus vinte minutos — disse Adam. — Preciso voltar ao trabalho. Eu... Seria ótimo se você não mencionasse essa conversa a alguém, como Leila Saunders por exemplo. Não foi exatamente profissional da minha parte revelar tudo isso. Eu e ela só falamos rapidamente sobre o que contei para a oficial da polícia na ocasião, que eu não conseguia acreditar que o dr. Saunders fugiria com uma paciente.

— Contou... para uma oficial da polícia...? — perguntei.

— Agente De Chartres — respondeu Adam. — Essa sim é uma vampira que parece bem adaptada. E ela ficou incomodada com o caso assim como eu. De Chartres voltou e conversou comigo algumas vezes. Acho que os superiores dela tiverem que obrigá-la a dar o caso por encerrado. Enfim. O fato de eu estar chocado com isso não vai ajudar Anna, certo? E contar isso pra você é o que realmente quero fazer. Então pode ligar pra mim se tiver mais alguma pergunta. Foi um prazer conhecê-la, Mel. Mande um beijo para Anna.

— Pode deixar.

Ele acenou para Kit e desapareceu para dentro do prédio.

— Agente De Chartres — disse, e olhei para Kit, cuja boca era uma linha fina.

— Minha mãe — disse ele.

Não fiquei totalmente surpresa — tinha que haver uma conexão entre Francis e a diretora Saunders, embora eu não tivesse a menor ideia do que isso significava. Mesmo assim fiquei surpresa ao ver o quanto Kit parecia chateado.

— E...? — perguntei gentilmente, tentando mostrar que ele podia confiar a mim qualquer pista que ele talvez tivesse.

As mãos de Kit estavam profundamente enfiadas nos bolsos de seu casaco.

— Esse cara não sabe o que está falando — disse Kit. — Minha mãe tem senso de humor. Francis também. Até Minty tem, embora seja mais do tipo humor negro.

Opa. Então isso não tinha nada a ver com Anna.

— Uau. Estou começando a gostar de Minty — menti.

Não tinha percebido muito senso de humor em Francis, mas eu não iria discutir com ele. Kit parecia sério.

— Não foi divertido — disse ele. — Mas ajudou na sua investigação?

Pensei em minha mãe, no meu pai e em Adam Wasserman, e no quanto todos eles ficaram surpresos com o dr. Saunders, e como nem mesmo a mãe de Kit acreditou.

Mas foi assim que a diretora Saunders disse que aconteceu.

Talvez ela estivesse mentindo.

Talvez ela tivesse um bom motivo para mentir? Se Rebecca tivesse mesmo sequestrado seu marido, e dito que mataria os dois se a diretora Saunders não mentisse, isso explicaria.

Mas se fosse verdade, como eu poderia resolver? Seria um caso de polícia.

Eu não tinha nenhuma evidência. Era improvável que a polícia desse início a uma operação de resgate baseada nas suposições infundadas de uma adolescente.

— Difícil saber — concluí, com cuidado.

Kit continuou com o ar sério.

— Hein?

— Que tal um chocolate quente? — perguntei, tentando parecer alegre e com receio de que estivesse falhando terrivelmente.

Kit sorriu, embora um sorriso pouco convincente.

— Acho ótimo — disse ele.

Mais uma profissão para riscar da minha lista. Nenhum de nós dois tinha futuro nos palcos.

CAPÍTULO VINTE E SETE

Kit no Kafeen Krank

Kit ficou tão deslocado no Kafeen Krank quanto eu tinha ficado no café chique de Francis. Só que multiplicado por mil. Ele olhava para as pessoas conversando, despedaçando muffins e cupcakes enquanto falavam. Fiquei pensando se ele já tinha visto tantas pessoas comendo ao mesmo tempo.

Um bebê chorou. Kit encolheu-se e olhou em volta como se tivesse sido um tiro, o que me fez pensar em quantos bebês ele tinha ouvido chorar na vida.

— Kit — disse. — Talvez esse não seja um...

— Mel! — Ty. Gritando.

Olhei para a direção do som e vi Ty sentado com Anna e um cara que achei que era da equipe de futebol. Anna, que apesar de superbonita é misteriosamente tímida perto de meninos, pareceu muito feliz em me ver. Ela e Ty acenaram para mim.

— Vou dar uma de detetive também e presumir que aqueles ali são seus amigos — disse Kit, que respirou fundo e ergueu o queixo. — Bem, por que não vamos até lá? — Ele hesitou. — A não ser que você tenha vergonha de ser vista comigo...

Acho que Kit falou isso tentando fazer com que soasse como uma piada, mas não funcionou.

Era razoável da minha parte ficar envergonhada?

Ele não sabia como os humanos se comportavam. Ele era de um mundo bizarro dos vampiros, e eu não tinha o menor interesse em fazer parte dele.

Mas ao mesmo tempo Kit era engraçado, e simpático. Podíamos vir de mundos diferentes, mas ríamos das mesmas piadas.

— Não, não tenho. Vamos até lá.

Toquei em sua mão na intenção de passar segurança, mas Kit entendeu de outra forma e deslizou a mão para junto da minha, o que foi uma sensação muito boa. Fiquei um pouco corada. Fomos até a mesa de mãos dadas.

Nossa contagem de mãos dadas sem querer já estava em dois. Acontecer uma vez passaria por desatenção, mas duas tornava menos provável o argumento do "foi sem querer". Bem como o fato de eu estar bastante consciente do toque. Não deixaria aquela mão direita escapar tão cedo da minha.

Ty e Anna repararam, é claro. Meus amigos, os fofoqueiros.

Ty não parecia totalmente feliz. É claro que ele não ficou entusiasmado na época em que eu estava saindo com Ryan. Não que estivesse com saudades de mim. (Não! Longe disso). Mas sabe aquele sentimento de ver um ex com um novo alguém? Como se a pessoa estivesse vencendo a batalha pós-término?

Anna ergueu uma das sobrancelhas e, enquanto Kit cumprimentava os meninos, disse "ele é gato" apenas com o movimento dos lábios.

Quando estamos saindo com alguém gato, significa que estamos totalmente vencendo a batalha pós-término.

Sorri e balbuciei de volta "eu sei". Quando Ty me olhou de relance, eu disse:

— Oi, pessoal! Esse é o Kit.

Obviamente, Anna reconheceu o nome, e seu rosto ficou sem expressão. Foi como um computador quando para de funcionar, a tela ficando abruptamente vazia.

— Oi, Kit — disse Ty. — Eu sou Ty e esse é o Jonathan.

— Pode me chamar de Jon. E aí? — perguntou Jon, que era louro e bonitinho daquela maneira bagunçada dos jogadores de futebol. Fiquei pensando se Ty estava tentando armar ele com Anna. Todo mundo parecia estar um pouco inseguro.

— Kit? — perguntou Jon. — Que nome estranho.

— Humm — disse Kit. — Minha mãe fala que é uma homenagem a Christopher Marlowe.

— Humm — falou Jon.

Sorrimos um para o outro sobre a explicação. E então me dei conta de que ninguém tinha entendido a referência a Christopher Marlowe.

Se ele tivesse sido um famoso jogador de futebol do período elisabetano...

— Dramaturgo. Morto — expliquei.

Pegamos dois chocolates quentes e puxamos as cadeiras. Ty perguntou a Kit se ele jogava futebol.

— Não, mas joguei vôlei uma vez. Vôlei de praia.

— Sei... — comentou Ty.

Nesse ponto, Anna interrompeu:

— Kit foi criado por vampiros.

Ela olhou para Kit como se ele tivesse cometido um crime. Sem pensar, peguei a mão dele outra vez. Ao que ele correspondeu ao gesto, apertei mais.

— Uau — disse Ty. — Sério?

— Sim — respondeu Kit. — Minha mãe é vampira.

Jon franziu a testa.

— Então você é, tipo... parecido com ela, ou algo assim? Minha mãe diz que eu puxei totalmente o lado da família do meu pai.

— Fui adotado — falou Kit para ele.

— Ah — disse Ty. — Bem, maneiro. Temos um amigo vampiro, né, pessoal? O nome dele é...

— Francis — acrescentou Kit. — Ele é parte do meu Shade. Ajudou na minha criação.

— Cara, que coisa esquisita — observou Ty com a voz aflita, e por um segundo pensei que ele se referia ao fato de um garoto humano fazer referência a "seu Shade". — Sem ofensas — disse Ty, apressadamente. — Eu tenho uma tia vampira. Mas é um pouco estranho pensar que Cathy está namorando alguém que costumava trocar fraldas de uma pessoa que tem a idade dela.

— Tenho certeza de que Francis jamais sonharia em executar tal tarefa subalterna — comentou Kit, erguendo o queixo e falando com um belo sotaque britânico. — Some a isso o fato de que a atividade é pouquíssimo agradável esteticamente falando, e Francis é um grande entusiasta da beleza.

Ele estava falando igualzinho a Francis. Os meninos explodiram em uma gargalhada. Kit se sobressaltou e então sorriu também, a mão dele relaxando na minha. Até Anna sorriu.

217 ◆◆◆

— Então — continuou Kit. — A televisão é minha janela para todas as coisas humanas. Como há muitos esportes nela, decidi não acompanhar todos. Futebol é um dos que eu pulei. Como se joga?

Os meninos entraram em ação. Ty começou:

— Ok, ok. Vamos lá, se esse marshmallow é a bola, e esse saleiro é o goleiro, e esse pacote de ketchup é...

Normalmente, eu adoraria me juntar à conversa sobre futebol. Mas essa não era muito a praia da Anna, e eu queria conversar com ela.

Reclinei o corpo no encosto da cadeira, lamentando afastar minha mão da de Kit.

— Psiu — disse em voz baixa. — Fui na clínica hoje e conversei com Adam Wasserman.

— O secretário do meu pai? — Anna mordeu o lábio. — Por quê?

— Quero seguir todas as pistas — respondi calmamente. — Não queria que você pensasse que esqueci de você, com toda essa coisa da Cathy rolando.

Anna deu um sorriso tímido.

— Eu sei que não esqueceu. — Ela se aproximou ainda mais de mim, e entre os gritos de "Impedido! O ketchup está totalmente na linha de impedimento!", ela disse: — Desculpa eu ter comentado aquilo... sobre Kit.

— Tudo bem.

— Ele parece legal.

Ela estava olhando para mim à espera de uma explicação, ou simplesmente querendo conversar sobre garotos. Eu, por minha vez, estava tentando achar uma maneira de perguntar algo horrível para ela.

— Pelo menos ele não é vampiro — disse ela.

— Ainda — resmunguei.

— Como assim?

— Ah, deixa pra lá. Então, Adam é um cara muito legal.

— Ele disse alguma coisa útil?

— Ele ficou muito surpreso com a maneira com que seu pai foi embora. Foi muito repentino. Ficou surpreso de ele não ter ido se despedir ou ao menos ficado um pouco mais para ajudar os pacientes a se adaptarem ao novo médico. Adam contou que todo mundo ficou surpreso.

— Sim. — A boca de Anna se contorceu. — Meus pais eram muito apaixonados. Ninguém consegue acreditar.

— Qual foi a última vez que você teve notícias dele, Anna? — perguntei, desejando que tivesse uma maneira mais delicada de tocar no assunto.

— Na volta às aulas ele mandou uma mensagem de texto desejando boa sorte no meu último ano na escola. Sei que eu devia ter respondido, mas estava chateada demais. Depois disso ele não mandou mais nenhuma. Que pai, né?

— É. — Agora que eu estava questionando a versão da diretora Saunders dos acontecimentos, achando bem difícil imaginar o pai de Anna sendo tão negligente e tão... cruel. — Você acha que talvez... — Minha voz foi sumindo. — Deixa pra lá.

Não tinha como não pensar em Rebecca Jones urrando diante da casa dos Saunders, arranhando a porta. O frio de mais cedo estava de volta, mesmo dentro de um café aquecido e lotado, cheio de berros e risadas. Anna notou quando um arrepio percorreu meu corpo.

— O que foi?

— Seu pai foi sempre tão gentil — comentei. — Lembra quando ele fez a fantasia de repolho pra gente?

Anna sorriu com tristeza.

Quando eu e Anna tínhamos 13 anos, ficamos com o papel de repolhos numa peça da escola (não pergunte). Como meus pais estavam ocupados com casos importantes, sobrou para o dr. Saunders arrumar as fantasias de repolho. Ele disse que não era nada de mais e fez com que a gente risse da própria humilhação. Embora tenha sido bastante difícil. As folhas do repolho eram gigantescas.

Eu sempre gostei do dr. Saunders.

— Não faz sentido ele fugir dessa maneira. Sendo tão cruel com você. Não parece ele.

— Não tem problema, Mel — sussurrou Anna. — Acho que foi muita covardia dele não me contar, explicar o que estava acontecendo. Baita crise de meia-idade, hein? Todas nós sabemos que meninos, digo, homens, podem ser egoístas e horríveis.

— É o que a sua mãe diz sobre isso?

— Não. Minha mãe não fala sobre o assunto. Desde que ela me trouxe de volta do acampamento.

Franzi a testa.

— Eu vou ficar bem, Mel. É com minha mãe que eu estou preocupada. Ela amava muito meu pai, sabe? Acho que nunca vai se recuperar disso.

Gostaria de saber exatamente o que "disso" significava. Alguns "disso" em que eu estava pensando eram bem medonhos, e eu não sabia como sugerir a Anna que o pai dela talvez não a tivesse magoado deliberadamente.

E que, pelo contrário, alguém poderia ter magoado o dr. Saunders.

CAPÍTULO VINTE E OITO

Conclusões precipitadas?

Não sabia o quanto Kit tinha escutado da minha conversa com Anna até nos despedirmos de todos e ele insistir que precisava me levar em casa ou Francis o faria memorizar mais livros de etiqueta.

Talvez eu tenha balançado um pouco a mão meio em sinal de oferta, mas ele não a pegou. Estava com o olhar fixo à frente, como se achasse a calçada muito interessante e provavelmente um pouco irritante.

— Seus amigos parecem legais — comentou ele. — Ty comentou que vocês jogam futebol no parque aos domingos.

— Aparece pra jogar com a gente um dia — convidei e, quando Kit sorriu sem graça, dei uma piscada. — Vou acabar com você, assim como faço com Ty. Vai ser um prazer.

— Encontro marcado — disse ele. Pensei em argumentar, mas quem eu estava enganando? Seria um encontro.

— Esse lance da sua amiga, Anna — continuou Kit depois de uma pausa. — Que situação difícil. Eu não sabia... Eu não sabia que esse seu lance de detetive era sobre algo tão sério.

— Como assim? — perguntei com cautela.

— Bem — disse Kit —, o pai dela foi embora depois de ter feito algo completamente improvável e só mandou mensagens de texto desde então.

Ele olhou de relance para mim, como se esperasse uma confirmação. É claro que suspeitava das mesmas coisas que eu. Era óbvio, não era?

— E se o dr. Saunders estiver com amnésia? — perguntou ele.

Encarei Kit. Ok, não tínhamos as mesmas suspeitas.

— Não, estou falando sério — continuou ele. — E se o dr. Saunders tiver batido com a cabeça e quando voltou a si não sabia quem ele era? E se a tal Rebecca estivesse lá para dizer isso a ele e também o quanto ele detestava a família e a amava. Muito conveniente, não? E talvez tenha sido por isso que ele abandonou a família mesmo sendo uma atitude totalmente inesperada da parte dele. O dr. Saunders não sabe quem ele é!

Eu não disse nada.

— Faz sentido, não faz? — perguntou Kit, esperando que eu ficasse impressionada com sua teoria maluca.

— Humm... Amnésia? — Não revirar os olhos exigiu toda a minha concentração. — Por que acha isso?

— Vi um seriado ótimo que girava em torno disso. Teve um cara que se levantou rápido demais na cozinha, bateu a cabeça na porta do armário e ficou sem saber quem era por seis meses! E também uma mulher que foi atropelada por um carro a caminho do próprio casamento. Quando ela recuperou a memória, três anos depois, estava vivendo em uma cabana no Alasca. Aparentemente isso acontece com muita frequência.

— Acho que não podemos descartar essa hipótese — disse para ser gentil. Fiquei tentando imaginar qual seria esse seriado que Kit estava assistindo. *Desperate Housewives?* — Mas, hum, não acho que o dr. Saunders esteja em uma cabana no Alasca. Além do mais — falei rapidamente quando Kit fez menção de começar a protestar —, como isso explicaria o comportamento estranho da diretora Saunders? — Tomei fôlego. — Eu acho que o pai de Anna pode ter sido sequestrado...

— Sequestrado? Por Rebecca Jones?

— Sim. E é por isso que a mãe de Anna está se comportando de forma tão estranha. Ela está sendo ameaçada.

— Por Rebecca Jones?

— Enfim, essa é a minha teoria, ok? Parece mais plausível que a amnésia.

— Amnésia é bem mais comum do que você pensa — disse Kit. — Acontece o tempo todo nos seriados. Mas, de uma forma ou de outra, você não acha que a gente devia ir até a polícia? Eu poderia pedir para a minha mãe dar uma olhada... Ela faria isso, sabe. Sabemos que ela está interessada no caso.

— Mas e se for exatamente o que parece ser? — perguntei, subitamente insegura. Até que ponto o que eu estava pensando era mais provável do que amnésia? — O dr. Saunders teve uma crise de meia-idade e fugiu com uma vampira bonita, e a esposa está arrasada. Ela realmente amava o marido. *Ainda* ama. Ambas as teorias são maluquice.

— Vampira bonita e louca, você quis dizer — corrigiu Kit. — Você ouviu o que o sr. Wasserman falou.

— Se ele está com amnésia, por que estaria enviando mensagens de texto para a mulher e filha? Se ele tiver mesmo sido sequestrado, por que a diretora Saunders não procurou a polícia? — perguntei.

— Porque ela não quer que o marido morra?

— Não sei. A diretora Saunders não tem garantias de que Rebecca algum dia o traria de volta — afirmou. — A vampira é maluca. A diretora Saunders iria à polícia. Além disso, Rebecca Jones não parece ser uma gênia do crime.

— Acho que não — sugeriu Kit. — É horrível pensar que um vampiro faria algo assim.

— Vampiros fazem várias coisas horríveis — observei.

— Humanos também — retrucou Kit.

— Verdade. Desculpa. O dr. Saunders fugindo sem se despedir, sem falar para a filha o quanto a ama... SMS não conta... Isso sim é horrível.

Se é que ele realmente fez tais coisas.

Outra pessoa poderia ter usado o celular dele. Outra pessoa poderia ter enviado os SMSs.

E se ele não tiver feito nada disso e minha teoria estiver certa, então a diretora Saunders está agindo feito uma idiota. Justo ela, que sempre pareceu tão sensata. Com certeza ela deveria saber que a única coisa a ser feita era procurar a polícia.

Só que o amor nos faz agir de maneira idiota, pensei com meus botões, lembrando de Cathy. Talvez estivéssemos deixando nossa imaginação voar demais. Principalmente Kit. Amnésia? Sério?

— É. E deprimente.

— É difícil aceitar que é verdade. Mas, como diz a Navalha de Occam... — comecei.

— A explicação mais simples normalmente é a correta — completou Kit. — Mas a vampira maluca ter se tornado sequestradora também é uma explicação. Assim como amnésia. — Ele viu a expressão no meu rosto. — Ok, possível, embora não *tão* provável. Mas se minha mãe achou que tinha algo estranho acontecendo...

— Espero estar errada — disse. — Com ou sem memória, odeio a ideia do dr. Saunders sendo prisioneiro de uma vampira maluca.

— Eu também — concordou Kit, e então houve uma longa pausa. — Eu odiei saber de todas aquelas coisas que o sr. Wasserman disse, sobre vampiros fazendo cirurgias grosseiras para voltar a rir, cometendo suicídio.

Um calafrio percorreu Kit e, por reflexo, ele abraçou a si mesmo como se estivesse com frio. O mesmo garoto que vivia em uma gélida casa de vampiros.

Então percebi que, tanto quanto os pacientes de Adam, os exemplos de Kit eram distorcidos. Vampiros que viviam no Shade costumavam ser mais velhos e mais tradicionais. Eram vampiros estabelecidos e bem-sucedidos, que se adaptaram bem. Kit não conhecia nenhum que tenha se adaptado mal. Essa deve ser a primeira vez que ele se depara com as desvantagens de se tornar um deles.

Eu queria dar um abraço nele.

Kit enfiou as mãos nos bolsos.

— Preciso ir andando. Mas foi divertido.

— Ah-hã — concordei, olhando para seu rosto pálido e tenso. — Super.

Kit tentou forçar um sorriso.

— Bem, uma parte foi. E... tenho certeza que você vai descobrir o que aconteceu com o dr. Saunders. Então... — falou.

— Então...

Kit olhou para mim e por um momento pensei que fosse me beijar.

Creio que tecnicamente foi exatamente o que ele fez, já que chegou mais perto e deu um beijo rápido na minha bochecha.

Sim, certamente foi um beijo. Daqueles vejo-você-mais--como-uma-tia-solteirona.

— Eu te ligo — disse ele. — Preciso pensar nisso tudo.

Um beijo na bochecha? Eu fiz que sim e me afastei, sentindo um aperto no peito. "Eu te ligo"? Eu sabia o que queria dizer quando um cara falava isso.

Ryan tinha dito que precisava de um tempo para pensar no que estava rolando, e que iria me ligar. Isso foi um dia antes de ele dar em cima de Cathy em uma festa para a qual eu não fui convidada.

Fiquei com um pouco de nojo de mim mesma. Eu não podia estar triste pelo fato de que Kit não iria ligar quando outra coisa que ele tinha dito era muito mais importante.

Camille achou que havia algo de estranho acontecendo. Ela também tinha conversado com Adam, afinal de contas.

Francis tinha escolhido frequentar a nossa escola entre todas as escolas de New Whitby. A diretora Saunders tinha pavor dele. Francis pediu para que eu não mencionasse o nome dele para ela.

Estava no arquivo de Francis que ele tinha escrito vários volumes de sua obra-prima; Francis tinha uma desculpa plausível para estar na escola.

Além disso, ele morava em um Shade com uma vampira policial. Será que Camille estava investigando secretamente o que tinha acontecido com o dr. Saunders? Será que Francis era um agente infiltrado?

CAPÍTULO VINTE E NOVE

Difamando Francis desesperadamente

No dia seguinte, na escola, eu estava no maior mau humor da história dos maus humores. Fui até meu armário, não porque eu precisasse de algum livro, mas porque queria ficar ali no corredor, olhar fixamente para o meu armário, e meditar.

Eu me dei conta de que nossa conversa com Adam Wasserman não me deixou mais perto de descobrir o que acontecera com o dr. Saunders. Ele tinha simplesmente sumido deixando Anna e a esposa? Ou Rebecca Jones sequestrou o homem e agora estava aterrorizando a diretora Saunders enquanto Camille investigava a coisa toda colocando Francis como espião na nossa escola?

Só que Francis era o pior espião de todos os tempos.

Também era perfeitamente possível que eu estivesse louca. Ou no mínimo sou a pior detetive amadora de todos os tempos. A teoria de Kit era realmente muito pior do que a minha? Talvez o dr. Saunders com amnésia estivesse no Alasca nesse exato momento, alimentando-se de algas e carne de baleia.

Para piorar, Kit tinha terminado comigo. Não que nós estivéssemos ou pudéssemos ficar juntos, tendo em vista a necessidade desesperada que ele tinha de se tornar um membro eterno do Shade.

Eu te ligo. Aham, até parece.

Ele sequer disse o motivo. Eu era humana demais para ele? Muito mandona? Ele tinha mentido quando disse que gostou do nosso beijo? Noite passada ele me beijou na bochecha. Na bochecha!

Putz.

— Você está bem, Mel? — perguntou a diretora Saunders.

— Só perdida em pensamentos — disse, extremamente aliviada por ela não poder ler quais eram.

— E atrasada para a aula, ao que parece.

— Estou indo, desculpa!

Queria não ter contado para Kit a teoria do dr. Saunders sequestrado. Já tinha sido ruim o bastante sequer ter chegado a ela. Agora, graças a Kit, eu não conseguia *parar* de pensar nisso. E todas as vezes que minha mente voltava ao tema, eu imaginava todas as coisas horríveis que Rebecca, a vampira maluca, poderia estar fazendo com ele. Meus pensamentos indomáveis formavam espirais dolorosas, caminhando em direção a uma dor de cabeça.

Para com isso, Mel, disse para mim mesma. Havia outra explicação que fazia total sentido: o Dr. Saunders fugiu com Rebecca Jones. O amor deixa as pessoas malucas. Cathy e Francis, por exemplo. Cathy vai mudar de espécie por um cara que ela conhece há menos de um mês! O amor deixa as pessoas dementes.

Eu estava tão aliviada por não estar apaixonada por Kit. Aquele besta.

Preciso confessar que eu não estava muito concentrada em trigonometria ou biologia. Cathy, é claro, estava em todas essas aulas. Sempre fazíamos as mesmas disciplinas. Ela também não estava prestando muita atenção, o que era bastante estranho. Parecia ler um livro embaixo da mesa. Eu nunca vi minha amiga fazendo isso.

Nós trocamos "ois" e "tudo bem", mas foi só isso. Sentia como se eu já a estivesse perdendo.

Na hora do almoço, em vez de ficar com a gente ou sair com Francis, Cathy apertou a mão dele, sorriu daquele jeito meloso e seguiu na direção da biblioteca. Francis, surpreendentemente, também não ficou com a gente. Anna, Ty e eu estávamos nos acostumando a ficar juntos sem a companhia de Cathy. Eles eram ótimos amigos e eu estava especialmente feliz em ter Anna de volta, mas, ao mesmo tempo, começava a sentir falta de Cathy de verdade. Praticamente não nos desgrudávamos desde que éramos bem pequenas.

— Então — disse Ty, assim que todos nós pegamos o almoço e conseguimos uma mesa. — O tal Kit. Gente boa. Eu achei. — Ele fez uma pausa para que eu pudesse contemplar como ele, Ty, era muito mais gente boa.

— Foi você que terminou comigo, Ty — respondi.

Ty tossiu.

— Isso não tem nada a ver. Estou só dizendo que gostei do seu novo namorado.

— Ele não é... — comecei. Eu não ia contar para eles que a amizade que mal tinha começado já tinha chegado a um fim. — Nós acabamos de nos conhecer.

— Você gosta dele? — perguntou Ty. — Não que eu me importe.

— Gosto — disse, porque era verdade. Embora não importasse mais. — Não que eu me importe que você não se importe. Apesar de você obviamente se importar, e eu não ligo para isso também.

— Bem, não me importo que você não se importe que eu não me importe. Porque, humm, se eu estivesse saindo com alguém de quem eu gostasse, ia querer que você ficasse feliz por mim.

— Você está saindo com alguém? — perguntei, quase certa de que ele não estava. — Não que eu me importe.

— Vocês estão me deixando com dor de cabeça — observou Anna. — Eu gosto do Kit. Ele é bonitinho e divertido. Nem todos nós podemos ter famílias vivas. — Ela sorriu para mostrar que estava brincando.

— Tia. Vampira. Lembra? — acrescentou Ty, mas ele sorria e obviamente não estava ofendido. — Tenho certeza de que ela adoraria conhecer Kit.

— Cathy está meio estranha hoje — falei, mudando de assunto.

Se Kit tivesse sido meu namorado, ou mesmo um namorado em potencial, o que ele havia deixado claro na noite anterior que não era, tinha sido um relacionamento bem curto. Não o menor — com quatro dias, Ryan era o vencedor e ainda campeão nesse quesito —, mas ainda assim bem curto.

— Ela está lendo todos os livros da biblioteca sobre vampiros, zumbis e transformação — comentou Anna. —

Se preparando. Escolheu isso como tema do trabalho final de História de New Whitby. Um panorama do processo de transformação em nossa cidade.

Preciso admitir que estava com um pouco de ciúmes. Como Anna sabia disso e eu não? Devo ter transparecido, porque Anna deu de ombros e disse:

— Eu tenho passado muito tempo na biblioteca. Cathy também.

— Claro. Bem típico dela transformar a coisa toda em um trabalho. Aposto que o sr. Kaplan está entusiasmado.

Anna sorriu.

— Não acredito que ela vai mesmo fazer isso — lamentei. — Vocês acham que eles vão dar a autorização?

— Não sei — respondeu Anna. — Eu nunca conheci alguém que tenha feito a transformação. Nem quem tenha tentado.

— Minha tia fez há muito tempo, provavelmente o procedimento mudou desde então. — Tecnicamente, a tia de Ty era tia-bisavó dele. — Mas posso perguntar pra ela se você quiser.

— Obrigada. Vocês conseguem imaginar Cathy sem rir para sempre? — perguntei.

— Meio que consigo, na verdade — respondeu Ty. — Ela não é muito de rir. Não como eu ou você ou...

— Cathy ri, sim! — protestei, tentando, sem sucesso, não pensar nas palavras de Adam Wasserman sobre o tipo de pessoa que virava um bom vampiro. — Ela tem senso de humor!

— Tem mesmo — concordou Anna. — Mas eu não penso nela como uma pessoa que adora dar risadas. Ela não é como você, Mel. Cathy faz um tipo mais sarcástico, com um senso de humor mais retraído.

— Verdade — disse Ty. — É exatamente isso. Meio parecido com o senso de humor do Francis.

Eu mordi a língua para me segurar; Cathy não tinha *nada* a ver com Francis. Mas será que isso era verdade? Parece que os dois já estavam compartilhando várias piadas internas.

Tive a desagradável sensação de que Cathy preencheria os três requisitos que Adam Wasserman citou como essenciais para uma transformação bem-sucedida: não ter muito senso de humor (verdade que ela não era muito de dar risadas, forte motivo para virar vampiro); encontrar o amor verdadeiro (eu não achava que isso era um bom motivo, mas Cathy certamente sim); gostar mais da morte do que da vida. Será que considerar romântica uma morte prematura contava nesse sentido? Há muito tempo Cathy era obcecada por Thomas Chatterton, John Keats, Wilfred Owen, Sylvia Plath e Anne Sexton. Todos eles tinham morrido jovens e escrito muitas poesias sobre a morte. Mas Cathy nunca disse que *ela* queria morrer jovem. Ser obcecada pela morte é a mesma coisa que querer morrer jovem?

Não que eu quisesse calcular as chances de Cathy de passar por uma transformação bem-sucedida.

Eu não queria que ela tentasse fazer a transformação de forma alguma.

◆

O sinal indicando o final do almoço soou. Peguei minha mochila, levantei e fui andando para a sala, meio perdida. Estava andando tão devagar que, quando cheguei à porta da sala, os corredores já estavam desertos. Ao menos até Francis surgir dobrando a esquina.

— Francis! — chamei, não tão baixo quando eu deveria.

Ele caminhou em minha direção, seu rosto sempre-tão--perfeito e sempre-tão-inexpressivo sem demonstrar qualquer sinal de irritação, embora eu soubesse que ele devia estar irritado. Tenho certeza de que damas de verdade não levantam a voz.

— Srta. Duan?

Ele *estava* irritado. Normalmente me chamaria de Melanie.

— Preciso falar com você — expliquei, pegando em seu braço e puxando o vampiro até o banheiro feminino. Bem, de forma alguma eu era mais forte do que Francis, mas ele era um cavalheiro que jamais afastaria a mão de uma dama que o conduzia, mesmo que essa dama fosse uma que ele não considerasse como tal.

Quando soltei o braço dele, Francis alisou a manga em uma tentativa de apagar qualquer contaminação da minha parte.

— Esse é o toalete feminino — observou ele, com uma expressão de espanto que era o equivalente vampirístico para totalmente horrorizado.

— Sim, o banheiro feminino aonde nós vamos...

— Estou totalmente ciente dos assuntos privados que as damas discutem aqui — disse Francis. — A pergunta é: por que eu estou aqui?

— Porque preciso perguntar uma coisa, humm, confidencial, e todo mundo está na aula. — Gesticulei para a fileira de cabines vazias. Francis não seguiu a direção para qual meu braço apontava. Aparentemente, cavalheiros não olhavam para cabines vazias de banheiros femininos. — Ninguém vai ouvir a gente aqui.

A postura de Francis estava ainda mais rígida do que o normal. Ele estava claramente dividido entre ficar escandalizado e ser forçado a aceitar alguma espécie de confidência de uma dama.

— Por favor, seja breve — pediu ele, e deve ter por um segundo esquecido quem ele mesmo era, já que acrescentou outro "por favor".

— Você está aqui para investigar a diretora Saunders?

Por um segundo, Francis pareceu quase inseguro.

— Mas você já sabe que sim — disse ele.

— Não, eu não sei.

— Então solicito que diga, srta. Duan, por que alegou ter tal conhecimento? Você ameaçou revelar o caráter secreto do meu trabalho aqui!

— Eu não fiz isso! — Do que Francis estava falando?

— Você disse a mim que estava ciente do verdadeiro motivo para a minha permanência neste excelente estabelecimento.

Excelente estabelecimento? Ele estava se referindo à escola? Aparentemente, sim.

— Sim, para escrever seu livro. Você achou que eu... Uau.

— Obviamente o segredo dele não era o livro. Cathy sabia sobre isso, aliás. A escola inteira sabia.

— Isso está deveras confuso — constatou ele por fim, o que pensei ser a maneira dele de dizer: "O que está rolando, afinal?" Típico de Francis sequer se dignificar a fazer uma pergunta.

Mas como não era uma pergunta, não precisei responder.

— Está mesmo — disse com delicadeza e fui direto ao ponto. — O que está rolando com a diretora Saunders? O marido dela não fugiu realmente, né?

Francis ficou imóvel por um momento, os olhos de um azul-celeste examinando meu rosto. Tentei mantê-lo tão inexpressivo quanto o dele.

Malditos vampiros. Por isso que é ilegal eles jogarem pôquer.

— Srta. Duan — começou Francis com cautela —, não vou revelar o verdadeiro motivo de minha investigação aqui.

— Você está trabalhando para Camille?

— Eu só posso repetir: não vou revelar o verdadeiro motivo de minha investigação aqui — disse ele com firmeza. — Já é uma infelicidade que a senhorita esteja ciente da existência de tal investigação. Peço encarecidamente, e isso é pelo seu bem, que tire isso da cabeça e pare de interferir.

Pelo meu bem, assim como Francis ter ido embora tinha sido pelo bem de Cathy. E vejam só no que deu.

Resisti ao impulso de dar um chute na canela dele e, em vez disso, tentei insinuar um sorriso.

— Qual é, Francis? Você pode me contar.

Francis ficou — bem, para usar as próprias palavras dele — deveras confuso. (Era bem possível que eu nunca tivesse sorrido para Francis antes.). Logo em seguida ficou frio e adotou um ar decidido.

— Asseguro à senhorita de que não, não posso. E agora, se não se importar, estou atrasado para minha aula. Como creio que você também esteja. Adeus.

Francis saiu tão rápido que não deu tempo de implorar novamente que ele mudasse de ideia. Uma brisa em meu rosto foi tudo o que restou da indescritível presença de Francis no toalete feminino.

E eu ali, preparada para contar a ele todo o sofrimento de Anna e sobre como ele poderia ajudá-la.

Recostei na pia. Pelo menos agora eu tinha certeza de que havia uma investigação.

Ah, pobre dr. Saunders e pobre diretora Saunders. Minha teoria de sequestro poderia realmente ser verdadeira? Como contar isso para Anna?

O envolvimento de Francis na investigação significava que Camille é quem devia tê-lo enviado para cá. A vampira sabia de algo, ou ao menos suspeitava. Eu tinha que descobrir o quê. Anna tinha o direito de saber. Ou seja, eu precisava conversar com Camille. Ela era mãe, entenderia que Anna precisava de ajuda.

Aliás, ela também era mãe do garoto que tinha acabado de me dar o fora. E uma assustadora policial vampira que se movimenta tão rápido que só dá para ver um borrão.

Moleza.

CAPÍTULO TRINTA

Entrevista com a vampira

Obviamente não seria educado visitar Camille na hora em que ela ainda estava dormindo. Então esperei até quase escurecer antes de ir pedalando até o Shade. O sol se pôs enquanto eu seguia pelas ruas vazias; tingia os prédios, cheios de adornos, de laranja, vermelho e roxo antes de desbotar para um cor-de-rosa pálido, e então a escuridão cair. Quanto mais perto eu chegava da casa de Camille, mais vampiros começavam a surgir. Era quase mais estranho do que quando os vampiros estavam todos passeando. Quase.

Quando cheguei lá, encostei cuidadosamente minha bicicleta na cerca baixa. (Eu não queria destruir mais nenhum canteiro de flor.) Respirei fundo, lembrei a mim mesma que Camille era uma mãe que preparava chás, e bati na porta.

Estranhamente, decidi bater na porta da frente em vez de continuar com a tradição de invadir a casa pela adega.

A porta foi imediatamente escancarada.

— Querido Raoul! — exclamou a vampira sob uma nuvem de cabelo escarlate e outra ainda maior de perfume.

— Hã — falei. — Não...

— Sempre podemos contar com ele — disse a ruiva misteriosamente. — Bem, entre, criança, entre. Estamos famintos.

No que diz respeito a convites, o que eu tinha acabado de ouvir ficava no mesmo nível de "Esperamos que você possa vir à festa aqui em casa! Com amor, Charles Manson e família" ou "Venha quando quiser, nossas serras elétricas estão sempre à disposição". Quase caí para trás no pórtico.

— Acho que você se enganou — retruquei.

— Eu não tenho a noite toda, moça — respondeu a senhora vampira.

Não achei que fosse inglesa de verdade, como Francis. Eu escutava um monte de *vamposers* fingindo ser estrangeiros, como se isso os deixasse mais vampíricos. Nunca imaginei que um vampiro de verdade fizesse o mesmo.

Ótimo. Vampiros pretensiosos. Tudo o que eu precisava hoje.

— Não, sério, você está enganada.

— Essas crianças de hoje em dia são tão indecisas — disse a mulher. — "Ah, me morda, ah, não, espere, morda, ah não, não, mudei de ideia, não sugue muito, acho que vou desmaiar, ligue para minha mãe." Qualquer humano que deseje experimentar o sombrio delírio de uma mordida está sempre choramingando! Preferia que nós atraíssemos os tipos mais taciturnos, realmente preferia.

Algo na maneira como ela falou "crianças de hoje em dia" me fez parar e arriscar.

— Minty? — perguntei cautelosamente.

— Ah — disse Minty. — Ah, tudo bem. "Minty", de fato. Meu nome é Araminta. Suponho então que você seja a namoradinha de Kitten, e imagino que não queira ser mordida, afinal.

Minty lançou um olhar de reprovação. Com firmeza, balancei a cabeça num pedido de desculpas.

— Esplêndido! — exclamou Minty. — Ficamos todos famintos enquanto entretemos uma permanente procissão de humanos. Logo os vizinhos irão pensar que estamos montando um pequeno zoológico humano. Absolutamente esplêndido! Suponho que seja melhor você entrar.

Passei cuidadosamente por ela, sentindo meu pescoço terrivelmente exposto, morta de medo de que ela o abocanhasse.

Ela não fez isso. Claro que não faria: existiam doadores que atendiam em domicílio, mas nenhum vampiro que não fosse completamente desonesto sonharia em morder alguém sem permissão.

— O café da manhã já chegou? — perguntou um vampiro de colete.

Se você alguma vez imaginou como ficaria o look caninos afiados e bigode com as pontas para baixo, estou aqui para responder: muito estranho.

— Não — disse Minty, lançando outro olhar amargo em minha direção. — É a namorada do Kitten.

— Kit. Sinceramente, Araminta, você precisa tentar lembrar — reagiu o homem, que logo estendeu a mão para mim. Ao aceitar o cumprimento, ele balançou, machucando um pouco meus dedos. Um aperto de mão de vampiro quando é firme é bem firme. — Meu nome é Albert.

— Mel — disse.

— Você está procurando pelo rapaz, creio. Vou avisar que você está aqui.

— É... não, não... tudo bem — falei rapidamente. A última coisa que eu precisava era que Kit pensasse que eu estava dando uma de stalker. — Eu gostaria de falar com Camille, se possível.

Tanto Minty quanto Albert pararam. Os dois fizeram uma expressão enigmática tão boa quanto a de Francis, mas eu já tinha presenciado a versão vampira de "deveras confuso" hoje.

Ficamos todos nos encarando em extrema perplexidade, e quem sabe por quanto tempo aquilo continuaria se não fosse pela interrupção de mais uma vampira desconhecida.

— Oi — disse, antes que alguém pudesse me apresentar como a namorada de Kit. — Sou... amiga de Cathy? — No último segundo, eu não consegui proferir tamanha mentira como dizer que eu era amiga de Francis.

Minty fungou.

— Nós estamos, sem dúvida, sendo cercados por humanos.

A vampira recém-chegada, uma mulher pequena e com o rosto em formato de coração, moveu-se em velocidade vampirística (ou seja, muito rápido), o que me fez dar um salto. E sem que eu pudesse fazer nada, ela estava com o dedo na minha carótida.

Fique calma! Ordenei a mim mesma. Fique calma, provavelmente é uma coisa de vampiros, tipo uma versão vampira para o beijo de esquimó, provavelmente é supernormal.

— Você é tão rude, Araminta — murmurou ela. — Achei a menina muito simpática.

— Uh — disse. — Obrigada?

— Meu nome é Marie-Therese — continuou ela. — Gosto muito de Kit. Espero que possamos ser amigas.

— Amigas, que demais, é claro! — respondi. — Por aqui os amigos... sempre acariciam as veias dos amigos?

— Peço desculpas por ela — acrescentou Albert. — Espanhola, como dá para perceber. Pessoas muito emotivas. Melhor fazer a vontade dela.

Fiquei totalmente imóvel enquanto os dedos frios de Marie-Therese moviam-se para cima e para baixo por meu pescoço. Eu nunca tinha ficado em um lugar com mais vampiros do que humanos. Estava frágil e vulnerável, de uma maneira inédita. Fiquei pensando se era assim que Kit se sentia o tempo todo.

Então, do nada, Marie-Therese se afastou e chamou por Camille com uma voz penetrante. Ela parou e me deu um sorriso doce.

— Camille tem muita sorte de ter uma visita tão encantadora — disse ela. — Quando quiser, volte para um chá comigo.

Marie-Therese flutuou para fora da sala. Vislumbrei um candelabro na sala ao lado antes de a porta se fechar.

— Sempre que está perto de humanos ela faz toda essa cena sobrenatural — disse Minty, com seu falso sotaque inglês.

— Espanhóis são tão dramáticos — observou Albert com firmeza.

— Se ela é espanhola — perguntei —, por que tem um nome francês?

— Ninguém sabe — respondeu Albert.

— Mais provável que ninguém se importe — acrescentou Minty com um risinho.

Fiquei aliviada em ver Camille descendo a escada, uma sensação bem diferente da que eu senti da última vez em que a vi fazendo isso.

Mas ainda assim era estranho. Eu vinha enxergando Camille mais humana do que ela realmente era, mais como a mãe de Kit. Na minha mente eu a enxergava mais velha, com as linhas frias de seu rosto e o brilho gelado de seus olhos menos intensos. Mas aqui estava ela, totalmente vampira, em seu uniforme e com o cabelo preto descendo pelas costas em uma trança.

— Mel? — questionou ela. — Devo chamar Kit?

Todos esses vampiros tinham que ficar falando insistentemente sobre Kit?

— Na verdade, queria falar rapidamente com você.

Camille assentiu, sem demonstrar o menor sinal de perturbação. Fomos silenciosamente até a cozinha.

Atrás de nós, ouvi Minty e Albert confabulando se eu estava ali para pedir a mão de Kit em casamento para Camille.

◆

— Em que posso ajudá-la? — perguntou Camille em sua voz distante, sentada em uma postura perfeita na cadeira diante da minha.

A mãe de Kit tinha insistido em preparar uma xícara de chá para mim. Eu rodava a xícara de um lado para outro enquanto tentava pensar em uma maneira de dizer o que queria.

— Bem, é o seguinte — disse. — Eu tenho uma amiga chamada Anna Saunders.

Camille cruzou as mãos em cima da mesa.

— Você parece ter a sorte de ter muitos amigos.

— E... eu talvez meio que tenha adivinhado que você mandou Francis à nossa escola para que ele ficasse de olho na mãe de Anna. Na nossa diretora. Diretora Saunders.

Como eu estava muito certa de que se Camille suspeitava que a diretora Saunders mentira para a polícia, ela não teria esquecido esse nome.

Na verdade, a expressão de Camille mudou levemente. Infelizmente, não era uma que dizia: "Mel, garota esperta, você está tão certa que tem o direito de saber tudo."

Parecia mais frustração.

— Francis — murmurou ela, em um tom que percebi que tinha deixado Francis encrencado.

O que era ótimo, mas não vinha ao caso.

— Anna está realmente preocupada com os pais — apressei-me em explicar. — Digo, ela não faz a menor ideia de que algo pode ter acontecido com o pai. Que ele talvez não tenha fugido. — Fiquei observando para ver como Camille reagiria. — Mas a diretora Saunders vem agindo de forma estranha há algum tempo. Eu vi, no dia da catástrofe dos ratos... err, o dia em que os ratos invadiram a escola... Nesse dia eu vi que a diretora tem pavor de Francis.

Camille mudou de postura tão rápido que derramei chá na minha calça jeans.

Ela se curvou ligeiramente. A forma como estava sentada me fez pensar em uma palavra na qual eu não queria estar pensando — predador.

— Você observou o comportamento da diretora Saunders naquele dia? — perguntou Camille, pegando uma caderneta com uma caneta presa nela. — Você poderia descrevê-lo para mim?

Imediatamente me senti uma completa idiota. É claro que Camille parecia concentrada. Ela era policial. Queria que eu relatasse o que eu tinha visto.

Mas o relato de uma testemunha ocular do dia dos ratos? Ela não era fiscal da vigilância sanitária.

— Por que você quer saber sobre os ratos? Como isso pode estar relacionado com qualquer coisa?

— Mel — disse Camille —, posso ser bem clara? Eu sou uma agente da polícia. Você é uma menina de 17 anos. Isso significa que eu faço perguntas, e se você respeita a lei, você simplesmente responde. Isso não quer dizer que vou dar informações confidenciais sobre qualquer um dos meus casos.

— Claro! — exclamei. Fixei o olhar na minha xícara de chá pela metade.

— Você pode me contar sobre o incidente dos ratos? — perguntou Camille.

Eu contei para ela.

— Obrigada pela ajuda — respondeu Camille quando terminei, serena como se nós duas tivéssemos conseguido o que queríamos, quando tudo o que eu tinha conseguido foi chá derramado na calça. — Devo pedir para Kit descer? — perguntou ela. — Tenho certeza de que ele ficará feliz em vê-la.

Ela estava muito mais certa do que eu.

— Não, obrigada — disse. — Tenho que ir embora.

Camille hesitou.

— Realmente espero que vocês não tenham brigado.

— Mais ou menos — falei, levantando da cadeira. — Mas tudo bem. Eu não via muito futuro pra nós dois mesmo.

Camille me olhou por um momento, como se quisesse falar alguma coisa.

— Já pensou que talvez você esteja enganada sobre isso? Dei de ombros.

— Posso perguntar uma coisa? Você sabe quem é Rebecca Jones?

— Não se preocupe com ela — disse Camille em um tom seco. — Rebecca Jones está morta. Ela se matou.

— O quê? — Rebecca Jones estava morta? Então ela não poderia ser sequestradora. Ela não poderia ser *nada*. — Mas...

— Isso é tudo o que eu posso falar — interrompeu Camille, deixando claro que nossa conversa tinha terminado.

Saí da cozinha e fui tropeçando pelo corredor, a cabeça girando. Eu não percebi que Kit estava na escada até que ele chamou meu nome.

— Mel?

Eu estava abalada demais para sequer fingir que não me importava em ter levado um fora. Eu me importava, sim, e não sabia como parar.

— Não se preocupe — falei rispidamente. — Não vim aqui ver você.

Bati a porta da frente, corri os degraus abaixo, pulei na bicicleta e saí pedalando o mais rápido possível pelo meio da rua. Um vampiro que tivesse muita vontade de provar meu sangue precisaria correr atrás de mim.

Não me dei conta do quanto eu queria que as coisas fossem o que pareciam ser: que a diretora Saunders estivesse compreensivelmente perturbada por seu marido estar vivendo no ninho de amor vampiro de Rebecca Jones. O que fazia total sentido e não tirava o mundo dos eixos. Mas até a história maluca que eu tinha inventado não era verdade.

Rebecca Jones não podia estar ameaçando a diretora Saunders. Então o que a ela estava escondendo?

E se Rebecca estava morta, onde estava o pai de Anna? Eu tinha certeza de que ele não estava com amnésia.

Eu só conseguia pensar em uma razão para a diretora Saunders mentir: acobertar algo que ela mesma tivesse feito.

CAPÍTULO TRINTA E UM

Amigos não deixam amigos se tornarem mortos-vivos

Rebecca Jones não podia estar mantendo o dr. Saunders como refém. O dr. Saunders não estava vivendo em um ninho de amor vampiro.

Rebecca Jones estava morta.

Tentei digerir essa informação explosiva enquanto pedalava. Precisava conversar com alguém. Eu não podia falar com Kit, não depois de ter saído da casa dele daquele jeito. Eu também não podia ligar para Anna.

Normalmente, quando precisava de alguém com quem conversar, eu procurava por Cathy, mas, bem, eu não estava certa de que isso fosse possível agora. Ela estava tão envolvida com Francis e com toda aquela história de quero-me-tornar-vampira. Não tínhamos tido uma conversa de verdade desde o desastroso dia na praia.

Mesmo assim, me vi pedalando na direção da casa de Cathy.

248

Desci da bicicleta e olhei para o quarto dela. A luz estava acesa. Fiquei quase tão nervosa quanto no dia em que fui bater na casa de Camille, subi com a bicicleta pelos degraus da entrada, escondi-a na varanda (vampiros sugam nosso sangue, mas ao menos não roubam bicicletas) e toquei a campainha.

Então esperei e esperei e pensei que, no fim das contas, talvez Cathy não estivesse em casa. Talvez eu devesse, em vez disso, ligar para Kristin?

A porta se abriu.

— Oi, Mel — disse Cathy, parecendo verdadeiramente feliz em me ver.

— Oi. Eu estava passando pelo bairro.

— Você mora nesse bairro. — Ela sorriu e fez um gesto para que eu entrasse.

— Verdade — disse, subindo a escada atrás dela. — Sua mãe não está?

— Não. Vai ficar até tarde no trabalho.

Cathy foi comigo até o quarto dela, que não estava tão arrumado quanto o de costume. Para o padrão de Cathy, quero dizer. Havia pilhas de livros no chão, na cama, na mesa e em qualquer outra superfície plana, a maior parte deles enfeitada com uma penca de post-its. Uma olhada de relance em alguns títulos — *Transformação celular no vampirismo, Enciclopédia dos mortos-vivos* — me disse mais do que eu queria saber.

— Muito trabalho, hein? — falei.

Ela assentiu e limpou uma cadeira para que eu me acomodasse. Ela sentou em um canto livre da cama.

— Tudo bem? — perguntou ela enquanto eu me sentava.

— Tudo — eu disse. — Quer dizer, não. Não está. É a Anna.

— E?

— Bem, na verdade, é o pai dela. Se ele tinha fugido com Rebecca Jones, agora não está mais com ela.

— Rebecca Jones?

— A vampira com quem ele supostamente fugiu. Ela está morta. Se matou. Só que ele não voltou para casa. Onde será que está?

Cathy ficou pálida e horrorizada. Eu mal conseguia olhar para ela: não queria ver o quanto isso era sério.

— Como você sabe de tudo isso?

— Camille me contou — respondi, aparentemente incapaz de parar de falar agora que eu tinha começado. — Anna disse que a mãe dela estava agindo de maneira estranha, mais do que se estivesse apenas magoada e lamentando a perda do marido. Então comecei a investigá-la. Eu acho que sei o que está acontecendo, e não é nada bom.

Cathy ficou esperando que eu continuasse.

— Não é nada bom *mesmo*.

Ela assentiu, dando coragem para que eu terminasse de falar. Cathy parecia supercompreensiva, como se nada que eu pudesse dizer fosse chocá-la.

— Então, a mãe da Anna... A diretora Saunders... — comecei, falando mais baixo embora obviamente ninguém pudesse ouvir. — Eu acho que ela pode... ter feito algo com o marido.

Eu disse "algo" porque não conseguia dizer "machucado".

Eu não sabia nem como pensar na palavra "assassinado". Eu conhecia a diretora Saunders desde pequena.

Mas o dr. Saunders estava desaparecido e sua esposa estava mentindo sobre o paradeiro dele.

— Não! — exclamou Cathy, perdendo o fôlego. — Ela não fez nada. Você não está falando sério.

Foi a minha vez de assentir.

— Sim, estou. Totalmente sério. — Deixei Cathy a par de tudo que tinha descoberto, pulando as partes que envolviam ser grossa com Francis ou muito próxima de Kit. — Eu não sei como contar para Anna.

— Você não vai contar. — Cathy envolveu minhas mãos com as dela e a apertou. — Você não sabe o que aconteceu. Tudo o que você sabe com certeza é que se o dr. Saunders fugiu com Rebecca Jones, ele não está com ela agora.

— Mas... — comecei.

— E as mensagens de texto? — perguntou Cathy. — Anna mostrou algumas das mensagens que o pai mandou depois que foi embora.

— Qualquer um que esteja com o celular de alguém pode mandar um SMS, Cathy — ressaltei. — O mesmo vale para e-mails.

— Se a diretora Saunders matou o marido, por que ela não está presa?

Cathy disse aquilo de uma maneira tão fria que por um momento tudo o que eu fiz foi olhar fixamente para ela, que sustentou o olhar, como se não tivesse se dado conta de que eu estava assustada por ela ter dito o indizível.

— Ela está sendo investigada — respondi.

— Francis ou Camille que disseram isso?

— Não explicitamente.

— Claro que não. Camille não permitiria que você soubesse o verdadeiro motivo da investigação. E se Francis está trabalhando para ela, então ele atua sob as mesmas regras. Ele é muito honrado — acrescentou.

Tentei não ficar nauseada com o orgulho evidente que Cathy sentia por Francis.

— Mel, você precisa separar o que sabe do que suspeita. Você não pode levar nada à Anna até ter fatos para contar, não conjecturas. Já pensou em simplesmente perguntar para a diretora Saunders?

— Cathy, alguma coisa está acontecendo. A diretora Saunders está agindo de forma estranha. Ela tem pavor de Francis. Claro que está escondendo *alguma coisa* e obviamente não está disposta a confessar, caso contrário a polícia não teria que investigá-la.

— Você não sabe se é a diretora Saunders que eles estão investigando.

— Francis foi para a nossa escola porque Camille pediu para ele ficar de olho nela.

— Francis *não é* policial, Mel. Então seja lá o que ele estiver fazendo para Camille, precisa ser algo informal, certo?

Eu não tinha pensando nisso.

— Anna mencionou algo sobre polícia? — perguntou Cathy. — Ela pediu a sua ajuda, certo? Se tivesse sido interrogada, portanto, ela certamente teria mencionado para você. Com certeza ela saberia se houvesse uma investigação policial em curso. Você sabe como fofoca se espalha rápido.

— Bem pensado.

— Talvez o dr. Saunders tenha fugido com a vampira, então mudado de ideia e aí quis voltar para a família. Talvez tenha sido por isso que Rebecca se matou.

Aquilo soava bem mais razoável do que o que eu vinha imaginando. Comecei a me sentir idiota.

Mordi o lábio.

— Mas por que ele não voltou para casa então?

— Talvez esteja com medo. Talvez esteja tomando coragem para implorar pelo perdão da mulher da filha. Talvez ainda esteja abalado com o suicídio da mulher que ele amava. Há muitas explicações para os poucos fatos que você tem.

— Talvez ele esteja com amnésia?

— Mel — disse Cathy —, se atenha aos fatos. Por que você simplesmente não vai até a diretora Saunders e pergunta?

— Não posso perguntar sem que ela fique sabendo o que sei. Se ela tiver feito algo com o dr. Saunders, mesmo concordando que não há provas disso, como ela vai reagir às minhas perguntas? Mesmo que ela não tenha feito nada e tenha sido só abandonada, acho que não vai encarar muito bem.

Era bom conversar com Cathy sobre isso. Quase como se nós tivéssemos voltado a ser melhores amigas.

— Eu continuo a mesma — disse Cathy.

— O quê? — perguntei, quando na verdade queria dizer: "Você leu meus pensamentos?"

— Sei que você acha que eu só quero saber do Francis o tempo todo. Mas continuo a mesma. Continuamos amigas.

— É claro — disse.

Ela realmente parecia a Cathy de antigamente. Era quase possível esquecer de Francis e do desejo insano dela de se tornar vampira. Tudo o que eu precisava fazer era ignorar o fato de que Cathy estava completamente cercada por livros sobre transformação.

— Você sabe que não precisa fazer isso, né? — falei calmamente.

— Fazer o quê? — perguntou Cathy, embora eu soubesse que ela sabia.

— Mudar. Você pode continuar com Francis sendo uma humana. Por que você precisa fazer a transformação?

— É uma coisa que eu realmente quero — explicou Cathy. — Queria poder fazer você entender, Mel. É uma coisa que eu acho que sempre quis.

— Estar morta?

Cathy começou a falar algo e então parou.

— Ser vampiro não é estar morto. Você sabe disso. Você conversou com Francis e Camille. Você conversou com Kit. Ele passou a vida inteira convivendo com vampiros. É uma maneira diferente de viver. Francis diz...

— Francis diz! — berrei, perdendo a paciência. — Quando você deixou de ter opinião? Desde que você conheceu esse cara tem sido "Francis disse isso! Francis disse aquilo! Francis disse que eu devo morrer agora!" Quando foi que você parou de pensar por si mesma? — Fiquei de pé. — Não acredito que você vai abrir mão da humanidade. E, desculpa, mas é isso o que você está fazendo. Virar vampiro significa isso. Isso se a sua transformação der *realmente* certo. Se você não acabar morta ou virar um zumbi antes e morrer logo depois. Além disso, tem a pequena questão se você vai se adaptar ou não a ser vampira. Você tem ideia do quanto é alta a taxa de suicídio entre eles? Ou como a maior parte deles descobre o quanto é difícil viver nessa condição? E você vai passar por tudo isso PORQUE O FRANCIS DISSE?

Cathy também ficou de pé. Estava ainda mais pálida do que o normal, os lábios num sorriso fraco, os olhos estreitos. Eu tinha visto aquela expressão antes. Era a mesma que Cathy tinha feito quando Tommy Lewis mentiu sobre tê-la beijado atrás do banheiro feminino no terceiro ano do ensino fundamental. E a mesma de quando a professora do quinto ano, a sra. Hildergardt, acusou Cathy de ter plagiado uma redação que rendeu seu primeiro prêmio de uma competição estadual de fim de ano. Cathy nunca tinha olhado para mim dessa maneira antes.

— Há quanto tempo você me conhece? — perguntou ela.

— Desde que nascemos, acho.

— Alguma vez tomei alguma grande decisão na minha vida simplesmente porque alguém disse que eu deveria? Alguma vez dei sinais de que eu era maria vai com as outras? Alguma vez eu tomei alguma decisão importante sem pesar os prós e os contras? Você acha que estou pesquisando cada mínimo aspecto do que eu vou passar porque *Francis me disse para fazer*?

— Mas você...

— Se alguém aqui apressa as coisas, esse alguém é você, Mellifluous Li Duan. Você está sempre se metendo em situações achando que sabe de tudo, quando na verdade não faz a menor ideia. Como por exemplo decidir que mãe da Anna matou o próprio marido!

— O quê! — gritei para ela. — Eu sou a única que sempre sabe o que fazer!

Achei que Cathy me entendesse. Ele me conhecia havia anos. Era a única pessoa, fora a minha família, que sabia meu nome verdadeiro. Se Cathy não entedia quem eu era, quem entenderia?

Cathy continuou falando naquele tom frio e objetivo.

— Talvez para as outras pessoas. Mas para você mesma? Você saiu com Ryan exatamente três segundos depois que se conheceram. Dezenas de antigas namoradas dele poderiam ter contado a você como ele era um babaca. Você nem precisava falar com elas, na verdade. Até mesmo meras conhecidas poderiam ter dito a mesma coisa! Você começou a praticar esgrima porque tinha uma quedinha por Raj Singh. Você não sabia nada sobre o esporte além do fato de que um garoto bonitinho praticava. Você sequer decide as aulas que vai colocar na grade! Todos os anos você escolhe as mesmas que eu. O que você vai fazer quando estivermos em universidades diferentes? Como você ousa dizer que eu não penso por mim mesma?!

Senti um peso estranho no peito. Eu estava prestes a gritar de volta, dizer que ela estava errada, dizer aos berros que Cathy era uma marionete de Francis, mas então senti o nó na garganta e me vi à beira de uma crise de choro. Ok, às vezes eu fazia coisas porque Cathy ou Anna ou Ty ou Kristin, ou seja lá quem for faziam também. Tipo, o lance da grade é porque eu não ligo muito para a escola. Era mais fácil fazer o que Cathy fazia. Eu não sou maria vai com as outras. Só não tenho tantas paixões quanto Cathy. Eu não sou como ela. Eu ainda não sei, nunca soube, o que quero ser quando crescer.

Mas Cathy estava colocando tudo de outra forma. Eu conseguia tomar decisões.

Eu não podia deixar que ela me fizesse chorar.

— Acho que você devia ir embora — sugeriu Cathy.

— Tudo bem — falei, indo em direção à porta.

— Uma última coisa — disse ela. — Você é a primeira a saber: minha mãe autorizou. Posso solicitar a licença quando eu quiser.

CAPÍTULO TRINTA E DOIS

A loucura dos humanos

Saí tropeçando da casa de Cathy, tentando fingir que meus olhos não estavam banhados em lágrimas, tanto que tropecei nos degraus da varanda e caí de quatro.

Graça e beleza no sofrimento, essa era eu.

Os joelhos da calça jeans ficaram sujos. Tentei limpar, mas a mancha pareceu agarrar ao tecido e, enfim, tanto faz. As palmas das mãos e os olhos ardiam. Pisquei com força e então lembrei que precisava ir até a varanda pegar a bicicleta.

Enquanto pedalava furiosamente na direção de casa, pensei: obviamente Cathy deduziu que não queria ou precisava mais de amigos contanto que tivesse Francis por toda a eternidade. Tinha decidido deixar claro que não queria mais que eu ficasse na cola dela, fazendo aulas porque ela iria fazer, estudando muito porque ela estudava.

Não que eu ficasse na cola dela! Ela estava começando a ficar como Francis, desdenhar de todos os humanos. Ela pode até dizer que se preocupa com Anna, mas fui eu quem Anna procurou pedindo ajuda. Fui eu quem descobri tudo o que sabemos até agora, e serei eu a ir fundo nessa história.

Cathy podia estudar seus livros de vampiros e sonhar com a felicidade com Francis para toda a eternidade — olha só, rimou, devia oferecer a rima para aquele vampiro escrever outra canção! —, mas eu iria ajudar Anna.

O sangue latejava em meus ouvidos. Talvez fosse isso o barulho que eu ouvia sem saber de onde. O mundo ao redor era um borrão. Eu me recusava a chorar e queria mostrar a Cathy até que... Alguém me deu um tapinha nas costas.

Eu desviei para a calçada, freando furiosamente a bicicleta, o que quase me fez perder o controle. Vi Kit. Ele estava suado e desgrenhado, os cachos embolados para todos os lados.

— Eu estou... correndo atrás de você... gritando o seu nome... há três quarteirões! — disse ele, ofegante.

Pensando a respeito, o barulho bem que parecia com os passos de alguém correndo.

— Eu estava pensando — expliquei, reunindo toda a dignidade que me restava. — Pensamentos profundos.

— Eu fui até a sua casa — continuou Kit, recuperando o fôlego. — Onde você estava? Por que você estava pedalando como se os cães do inferno estivessem te perseguindo em um caminhão?

— Deixa pra lá! — exclamei. — Por que você está atrás de mim?

Kit me olhou como se eu fosse lesada.

— Você foi até a minha casa e conversou com a minha mãe em vez de falar comigo. E aí quando esbarrou em mim, você disse que não estava ali para me ver, saiu correndo e bateu a porta.

— Bem, sinto muitíssimo se não sou tão cortês quanto todos os seus conhecidos mortos-vivos.

— Cortês? — perguntou Kit. — O quê?

Ele passou a mão pelo cabelo. Eu poderia ter dito que era uma péssima ideia. Parecia que já estava rolando uma espécie de tornado no topo da cabeça dele.

— Obviamente eu chateei você de alguma maneira — disse ele cuidadosamente. — Queria saber como.

— Todas as garotas humanas ficam chateadas quando terminam! — berrei para ele.

É mais fácil para as vampiras? Talvez por terem muita experiência. Séculos de experiência em rejeição. Depois de um tempo ninguém se espantaria mais com o último término.

Ah, sim, Cathy estava certa, virar vampiro era um sonho se tornando realidade.

Kit ficou me olhando fixamente.

— Quando terminam? Mas eu não terminei com você!

Tecnicamente, era verdade. Porque tecnicamente nós não estávamos saindo. Mas eu não achei que tinha sido muito gentil da parte dele ressaltar esse ponto. Francis não tinha ensinado nada a asse garoto?

— Você disse que iria ligar!

— Sim — confirmou Kit. — Porque eu realmente ia fazer isso. Eu demorei a ligar? Estava prestes a pegar o celular quando você apareceu lá no Shade.

Era minha vez de olhar fixamente para ele.

— Você estava prestes a ligar? Mas você disse "Eu te ligo".

— Sim — falou Kit. — Você ficou surda? Ou parou de falar a nossa língua? Não estou conseguindo entender.

— Quando um cara diz "Eu te ligo", significa que ele não vai te ligar. Significa que ele está terminando.

— O quê?! — exclamou Kit. — Eu disse que iria ligar *porque* eu iria ligar. Por que alguém falaria uma coisa dessas se não fosse ligar? É totalmente maluco! Como os humanos conseguem viver em sociedade? É tipo eu ir a uma padaria e dizer "Oi, tudo bem, eu queria comprar um pouco de queijo" e ser preso por roubar um pedaço de brie! Na verdade, não acho que minha metáfora do queijo faça muito sentido. Mas quando comparada a "Eu te ligo" significando "sai da minha vida" ela é claríssima. Tudo isso porque os humanos não fazem o menor sentido! Nenhum de vocês!

Ele parou, sem ar.

— Ah — eu sussurrei.

O peso no meu peito ficou um pouco mais leve. O fato de que ele não tinha terminado comigo foi a única boa notícia boa que eu tive durante todo o dia.

— É que tem todo esse lance que diz... — continuei, com a mesma voz baixa. — Quando um cara fala pra você "Eu te ligo", mas não diz quando... Isso significa que ele não vai ligar.

Kit tirou o celular do bolso e apertou algumas teclas. Meu telefone vibrou no bolso. Eu o peguei, sorrindo.

— Maluquice — sussurrou Kit suavemente. — Eu falei que iria ligar, não é? Esse sou eu, ligando.

Ficamos ali, um olhando fixamente para o outro por cima do guidão da bicicleta, os dois com o celular junto à orelha.

— Cathy e eu acabamos de ter uma briga horrível — expliquei. — E Rebecca Jones está morta. Então ela não pode ter sequestrado o dr. Saunders. Sendo assim, onde ele está? Será que está vivo? Nem pense em mencionar amnésia. E não posso contar nada disso para Anna. E Cathy vai se tornar uma vampira, tipo, amanhã. E ainda não sei para qual universidade eu vou, ou o que vou fazer da minha vida. E achei que você tinha terminado comigo.

Kit empurrou o guidão para o lado e me deu um abraço. Era quente e maravilhoso e desconfortável porque a bicicleta ainda estava entre nós. Coloquei-a gentilmente na calçada, e então nos abraçamos ainda mais apertado. Kit, que estava em cima do meio-fio, se abaixou e nossos lábios se tocaram. A intensidade do beijo jogou o frio e a tristeza para longe.

— Eu não terminei com você — sussurrou Kit, me puxando mais para perto. — Eu sequer sabia que a gente estava saindo. Mas se estamos, estou feliz.

— Percebi — disse, beijando-o novamente.

— Vamos dar um jeito nisso — tranquilizou-me. — Você vai dar um jeito.

O beijo seguinte foi ainda mais profundo e intenso do que o anterior.

— Tenho que ir — falei, mesmo não querendo nem um pouco ir. — Meus pais vão ficar preocupados. — Peguei o celular para ver a hora. — E provavelmente furiosos.

— Eu levo você até lá — falou Kit.

Minha casa ficava a apenas dois quarteirões, mas nosso progresso era lento. Lento e glorioso. Levamos outros vinte minutos nos despedindo do lado de fora da minha casa.

— Tchau — falei mais uma vez.

— Tchau — respondeu Kit.

Ainda estávamos de mãos dadas. Eu dava um passo para frente; Kit um para trás.

— Você quer ir a algum lugar comigo amanhã cedo? — perguntei, dando mais um passo. Estávamos nos tocando só com a ponta dos dedos agora. — Bem cedo?

— Vai ser tão legal quanto a nossa visita ao Centro de Aconselhamento para Vida Prolongada?

— Espero que não — disse.

Nossos dedos se separaram, e Kit correu até a metade da rua, onde parou, tirou as chaves do bolso e abriu a porta de um carro caindo aos pedaços.

Kit tinha um carro?

Isso poderia ser bem útil.

◆

Kristin me ligou naquela noite para contar sobre seu mais recente fim de namoro, com uma garota chamada Elspeth Moonfeather (não era o nome dela de verdade) que tinha seis tatuagens de gárgulas.

— Chega de malucas! — exclamou Kristin, como sempre. Embora, de algum modo, sua namorada seguinte sempre fosse ainda mais doida. — Então, como está a sua vida amorosa? Fiquei sabendo por uma fonte muito confiável que você agora tem uma.

— Ou seja, Lottie — falei.

Nosso irmão não era uma fonte confiável para nada, a não ser inacreditáveis peidos horrorosos. E fofocas ridículas, aparentemente.

— Talvez seja ele — disse Kristin casualmente. — Lottie também pode ter comentado que o garoto se chama Kit, e que você está toooooooda apaixonada. Foi o que fiquei sabendo.

◆◆◆262

— Argh — falei.

— Uau! — exclamou Kristin, de repente parecendo incrivelmente superanimada. — Você não negou.

— Estou negando! — disse rapidamente. — Não estou, e espero nunca estar, toooooooda apaixonada por alguém. Nego veementemente. Estou em total e completa negação. — Fiz uma pausa. — Deixa isso pra lá, ok? Não ri de mim!

Kristin riu. Eu estava deitada na cama, olhando para o teto. Joguei a cabeça com força no travesseiro algumas vezes.

— Eu meio que posso estar saindo com alguém — disse. — Mais ou menos. E o nome dele de fato é Kit. Mas não é nada sério. Tipo, possivelmente a história não vai dar em nada. Ele foi criado por vampiros, não sabe nada sobre humanos. E por isso ele acha que todas as garotas humanas querem transar o tempo todo, e me disse que queria esperar.

— Existem garotas humanas que *não* querem transar o tempo todo? — perguntou Kristin. — Comigo elas querem. Hum. Acho que vou deixar isso na conta do meu irresistível charme e minha beleza.

— Ele vai fazer a transformação em alguns meses.

— Ah — disse Kristin. — Bem. Isso é um problema. Sei como você se sente em relação a vampiros.

— Oi? — perguntei. — Por que todo mundo fica agindo como se eu tivesse um problema com vampiros? Eu não tenho problema com vampiros. Mas você mesma disse que Cathy não deveria namorar um. Você concordou comigo!

— Sim, é verdade — admitiu Kristin. — Acho que essas vampiretes são umas idiotas. Também sei que Cathy é muito intensa e séria sobre as coisas, e ficar intensa e séria sobre vampiros parece ser uma péssima ideia. Mas não estou dizendo que nunca namoraria uma vampira. Já você, Mel, você adora rir. Sem contar que você é sempre muito protetora em relação aos amigos e, sob o seu ponto de vista, um vampiro magoou Anna. Nenhuma dessas coisas é ruim! Só significa que você é a pessoa mais improvável que eu conheço de ser do Time Vampiros.

Não soava tão ruim quando Kristin dizia. Não como tinha sido quando Cathy gritou comigo.

Contudo, Kristin não podia deixar de ser minha irmã. Enquanto, aparentemente, Cathy podia deixar de ser minha amiga.

— É por isso que estou feliz sobre Kit!

— Hã? — disse. — Desculpa, não consegui entender o que você acabou de falar. Provavelmente porque não faz o menor sentido!

— Bem, você sabe — falou Kristin. — Você tentou namorar com Ty porque vocês eram muito amigos, embora fosse óbvio que nenhum dos dois estava tão a fim do outro. E então aquele outro cara magoou você. Tomara que o babaca fique cheio de perebas, mas enfim... Você nunca teve muita sorte no amor e isso te deixou cautelosa, o que é compreensível. Totalmente compreensível. Mas Cathy não está sendo cautelosa. É a primeira vez que ela leva um cara a sério, né? Acho que é isso que está te assustando. Não acha que isso pode ser parte da razão pela qual Francis tira tanto você do sério?

— Não. Você não conhece o cara. Ele é esquisito.

— O que estou tentando dizer é que você foca nos amigos — disse Kristin. — O que é ótimo. Mas também acho ótimo que você tenha conhecido um cara e que esteja saindo com ele apesar do fato de não ser totalmente sensato. O cara foi criado por vampiros, Mel! Que loucura!

— Bem, sim, mas... ele me faz rir. Tipo muito.

— Uau, Lancelot estava mesmo certo — disse Kristin. — Escute você mesma falando... Uau, que demais!

— Para com isso.

— Você realmente gosta dele, né?

Pensei em Kit, em tudo o que me contou sobre seu Shade, sua vida. Em como todas as vezes que eu sorrio ele retribui com um sorriso radiante e cheio de admiração.

— Estabelecendo que não haverá mais perguntas depois — determinei —, sim. Eu gosto dele. Muito. Mas pode ter certeza que se ele fizer uma tatuagem de gárgula ou mudar o nome para Moonfeather, termino na hora. Como o assunto acabou aqui, podemos falar sobre outra coisa?

— Como está Cathy? — perguntou Kristin.

Fiquei com o coração apertado ao pensar no sorriso de Kit e em como ele desapareceria da face da Terra depois da transformação.

Meu coração quase parou ao pensar em Cathy.

— Podemos falar sobre outra coisa? — O tom da minha voz soou estranho até para mim mesma.

Kristin deve ter concordado, porque, dessa vez, não me pressionou.

— Como estão as coisas em relação à Anna?

— Bem ruins — respondi, pensando em tudo o que eu suspeitava e nas coisas que eu temia. — Mas uma pessoa me deu uma pista hoje. Já sei o que fazer agora. E você sabe como sempre me sinto melhor quando estou fazendo algo.

CAPÍTULO TRINTA E TRÊS

O que encontramos no porão

Kit tinha um carro, mas não dirigia muito bem. No curto trajeto da minha casa até a escola, ele mal tirou o pé do freio, fazendo com que o carro tremesse de uma maneira que jamais poderia ser boa para as engrenagens.

— Quem te ensinou a dirigir? — perguntei, tentando não agarrar o assento. Eu tinha imaginado um passeio bem mais romântico. — Francis?

— Não, Francis odeia carros — riu. — Foi June.

— June?

— Também é do Shade. Ela é a mais jovem, depois de mim, quero dizer. Ela se transformou na década de 1950.

— Que é também é a época da fabricação desse carro, certo?

— O carro é dos anos 1970, acho. É um Ford Country Sedan. Por isso que ele é tão espaçoso. Embora quebre o tempo todo. Tirei outro dia mesmo da oficina. O escapamento caiu.

Sem dúvidas.

— June é a única que gosta de carros. Não que ela dirija muito hoje em dia. Não tem muito por quê. Vampiros se locomovem tão rápido quanto os carros.

Certamente mais rápido do que esse carro, foi impossível não pensar.

Kit enfiou o pé no freio ao ver que o sinal, quase a um quilômetro de distância, ficou vermelho.

— Humm — falei. — Não creio que você precise parar assim tão longe.

— Ah, tá — disse Kit, alegremente, tirando um pouco o pé do freio, fazendo com o que o carro fosse engasgando até o sinal, que agora estava verde.

Felizmente já estávamos perto da escola. Kit fez sua versão de estacionar e saímos do carro. Eu estava mais abalada do que ele. Andamos em silêncio o quarteirão que faltava.

Kit ficou olhando fixamente para a escola, como se fosse algo inspirador e estranho. A pálida luz da manhã fazia com que o prédio baixinho de tijolos vermelhos, bem à nossa frente, parecesse um pouco menos horrendo do que o normal.

— Então centenas de vocês vêm aqui ao mesmo tempo? — perguntou ele, sua voz espantada. Como se frequentar a escola fosse algo muito misterioso e exótico, ao contrário de ser educado em casa, por vampiros.

— Milhares — disse a ele. — Bem, duas mil, mais ainda assim vale o plural.

— Uau. — Kit tomou fôlego. — Isso é aluno pra caramba. Como vocês fazem pra lembrar o nome de todo mundo?

— Não lembramos. Só de quem tem aula na mesma turma.

— Hum — disse ele, parecendo impressionado.

— Pois é. Mas é bom ter gente em volta para as aulas de educação física.

— Verdade — disse Kit, assustado e ao mesmo tempo um pouco triste. — Parece bem legal.

— Mas aposto que você aprendeu mais história do que a gente.

— E valsa também. — Kit abriu um sorriso.

Fiz uma expressão de surpresa.

— Uau, como eu esqueci disso?

Anna não ficou totalmente segura a respeito disso, mas entregou as chaves da escola quando prometi que as devolveria o mais rápido possível. Também garanti que estava a um passo de descobrir o que estava acontecendo com a diretora Saunders e que informaria a ela assim que tivesse certeza.

Ela saiu de casa ainda de pijama para me entregar as chaves, o cabelo ruivo desgrenhado em volta do rosto. Nos escondemos atrás da caminhonete da diretora Saunders para o procedimento de entrega, agachadas na altura dos pneus sujos de areia como se fôssemos espiãs.

Não podia contar minhas suspeitas para ela. Eu nem tinha certeza se as suspeitas ainda se mantinham. Cathy estava certa. A distância entre o que eu sabia e a diretora Saunders ser uma assassina era gigantesca.

Minhas mãos tremiam um pouco quando enfiei a chave na fechadura da porta principal da escola.

— Então — disse Kit, quicando nervosamente atrás de mim. — Quer que eu dê uma olhada nesse porão com você?

— Sim — respondi. — Sua mãe me interrogou sobre o dia em que teve essa enorme invasão de ratos aqui. Parecia importante para ela.

— Ratos? — perguntou Kit. — Isso não é normal, é?

— Não, realmente não é.

Kit me seguia de perto enquanto passávamos pelo corredor, olhando com fascínio para os trabalhos de arte que cobriam as paredes.

— A mãe de Anna é a diretora. Na hora da confusão ela deveria ter estado presente, tentando fazer com que saíssemos de maneira ordenada, impedindo o pânico — continuei. — Ou então passando avisos pelo sistema de som. Só que a diretora Saunders não estava fazendo nada disso. Ela estava lá no porão e ficou com as meias todas rasgadas. Por quê? O que ela estava fazendo lá embaixo? Por que sua mãe fez tantas perguntas sobre aquele dia?

— Você tem certeza de que quer ir até lá? Pode ser perigoso. Podíamos pedir para minha mãe...

— Não — ordenei.

Não acreditava que Camille ficaria feliz em me ver novamente. Além do mais, provavelmente não encontraríamos coisa alguma. Não tinha ideia do que estávamos procurando.

Também havia uma pequena parte de mim que queria fazer isso por conta própria. Se Cathy pudesse me ver nesse momento, invadindo a escola em uma manhã de sábado, planejando fazer uma busca no porão, ela não pensaria que eu sou uma maria vai com as outras.

Esses pensamentos foram desaparecendo ao lembrar de tudo o que Cathy tinha dito. Parei. Kit pegou na minha mão, me puxou para perto dele e me apertou.

— É só um porão, né?

— Sim.

Era bem pouco provável que, se a diretora Saunders tivesse matado o marido, teria enterrado o corpo no porão da escola. Mas não faria mal dar uma olhada, faria?

269 ◆◆◆

Fui até a porta ao pé da escada onde Francis e Cathy tinham estado certa vez. Peguei o molho de chaves e fui tentando uma a uma, o barulho muito alto no silêncio da escola.

Quando enfiei a chave certa, ouvi Kit prender a respiração. Abri a porta.

Fiquei aliviada por ter pedido para Kit me acompanhar. Sozinha, eu possivelmente teria amarelado. Em vez disso, peguei em meu bolso a lanterna pequena-embora-mais-eficiente-do-que-a-luz-do-celular e acendi.

Está vendo, Cathy? Falei para ela em pensamento. *Sou capaz de planejar. Sou capaz de estar preparada! Quem é Maria vai com as outras não carrega lanternas.*

Dei um passo à frente, depois outro, descendo cuidadosamente as escadas.

Quando estava no meio do caminho, uma luz forte iluminou todo o ambiente. Prendi a respiração.

— Errr, desculpa — disse Kit do topo das escadas. — Mas tinha um interruptor aqui. É mais fácil se locomover quando dá para enxergar tudo.

— É, verdade — falei. — Obrigada.

O porão já tinha visto dias melhores. Fedia a mofo e umidade, embora as escadas e o chão apresentassem sinais de terem sido limpos recentemente. Deve ter sido a equipe de limpeza depois do apocalipse. O trabalho não tinha sido muito bom, mas ao menos não havia cadáveres de ratos.

— Preciso dizer que, em matéria de cenário para um encontro, a praia está ganhando — disse Kit atrás de mim. — De lavada.

Estávamos em um enorme ambiente cinza com paredes de tijolos aparentes. Por que gastar o orçamento com a pintura do porão, não é mesmo? Havia teias de aranha por todos os lados e tubulações expostas lotavam o teto baixo e o topo das paredes. Mesas e cadeiras velhas e pilhas e mais pilhas de caixas ocupavam a maior parte do ambiente. Tudo coberto de muito pó.

O zelador tinha seu próprio escritório e equipe, e vários armários para guardar produtos de limpeza e ferramentas no andar principal. Imaginei o zelador e sua equipe vindo até aqui só para guardar entulho. Era o que parecia.

O chão era de concreto e achei isso um bom sinal. Seria bizarramente difícil enterrar alguém em um chão de concreto sem uma britadeira, e seria bem complicado a diretora Saunders chegar na escola com um cadáver e uma britadeira. Ela também não precisaria de um misturador de cimento para preparar o cimento e cobrir o buraco? Não eram acessórios que estavam muito na moda. Alguém teria notado. Sem falar no barulho. Acho que ainda não inventaram uma britadeira silenciosa.

— Sério — disse Kit. — Eu adorei a praia.

— Quem sabe eu não levo você a algum lugar chique da próxima vez — sugeri. — Mas você vai ter que caprichar no visual.

O sorriso de Kit me deu mais coragem para continuar. Eu precisava explorar cada centímetro do porão. Em vez de uma porta, havia um grande vão do outro lado do ambiente.

— Parece um corredor.

— E eis aqui — disse Kit — outro prático interruptor. — O corredor ficou iluminado, revelando mais chão de concreto e mais tubulação no teto. Para dizer que havia algo de diferente, naquela parte o teto era ainda mais baixo. Kit precisou se curvar. — Então, o que estamos procurando exatamente?

— Na verdade, não sei. Alguma coisa fora do comum? Algum sinal de que o chão foi remexido?

— Como alguém poderia remexer um chão de concreto? — Kit chutou o solo com a ponta do sapato. — Parece bem sólido.

— É mesmo. Provavelmente estou procurando cabelo em ovo.

— Mas você tem uma teoria, certo?

— Hum — disse. Comecei a achar o porão um pouco mais agradável. Não havia lugar para enterrar um corpo, e, embora alguns ambientes pelos quais passamos estivessem entulhados, não era o suficiente para esconder um corpo.

— Anda, conta qual é.

— Cara, é uma teoria idiota e maluca, e provavelmente errada. Quero dizer, espero que sim.

Kit adotou sua típica posição de espera, com os braços cruzados sobre o peito e um olhar de espanto. Mas a postura estava meio bizarra porque ele tinha que ficar com a cabeça inclinada.

— Eu acho, não, eu não acho, é apenas uma suposição, uma suposição errada, ao que parece.

— Fala.

Se Cathy conseguia falar calmamente sobre uma mulher que conhecíamos desde pequenas assassinando o marido, eu também conseguiria.

— E se a diretora Saunders matou o marido e criou toda essa história sobre ele ter fugido com Rebecca Jones? E se ela enterrou o corpo aqui no porão? E se ao fazer isso ela importunou os ratos e foi por isso que eles invadiram a escola?

Tudo bem. Talvez não *tão* calmamente.

— Você tem razão — concordou Kit. — É uma baita suposição. Por que tantos ratos surtariam com alguém enterrando um corpo?

— Errr... não sei. Não sou especialista em ratos. Mas acredite em mim, espero que a minha teoria esteja totalmente errada.

Chegamos ao fim do corredor.

— Acho que a gente precisa começar a olhar aquelas salas — sugeri, ligando o interruptor da primeira. Um monte de lixo. Entramos e começamos a mexer nas coisas. Nenhum corpo caiu. Embora algumas mariposas mortas sim. O mesmo na sala seguinte e na outra e na outra. Me arrependi de não ter levado uma garrafa de água. Sentia que minha garganta estava toda coberta de pó.

— Aquilo é um piano? — perguntou Kit na quinta sala.

Era. Kit tirou a capa e bateu nas teclas. Nós dois fizemos careta.

— Dizer que está desafinando é bondade.

— Aquilo ali atrás dele é uma porta? — perguntou Kit.

Era. Surpreendentemente, tiramos o piano do caminho com pouco esforço — um piano com rodinhas, que ideia maravilhosa! Abrimos a porta com facilidade e encontramos uma sala pequena com uma velha caldeira, da qual saíam mais canos velhos empoeirados.

Na parte escura da caldeira, no cano, algo prateado reluziu.

Entramos na sala e ligamos o interruptor, que não funcionou.

Hora para a boa e velha lanterna. Sabia que seria útil. Mirei o feixe de luz no local de onde vinha o brilho prateado enquanto me ajoelhava perto do cano. Percebi que estava olhando para alguns metros de correia de bicicleta.

Só que era muito longo para ser uma correia de bicicleta. Eram correntes de verdade.

No canto mais escuro da caldeira, na parede de tijolos, havia riscos que se entrecruzavam. Os tijolos estavam marcados com ranhuras profundas e longas.

— Uau, Mel — sussurrou Kit. Senti ele se encostando em mim, seu ombro pressionando o meu com intensidade e calor. Ele pegou minha mão, a que estava segurando a lanterna, e apertou firme.

Havia quatro sulcos na parede que pareciam ter sido feitos pela mão de alguém.

Em um dos sulcos mais profundos, havia algo claro e de formato irregular.

Eu arranquei o negócio dali e apontei o feixe de luz para a palma da minha mão. Parecia muito com uma unha.

Alguém tinha arranhado essa parede com tanto desespero que tinha perdido uma unha.

Se o dr. Saunders tivesse contado à diretora Saunders que estava indo embora, e ela tivesse decidido que não permitiria isso...

— Ela não pode estar mantendo o dr. Saunder em cativeiro. Não mesmo — sussurrei. — Ela teria que estar totalmente maluca.

CAPÍTULO TRINTA E QUATRO

Humanos malucos, vampiros malucos

— Temos que contar para a minha mãe — disse Kit.

Não discuti com ele. Estava ocupada tentando encontrar uma desculpa para o que tínhamos acabado de presenciar. Talvez aquilo não tivesse nada a ver com a família Saunders, talvez fosse obra de alguém totalmente diferente. Quanto tempo demora para uma unha se decompor?

— Mel? Minha mãe precisa saber o que encontramos.

— Eu sei. Mas ela está dormindo agora, não está? Não precisamos incomodá-la nesse momento. E eu também tenho que devolver as chaves para Anna.

— Posso ligar e deixar um recado para a minha mãe — falou Kit.

Ele não perguntou se eu estava bem. Não precisava. Meu estado de perturbação dizia tudo.

— Ok, faça isso.

Kit ligou enquanto eu telefonava para Anna.

Não era muito longe. Ty era o único de nós que não morava no mesmo bairro. À sua maneira, era um lugar tão acolhedor quanto o Shade era para os vampiros. Ter quase todos os meus amigos morando por perto e também estar próxima à escola... A diretora Saunders não podia estar realmente mantendo o marido em cativeiro, podia?

O carro foi aos solavancos pela rua da Anna. Era como se meu cérebro estivesse chocalhando dentro do crânio. Por que Kit tinha que dirigir tão mal?

Quando chegamos lá, Anna estava esperando do lado de fora, parecendo ainda mais ansiosa do que estivera duas horas antes.

— Desculpa, Anna — disse, apertando sua mão. — Ainda não temos certeza de nada.

— Tirando que o porão é imundo. — Ela deu um sorriso tímido enquanto tirava um fiapo cinza do meu cabelo. Teia de aranha, percebi.

Kit assentiu, olhando para o jeans cheio de sujeira.

— Bem imundo.

— Ainda bem que é sábado e não temos que correr para a escola agora — disse. — Vejo você mais tarde?

— Tá bom — concordou Anna. — Tem certeza de que você não tem nada para me contar, Mel?

Sem pensar, eu e Kit trocamos um olhar.

— Mel? Sei que você encontrou alguma coisa. Por que você não pode me contar?

— Porque não sei o que significa. Porque eu não tenho certeza. Porque...

— Você acha que eu não sou forte o suficiente?

— Não! Não é nada disso. — Abracei Anna de uma forma bizarra, e ela simplesmente meio que retribuiu. — Você é uma das pessoas mais fortes que conheço. É só que eu...

— Mel é uma amadora, não sabe o que está fazendo. — disse Kit. — Então se ela te contar algo e depois descobrir que estava errada, ou que interpretou mal, ela estaria causando um sofrimento desnecessário a você.

Anna não disse nada, mas era óbvio que as palavras de Kit não tinham aliviado em nada sua ansiedade. O oposto era mais provável.

Ela não fez mais nenhuma pergunta. Disse que nos veria mais tarde e voltou para dentro de casa. Fiquei me perguntando se a diretora Saunders estava lá dentro. Ou se tinha ido para algum lugar... Não, eu tinha que parar de pensar dessa maneira. De qualquer forma, eu sabia que ela também estava em casa. A caminhonete com seus pneus sujos de areia ainda estava estacionada na entrada.

Coitada da Anna. Eu começava a achar que a minha investigação era uma péssima ideia e que eu estava piorando tudo para ela.

— Então — disse Kit, interrompendo meus pensamentos. — Aonde vamos agora?

Eu tinha algo para fazer hoje, antes de descobrir sobre a corrente e toda essa maluquice. Eu tinha um plano.

Por alguns instantes, minha mente ficou assustadoramente em branco. Então lembrei.

— Preciso conversar com a mãe da Cathy.

Eu tinha que fazer algo, ou enlouqueceria.

— Tudo bem se eu for junto?

— Claro.

Kit começou a caminhar na direção do carro e eu segurei seu braço.

— Se importa de irmos andando? Está um dia tão bonito.

— Tudo bem. Você não acha que está um pouco frio?

— Está bonito e fresco. Obrigada pela companhia.

— É um prazer — respondeu Kit, se inclinando para me dar um beijo suave. Queria que tivéssemos tempo para mais beijos. Em vez disso, respirei fundo o ar gelado.

— Vai ser bom para você ver mais coisas humanas. — Tentei manter a voz neutra.

Não sou muita boa em neutralidades.

— É o que minha mãe sempre fala. Mas unhas enfiadas em sulcos na parede de um porão? Verdade que não vi muito disso no Shade — disse Kit. — Mas não estava preparado para encarar isso como um aspecto comum da vida humana.

— Muito engraçado — falei, mesmo não sendo.

— Desculpa — disse Kit, olhando para o chão.

— Não é você. Prometo que logo vamos ter um encontro normal, ok? As coisas não são normalmente assim... — Gesticulei com os braços, tentando encontrar a palavra certa.

— Loucas?

— É loucura, né? Eu imaginava que os vampiros fossem totalmente sangue-frio e sem emoção, que nunca se metiam em situações assim.

Kit começou a rir. E continuou rindo. Mais e mais. Ele riu tanto que precisou sentar no meio-fio, a dois quarteirões da casa de Cathy.

— O que foi?

Ele tentou responder, mas ainda estava gargalhando.

A gargalhada era tão contagiante que comecei a sorrir, embora não soubesse o motivo da graça. Lentamente, Kit começou a se recuperar. Então estendeu a mão e o ajudei a se levantar.

— Estava pensando na última briga de Albert e Minty. Por causa de uma chaleira. Durou meses. E tem também todos esses triângulos amorosos bizarros em que Marie-Therese continua se metendo. Triângulo é sua forma favorita. E instrumento também. Também temos Francis e seu livro. E muitas coisas mais, é claro.

— Então tem loucura por todo o lado no Shade? — perguntei.

Não que eu tivesse duvidado. Pessoalmente, eu diria que os vampiros ganham dos humanos em matéria de loucura, mas a essa altura eu estava disposta a admitir que poderia ser um empate.

Kit fez que sim.

— Vampiros malucos, humanos malucos. Tenho certeza de que se pudéssemos conversar com pássaros e caracóis, também descobriríamos suas maluquices.

— Sem dúvida.

— Bem, voltando. Você quer falar com a mãe da Cathy? Está planejando convencê-la a participar da campanha para impedir que Cathy faça a transformação?

Passei a mão pelo cabelo. Mais teias de aranha saíram em meus dedos.

— Cathy contou que a mãe dela já deu a autorização para solicitar a licença, mesmo sendo menor de idade.

— Ah — disse Kit. — Minha mãe não teria autorizado, e olha que ela é vampira, hein? A mãe de Cathy deve ser uma pessoa bem diferente.

— Ahã — respondi. — Ela é.

CAPÍTULO TRINTA E CINCO

Juventude eterna e um concordar sem fim

Paramos em frente à casa de Cathy. Durante o dia, parecia ainda mais decrépita.

— É uma casa bem imponente — observou Kit.

Nunca pensei nela dessa forma. Estava muito acostumada com seu visual. Mas a velha casa dos Beauvier realmente tinha sido majestosa um dia. Era mais de três vezes o tamanho da minha. Fora construída com dependências para os empregados e estábulos.

Os ancestrais de Cathy tiveram muito dinheiro, mas a fortuna acabou em algum momento durante a época de seu avô. Agora, os estábulos e as dependências de empregados tinham sido convertidos em residências, e o restante do terreno se perdera. Só restava a velha casa, cercada por casas menores, parecendo abandonada e menor do que um dia tinha sido.

E o que antes fora uma das sacadas com a melhor vista da região, agora vergava no meio. As imponentes colunas brancas tinham perdido a maior parte da pintura e eram mais mofo verde do que tinta branca. Os degraus na entrada da casa estavam quebrados e desnivelados, com capim crescendo nas fendas. Se alguém falasse que a casa dos Beauvier era mal-assombrada, você não ficaria surpreso. A mãe de Cathy jura que sua tataravó Isabelle gosta de flutuar pelo velho salão de festas, embora nem eu nem Cathy jamais tenhamos visto.

— É incrível — disse Kit. — Não é à toa que ela gosta do Francis. Ele se encaixaria perfeitamente nesse ambiente. Você vai ficar chocada ao saber que ele não suporta a nova arquitetura, certo? E por nova arquitetura ele quer dizer tudo o que foi construído depois que ele se transformou.

— Ele não reprovaria o fato de que a casa está prestes a cair?

— Ah, não — observou Kit alegremente. — Ele está sempre lamentando a falta de ruínas decentes no Novo Mundo. Ou seja, ruínas europeias. Especificamente romanas. Astecas nem percam tempo. Então, vamos entrar ou vamos ficar aqui parados e apostar quanto tempo vai levar para a sacada cair?

Era possível que estivéssemos parados ali há algum tempo. Ok, talvez vinte minutos.

— Estou me preparando.

— Você está com medo de encontrar Cathy, não é?

— Não, não. Ela vai ficar fora o dia todo, participando de um torneio de Go.

— Go? O jogo japonês?

Assenti.

— É claro. Francis adora. É basicamente a única coisa não europeia que ele gosta. Até tentou me ensinar uma vez, mas eu não sou muito de jogos. Ao menos não é tão chato quanto xadrez.

— Nada é tão chato quando xadrez — falei. — Cathy joga há anos. Ela é campeã juvenil.

— Eles realmente nasceram um para o outro, né?

Não respondi.

— Desculpa — disse Kit.

— Não, tudo bem. Eu sei que eles têm muitas coisas em comum. Só não acho que é motivo suficiente pra ela...

— Virar vampiro — completou Kit.

— Talvez seja melhor você esperar aqui fora? Não, espera, melhor vir comigo. Er... tenho certeza de que a mãe de Cathy gostaria de conhecer você. Ela me conhece desde que nasci, se interessa pela minha vida, em quem são meus amigos...

— Você está nervosa.

— Não, não estou. — Subi correndo os degraus e pisei em falso duas vezes, evitando por pouco uma queda. Kit, sendo bem mais alto, subiu de três em três.

— Metido — resmunguei.

A porta de entrada se abriu antes que chegássemos até ela.

— Olá, Mel — disse a mãe de Cathy, com seu jeito habitual meio vago, meio sorridente, como se ela estivesse contente e confusa em relação ao mundo como um todo. — Cathy não está em casa.

— Eu sei. Vim falar com você. Esse é Kit.

— Hum — disse ela, ficando um pouco mais animada. — O garoto que foi criado por vampiros. Muito interessante. Entrem.

◆◆◆282

Ela nos conduziu até a sala de visitas, murmurou algo sobre biscoitos, e então desapareceu. A casa de Cathy era a única em que eu já estivera que tinha uma sala de visitas.

As janelas davam para a rua. A sala estava cheia de móveis que cheiravam — e pareciam — tão velhos quanto a casa. Quando sentamos, nuvens de poeira subiram pelo ar. Kit espirrou, mas eu reprimi bravamente meu espirro.

— Elas não são muito de limpeza, né?

— São só elas duas e muitos cômodos na casa. Não costumam usar a sala de visitas, então suponho que ela considere você especial.

— Que legal — disse Kit, espirrando de novo.

A mãe de Cathy voltou carregando uma bandeja de prata, com um prato de biscoitos e dois copos de leite.

— Você gosta de morar com vampiros, rapaz? — perguntou ela, sentando-se.

— Kit — disse ele. — Meu nome é Kit.

— Pode me chamar de Valerie — disse a mãe de Cathy. Ela era esse tipo de mãe: quer ser chamada pelo primeiro nome e espera que a gente lide com ela como se fôssemos amigos. Às vezes, suspeitava que Valerie fazia isso para não ter que ser o adulto responsável.

Kit tossiu e não se referiu a ela por nome algum.

— Eu gosto de morar com vampiros. Não que eu tenha morado com qualquer outra pessoa, mas eles são muito bons para mim.

Ela se inclinou, colocando o cotovelo nos joelhos.

— Você acha que minha filha será feliz nessa condição?

— Humm. É difícil dizer. Os vampiros com quem eu moro são felizes. De maneira geral. Quero dizer, ninguém está feliz o tempo todo.

— Ela está muito feliz agora. Eu nunca a vi tão feliz. Francis parece ser um bom homem.

— Ele é — disse Kit, olhando para mim com nervosismo.

— Ele é como um pai para você, não é?

Valerie disse aquilo como se fosse uma coisa boa, os olhos brilhando. Como se o namorado de Cathy devesse ser como um pai para alguém que tinha a mesma idade dela e isso não fosse nem um pouco bizarro.

— Er, bem — disse Kit meio sem jeito, mordendo o lábio. — Ele me ensinou muitas coisas.

Como dançar valsa.

— Você não acha que ele é muito velho para Cathy? — perguntei, encarando Valerie e querendo que ela agisse, para variar, como uma mãe de verdade.

Valerie fez que sim.

— Eu fiquei preocupada com isso, sim. Embora Francis tivesse apenas 17 anos quando se transformou, isso foi há mais de um século e meio. Eu acho que ele tem a alma jovem, mas Cathy tem a alma muito velha. Parece que entraram num equilíbrio.

Respirei profundamente.

— Por que você concordou em autorizar o pedido de licença mais cedo? Ela poderia ter esperado alguns meses!

Eu não tive a intenção de gritar.

Valerie assentiu novamente. A mãe de Cathy tinha a irritante mania de dizer sim ou fazer que sim com um aceno mesmo quando não concordava.

— Ela poderia ter esperado — começou Valerie. — Mas é justo pedir para o amor esperar?

— O amor deve esperar — falei por entre os dentes. — Se for a coisa certa a se fazer. Ela teria que esperar se você se recusasse a autorizar.

— Sim — concordou Valerie parecendo um pouco triste, como se a questão estivesse sob seu controle.

Mas estava, sim. A vida de Cathy estava sob controle dela.

— Você ainda pode revogar a autorização. Ela ainda não deu entrada.

Valerie se inclinou ainda mais para a frente, ficando tão perto como se fosse me acariciar.

— Mel — falou ela —, você é amiga de Cathy há muito tempo. Você não pode ficar feliz por ela? Virar vampiro é uma grande honra, sabe? Algumas pessoas diriam que ela foi abençoada: ser jovem para sempre, perfeita para sempre, desafiar a passagem do tempo.

A mãe de Cathy olhou em volta da sala de visitas, os olhos percorrendo as mesas empoeiradas. Pensei na sacada na entrada da casa, cedendo como uma boca velha e desapontada, e senti um temor ao perceber que Valerie talvez acreditasse estar fazendo o melhor para a filha ao certificar--se de que ela jamais envelheceria.

— Ela só tem 17 anos — sussurrei.

— Eu me lembro de como é ter essa idade, Mel. Eu era tão impaciente... Queria que a minha vida começasse logo, mas aí ela passou tão rápido — disse Valerie. — Algumas vezes eu ainda não acredito. Cathy é muito mais madura do que eu era. Tenho muito orgulho dela.

— Tenho certeza de que sim — concordei, sem conseguir parar de pensar que a própria imaturidade de Valerie era em grande parte o motivo pelo qual Cathy era tão madura para a idade. — Ela tem certeza que entrará em Oxford, as notas dela são ótimas. E Cathy provavelmente vai ganhar o torneio hoje. Ela é a pessoa mais inteligente que eu conheço.

— Sim — falou a mãe de Cathy. — Ela é brilhante.

Ouvi minha voz ficar mais alta do que eu pretendia.

— Então você não acha que é, sei lá, meio que um desperdício ela jogar a vida fora?

— Ah, sim — disse a mãe de Cathy. Sua estratégia do dizer-sim-significa-o-que-eu-quiser nunca fora tão irritante. — Isso *se* ela estivesse jogando a vida fora. E Mel, Cathy é brilhante. Eu dou liberdade a ela para tomar as próprias decisões. Ela nunca me decepcionou. Quer mais biscoito?

Tirando o fato de que eu não tinha tocado no primeiro biscoito, recusei. Tinha esquecido do quanto era impossível conversar com Valerie.

— Você estuda em que escola, Kit? — perguntou ela, como se esse fosse um encontro social e a vida ou morte de Cathy um assunto trivial do tipo "será que chove hoje?"

— Eu estudo em casa — respondeu Kit cuidadosamente, olhando para mim como se estivesse com medo de que eu fosse explodir.

Talvez esse receio tivesse algum fundamento.

— Se você não desse a autorização — insisti —, Cathy teria que esperar. Seria uma maneira de ter certeza de que ela não estaria sendo precipitada diante de uma decisão tão importante.

— Ser precipitado nunca é bom — disse Valerie, refletindo. — Não creio que minha Cathy agiria assim a respeito de nada. Mas você não pode culpá-la por querer isso, Mel. Todos nós queremos: a promessa do amor eterno.

— Eu não a culpo — falei para Valerie, e eu estava realmente tentando. — Por favor, você poderia conversar com ela? Sobre decisões precipitadas?

— Eu e Cathy conversamos o tempo todo — disse Valerie, ficando de pé. — Preciso ir ao mercado. Fiquem à vontade aqui até terminarem o leite e os biscoitos. Prazer em conhecê-lo, Kit — disse, apertando a mão dele.

Ela se curvou para dar um beijo na minha bochecha.

— Você ao menos pode considerar a ideia de revogar a autorização? — perguntei, desesperada.

As mãos de Valerie tocavam levemente meu ombro.

— Eu simplesmente não acho que essa decisão seja minha. Sinceramente. E, Mel, se não se importa, também não acho que seja sua.

CAPÍTULO TRINTA E SEIS

O que aconteceu com Lily Jane?

— Bem, isso foi...

— Uma total perda de tempo? — falei. — Sim, percebi.

Fomos andando para longe da casa de Cathy. Eu estava tentando não pisotear ou chutar a grama. Não achava que a decisão era minha. Como Valerie podia dizer uma coisa dessas? Eu só queria que Cathy não cometesse o maior erro da vida dela!

— Não foi uma perda total de tempo. — Kit fez um carinho nas minhas costas. — Ganhamos biscoitos!

Fiquei surpresa com a risada que saiu de mim.

— Eu nem comi o meu.

— Tudo bem. Eu comi três. Um por você, um por mim, e um da sorte.

Eu ri novamente. Estava feliz por Kit estar comigo. Caso contrário, eu provavelmente já estaria chutando as coisas.

Não sabia para onde estávamos indo, mas no momento, longe era o suficiente. Olhei para o céu azul-claro, inspirando o ar frio e limpo da manhã.

— A mãe da Cathy sempre foi estranha — disse. — Mas nunca achei que ela concordaria com o fato da filha se tornar uma vampira. Achei que ela amasse Cathy. Que tipo de mãe faria isso?

Kit não disse nada.

— Deixar que ela corra um risco desses! — continuei. — Cathy pode *morrer*. Como Valerie pode dizer que a própria filha seria melhor como vampira? Que não tem problema algum Cathy desistir de tudo! Ela vai deixar de rir... deixar de ser ela mesma! É como se Valerie dissesse que Cathy não estivesse bem da maneira como ela é agora. Que tipo de mãe falaria isso?

— Você não acha que isso é um pouco simplista? — perguntou Kit, e então me toquei que a mãe dele também estava permitindo que ele se tornasse vampiro.

— Ai — disse. — Ai, Kit. Que droga. Não foi o que eu quis dizer. Tenho certeza de que é diferente para Camille. Quero dizer, ela é *vampira*. A mãe de Cathy é *humana*, que droga.

— Ah, a convincente linha de argumento do "que droga" — falou Kit. — Um clássico.

Seu sorriso estava esticado demais nos cantos da boca.

Dei parabéns a mim mesma pelo meu famoso tato. (As pessoas paravam, olhavam e sussurravam: "Eis Mel Duan, totalmente desprovida do gene do tato. Um milagre da ciência." Viu. Famosa.)

— Desculpa, Kit — falei. — Não dê ouvidos. Não estou ajudando Cathy em nada. Não estou fazendo nenhum bem a Anna. Não estou fazendo nenhum bem a mim mesma. Eu sequer faço ideia do que quero cursar na faculdade. Não faço a menor ideia do que estou fazendo da minha vida.

— Ei, você tem 17 anos — tranquilizou Kit. — Algumas das pessoas mais interessantes que conheço tem 217 e ainda não sabem. Você se preocupa com Cathy. Ela sabe disso. Viu? Você está indo bem.

— Sério? — perguntei.

— Verdade. Acho que você está errada sobre vampiros, mas Cathy provavelmente está se precipitando. — Kit tossiu. — Passei a vida toda pensando na transformação e, desde que conheci você e vomitei por causa dos zumbis, percebi que é uma decisão maior do que eu imaginava. Existem mais coisas envolvendo ser vampiro do que eu pensava. Envolvendo ser humano também. Mas há quanto tempo Cathy está pensando nisso? Algumas semanas, talvez? Você *tem* motivo para estar preocupada. Você é uma boa amiga. E quanto à Anna, você está fazendo a coisa certa. Nós descobrimos informações hoje, não é? Quero dizer, você descobriu as correntes e a unha, e eu fui um assistente profissional. Correto?

Ele chutou de leve a lateral do meu tênis com o dele. Ao olhar para Kit, vi um sorriso verdadeiro.

— Acho que meu assistente precisa de um pouco mais de treino — disse, sorrindo timidamente para ele. — Mas vejo que tem talento. Vamos trabalhar nisso juntos.

◆

Tínhamos que passar o tempo até a hora de Camille acordar. Acho que andamos pela cidade toda, falando sobre quase tudo.

Kit tinha uma tonelada de perguntas sobre a minha vida e família, sobre o que eu gostava de fazer para me divertir.

Mas, diferentemente de Francis, as perguntas não eram parte de uma pesquisa. Eram sobre mim.

Além disso, Kit ria das minhas piadas.

Contei a ele sobre esgrima, e tentei fazer uma demonstração com um sabre invisível que me rendeu alguns olhares estranhos.

Gastamos toda a nossa mesada em hambúrguer, batata frita e uma quantidade absurda de sorvete. Quando anoiteceu, caminhávamos pelo Parque Memorial Lily Jane indo para o Shade. Era meu parque preferido. Áreas enormes com grama de verdade, perfeitas para jogar frisbee ou futebol ou qualquer coisa que você quisesse em um longo dia de verão.

Lily Jane Boothby era uma menininha da década de 1910 com a espinha bífida. Naquela época, os Boothby eram uma família importante em New Whitby. Quando Lily estava prestes a morrer, fez a transformação. Os Boothby tinham dinheiro suficiente para que todas as pessoas que faziam objeções em relação a vampiros de 6 anos de idade esquecessem de suas objeções e gastassem o dinheiro recebido.

Só que a coisa toda foi um caos.

Lily Jane matou quinze pessoas, incluindo a própria mãe, antes que outros vampiros viessem do Shade e a tirassem de ação.

Foi quando a força policial dos vampiros mudou de um grupo diversificado de voluntários para se tornar uma divisão oficial da polícia humana. Também foi nessa época que as restrições de idade foram fixadas. Ninguém com menos de 14 anos pode se transformar — mesmo pacientes terminais. Sabe quando as crianças não entendem por que não podem comer outro biscoito? Bem, crianças superpoderosas que nunca crescem tendem a ser bem problemáticas na hora de entender que não podem comer outro delicioso biscoito em formato de pessoa.

Além disso, imagino que devia ser bem difícil encontrar babás.

O sr. Boothby construiu o parque como um pedido de desculpas a New Whitby, e talvez, também, como um pedido de desculpas à filha.

Havia flores em canteiros circulares que se sobrepunham, e no fundo do parque, perto de um dos bancos, havia uma estátua de Lily Jane.

— Ela era uma gracinha — disse.

— É. Triste história.

Pássaros começaram a cantar. Kit tirou o celular do bolso.

— Oi, mãe — disse ele.

Enquanto Kit falava com Camille, fiquei olhando para a estátua da menina, com os cachinhos de cabelo feitos de pedra e as mãos erguendo levemente a saia em uma pequena reverência. Estava prestando um pouco de atenção na conversa, mais no tom de voz dele do que no conteúdo propriamente dito. A fala de Kit foi de contente para quieta, e de preocupada para surpresa e um pouco irritada. Por fim, parecia rendida da forma que qualquer pessoa fica quando a mãe grita do outro lado da linha.

— O que... o que ela disse? — perguntei.

— Ela disse que estava totalmente ciente da situação, que sabia o que havia no porão — respondeu Kit. — E que temos que parar de ficar nos metendo em coisas que não nos dizem respeito.

Kit chutou a base da estátua de Lily Jane.

— Cara, o que está rolando? Minha mãe é policial. Eles são a polícia. "Pessoas que lidam com correntes e unhas e as deixam largadas por aí, suspeitas e apavorantes" não é a definição de uma intervenção policial? Como é que simplesmente resolvem ignorar tudo? Isso não faz o menor sentido.

Olhei para Kit, para a estátua de Lily Jane, e pensei na polícia. Era *mesmo* esquisito. Tipo, obviamente havia evidências suficientes para interrogar a diretora Saunders. A suposta amante vampira do dr. Saunders estava morta, ele estava desaparecido, a mulher estava se comportando de forma suspeita, mas as autoridades não faziam nada a respeito. Por quê? Então lembrei do que Cathy tinha falado sobre a investigação, sobre como ela poderia ser extraoficial.

— Camille disse se era uma investigação oficial?

— O quê? Hum, não... acho que não. Não claramente.

— Talvez não seja. Talvez sua mãe esteja investigando por contra própria. Tipo, Francis era um agente infiltrado dela. E ele não é exatamente bom em disfarces, né?

Kit riu.

— E se ela não conseguiu ir pessoalmente investigar as dependências da escola? E se ela não tiver provas suficientes?

Kit avaliou minha suspeita.

— Bem, sei que minha mãe é bem minuciosa. Mesmo quando a investigação não é oficial. Quero dizer, ela é minuciosa até em relação ao preparo de chá.

— E se Camille tiver deixado as provas lá para que... para que a diretora Saunders não soubesse que está sendo vigiada?

— Por quê?

De repente meu cérebro zumbia; coisas finalmente se encaixavam.

— Porque ela não queria que a diretora Saunders pensasse que estavam atrás dela? E se a intenção for fazer com que ela se sinta confiante? E se estiverem esperando que a diretora Saunders os leve até algo?

— Mas você disse que ela parecia saber que Francis estava espionando... — disse Kit.

— Pode ser que no fim das contas ela não *soubesse*. Talvez não tivesse certeza e tenha ficado ansiosa por puro peso na consciência e porque realmente não gosta de vampiros.

Eu dei um passo para me aproximar, e peguei o braço de Kit.

— E se sua mãe estiver esperando que ela os leve até o dr. Saunders? — sussurrei. — Onde quer que ela tenha o escondido...

Ou enterrado, disse uma vozinha terrível em minha mente, mas eu me recusei a ouvi-la.

A diretora Saunders esteve no porão no dia em que os ratos saíram. As correntes lá embaixo não podiam ser coincidência. Ela devia estar fazendo algo errado.

Não queria que o dr. Saunders estivesse simplesmente vivo: queria que estivesse bem. Queria que Anna tivesse o pai de volta. Queria que Cathy os visse juntos de novo e constatasse que, às vezes, eu estou certa e que sou capaz de cuidar dos meus amigos.

CAPÍTULO TRINTA E SETE

Saltando na toca do coelho

Ainda não tínhamos nem saído do parque quando meu celular começou a emitir seu toque alarme de incêndio. Kit olhou surpreso. Atendi.

— Oi, Anna — disse. — Tudo b...

— Descobri uma coisa — começou ela. — Mel, você precisa me contar o que está acontecendo. Acho que meu pai está morto.

Anna disse isso da maneira que se esperaria de alguém que sabe que perdeu o pai. Segurei o celular com força.

— Onde você está?

— Em casa. — A voz de Anna era vacilante. — Minha mãe saiu algumas horas atrás. Quando você voltou com as chaves da escola e não me contou o que tinha acontecido, eu comecei a pensar...

— Estarei aí o mais rápido possível. Ainda estou com o Kit. Tudo bem se ele for junto?

— Claro — disse Anna tão rápido que não tinha nem certeza se tinha mesmo ouvido a informação. — Tanto faz. Só vem logo.

— Vou voando. Anna. Vai ficar tudo bem — falei, mesmo não tendo a menor certeza disso.

— Casa da Anna outra vez? — perguntou Kit enquanto eu enfiava o celular de volta no bolso.

— Sim. Ela acha que o pai está morto.

— E talvez esteja — disse ele, alcançando o meu ritmo.

— Talvez sim — falei. — Talvez não.

Eu me sentia péssima por Anna. Deveria ter contado as minhas suspeitas antes? Agora que Anna tinha dito aquilo em voz alta — *Acho que meu pai está morto* — a situação parecia bem mais real. Pelo menos eu poderia, honestamente, dizer a ela que a polícia, ou seja, Camille, estava investigando o caso. Mas será que isso deixaria minha amiga mais tranquila? Algo é capaz de tranquilizar uma pessoa cujo pai pode estar morto? Assassinado?

Não queria nem pensar no quanto seria terrível se a mãe de Anna fosse a responsável. Minha amiga ficaria sem ninguém.

Não, disse a mim mesma, e acelerei. Ela ainda teria a mim.

Mas eu continuava ouvindo a voz de Cathy e sabia que ter a mim não seria o suficiente. Nenhum amigo pode ser bom o bastante para compensar tal descoberta que, por sua vez, eu mesma tinha ajudado a revelar.

— Sou seu fiel escudeiro — disse Kit quando tivemos que parar para atravessar a rua e ele tomou fôlego para falar: — Vamos resolver isso, ok? — Seu sorriso faiscou ao mesmo tempo que o sinal de pedestre ficou verde. — Você sabe, é boa nisso.

— Sou um incansável paladino da verdade e justiça — concordei. — Verde quer dizer siga, Kit. Anda!

Estávamos correndo pela esquina da Avenida Le Fanu com a Terceira quando Kit me pegou pelo cotovelo. Olhei para ele com uma expressão de dúvida. Ele estava conseguindo me acompanhar tão bem até agora...

Só que ele não parecia estar sem fôlego. A expressão em seu rosto era séria.

— Estava pensando — disse ele rapidamente, como se estivesse segurando as palavras por algum tempo. — Depois que eu me tornar vampiro... Será que você ainda vai querer sair comigo?

— Não — disse sem sequer fazer uma pausa.

Kit ficou arrasado.

Não era a primeira vez no dia que eu meio que queria dar um soco na minha cara.

— Quer dizer — continuei, falando rápido, em parte porque eu queria resolver logo aquilo e em parte porque queria chegar logo na casa da Anna. — Quer dizer... Eu realmente quis dizer não. Queria ter dito de uma maneira mais simpática. Eu entendo... Estou começando a entender que vampiros são pessoas. Sei que Camille é sua mãe. Ela parece ser ótima. Não quero falar nada de ruim sobre eles nem nada, mas essa coisa de vampiro não seria para mim. Todo o lance de não envelhecer, de não ver o sol, de não sentir cada momento da vida... As risadas, a comida, os altos e baixos de estar vivo. Isso é algo que eu não entendo e nunca vou entender. É como escolher assistir a um filme que está pausado.

"Eu não posso fazer isso. E ter um *relacionamento* com um vampiro? Você nunca poderia rir das minhas piadas.

Eu faria 18, 19, 20, 30, 40 anos e você seria adolescente para sempre.

Kit engoliu em seco.

— Então quando Cathy se tornar vampira — disse ele —, ela não será mais sua amiga?

— Cathy não vai se tornar vampira! — berrei para ele, como se gritar pudesse tornar isso verdade.

Kit ficou ali parado, na esquina de duas das mais movimentadas ruas da cidade, as pessoas passando por ele com sacolas de compras, correndo para chegar ao cinema ou a um jantar, vivendo suas vidas humanas. Kit parecia infeliz.

— Eu e Cathy somos amigas desde muito pequenas — falei depois de um momento. — Sempre seremos amigas. Nada vai mudar isso. Mas acabei de conhecer você e... não consigo. Sinto muito.

— Eu também acabei de conhecer você — respondeu Kit. — Não vou mudar todo o curso da minha vida, o que eu sempre fui destinado a ser, por você. Não posso fazer isso. Eu também sinto muito.

Imagino que seria o momento para um silêncio cheio de tristeza, mas nós não tínhamos tempo.

— Vamos — disse. — Quer dizer, se você ainda quiser.

Kit fez que sim.

— Anna está esperando. Ela precisa da gente.

Cathy estava disposta a mudar toda a sua vida por Francis. Ela teria dito que, se eu e Kit não estamos prontos a mudar nossas vidas pelo outro, não somos almas gêmeas. E que era melhor assim e que não há motivo para ficar chateada.

Meu coração estava apertado. Eu estava chateada. Mesmo que Kit não fosse meu amor verdadeiro.

— Vamos então — falei, e comecei a correr de novo. Kit vinha atrás de mim.

— Posso perguntar mais uma coisa?

— Claro — respondi, sem firmeza nenhuma na voz. Torcia para que ele pensasse que eu estava sem fôlego por causa da corrida.

— Por que o toque do seu celular é um alarme de incêndio?

◆

Kit mal tinha fechado a porta atrás de nós quando Anna começou a falar, seu rosto vermelho e enrugado de tanto chorar.

— Assim que minha mãe saiu — disse ela —, eu tinha que fazer algo. Comecei a procurar por qualquer coisa, e então encontrei... eu encontrei...

Ela mostrou um celular.

— É do meu pai.

— Ah — disse.

— Estava na garagem. Você sabe a zona que é lá. Estava naquela caixa.

A caixa estava ao pé da escada. Em cima dela, um velho exemplar desgastado de *Alice no país das maravilhas*.

— O livro também era dele. Meu pai jamais iria embora sem ele. Esse exemplar foi da mãe dele, e antes tinha sido da avó. Ele levava com a gente quando saíamos de férias. Levava em viagens de trabalho. Ele nunca deixaria esse livro para trás.

Olhei para o exemplar. Era realmente velho. Eu não sabia o que dizer.

— Ele não deixaria nenhuma dessas coisas para trás.

Sem falar no celular. Eu estava certa: outra pessoa estava mandando aquelas mensagens para Anna.

Eu estava certa, mas queria não estar.

— Nada disso faz sentido — disse Anna, a voz vacilando o tempo todo. — Ele não deixaria de me ligar. Ele diria que estava indo embora. Pessoalmente. Meu pai não desapareceria e depois explicaria isso por SMS. Ele não é assim. Mas isso significa que minha mãe está mentindo. Por que ela faria isso? Por que ela esconderia essas coisas de mim?

Passei o celular para Kit e dei um abraço apertado em Anna.

Seus ombros pareciam frágil sob as minhas mãos. Abracei minha amiga o mais apertado que conseguia. Depois de alguns segundos, Anna correspondeu e começou a tremer um pouco. ela estava chorando, suas lágrimas criando um caminho quente e molhado pela minha camiseta.

Ainda amparando Anna, fomos até a sala de estar e sentamos no sofá. Ela manteve a cabeça enterrada em meu ombro.

— Querem que eu prepare um chá? — perguntou Kit, comprovando que era realmente filho de Camille.

Anna endireitou a postura e limpou o rosto. Kit ofereceu um lenço da caixa que estava na mesinha de centro.

— Estou bem — disse ela, assuando no lenço. — Não quero chá. Quero saber o que está acontecendo.

Contei tudo do início ao fim, o que sabia e o que eu suspeitava, incluindo o envolvimento de Francis e Camille, incluindo o suicídio de Rebecca Jones, incluindo a unha na parede.

Quando eu terminei ela disse "obrigada", mas ainda estava chorando. Mas, falando sério, quem não estaria? Tentei imaginar como eu me sentiria se fosse o meu pai, mas não consegui chegar nem perto.

— Não acredito que cheguei a pensar que ele fugiu com aquele... aquele *monstro*!

Kit se encolheu.

— No que eu estava pensando? Como pude duvidar do meu próprio pai?

Abracei Anna novamente.

— Por que você duvidaria da sua própria mãe? — perguntei, e imediatamente me arrependi.

Anna parecia prestes a passar mal.

— O que você acha que está acontecendo?

— Não sei — respondi.

— Mas você tem uma teoria?

Eu engoli em seco e então falei:

— Talvez sua mãe esteja mantendo seu pai em cativeiro. Talvez esteja escondendo ele?

— Por que ela faria isso?

— Não sei — disse, sem ação.

— Por que ela inventaria a história de ele ter fugido com aquela coisa? — perguntou Anna.

— Eu não sei — repeti, me dando conta do quanto eu não sabia. Eu tinha me achado tão detetive... Tinha ficado tão orgulhosa de mim mesma, aproveitado os elogios de Kit. Mas um único olhar para o rosto de Anna apagava todos esses sentimentos. Nada do que eu fiz tinha ajudado.

— E se eles estiverem mantendo meu pai em cativeiro? — perguntou Anna. — Os monstros. Os outros vampiros. E se tiverem sequestrado meu pai e feito ele de refém? E se minha mãe estiver tendo que cumprir as ordens deles porque senão vão matá-lo?

— E o que eles iriam querer que ela fizesse? — perguntou Kit. — Vampiros não são monstros. É bem mais provável que ela...

— Para! Cala a boca! — gritei. O rosto de Kit ficou vermelho, mas ele se calou. — Nós não sabemos o que está acontecendo — disse a Anna, concentrando toda a minha atenção nela —, mas talvez se pudéssemos encontrar sua mãe... Você sabe onde ela foi?

— Não. Ela simplesmente saiu. Ela tem feito muito isso. Quer dizer, desde que meu pai fugiu... *desapareceu.* Ela comprou esse carro novo e o dirige por horas.

— A caminhonete? — perguntei.

— Ela disse que comprou para ver se ficava um pouco mais feliz. Não deu certo.

— Você percebeu algo anormal nela? Bom, não fora do normal necessariamente, mas, hum, sei lá, algo que poderia nos dar uma pista de onde ela esteja indo? Como equipamento de camping, por exemplo? Ou...

— Quando ela volta, as rodas do carro estão sujas de lama? — perguntou Kit.

— Não — disse Anna. — Não acho que ela pegue estradas de terra. Se pega, ela limpa antes de voltar para casa. Mas notei que nas últimas semanas sempre tem areia no carro. Principalmente no chão embaixo do banco do motorista.

Eu tinha notado areia nos pneus também.

— Que tipo de areia?

— Tipo areia de praia — disse Anna. — Honeycomb Beach. Meus pais costumavam ir muito lá antes de eu nascer. Era o lugar favorito deles. A praia menos popular. Sempre fria e com vento.

— Com um monte de grutas — disse Kit, olhando para mim.

— Verdade — concordou. — Grutas.

Kit pegou o celular.

— Vou ligar para a minha mãe.

— Espera — pedi. — Espera um minuto.

Anna me olhou alarmada. Kit me encarou como se eu fosse maluca.

Nenhum de nós sabia exatamente o que tinha acontecido. Mas sabíamos que estávamos falando de algum tipo de crime. Eu sabia que não seria capaz de lidar com isso. Sabia que tínhamos de ligar para Camille e que havia uma possibilidade real de que eu tivesse descoberto um segredo que iria arruinar a vida de Anna.

Eu podia ouvir a voz de Cathy em minha cabeça, falando o quanto eu era uma péssima amiga.

Mas talvez ainda fosse possível que algo de bom saísse dessa situação hedionda. Não sabíamos o que tinha acontecido, mas era óbvio que Rebecca Jones teve algum tipo de envolvimento com o dr. Saunders, e que vidas foram arruinadas. Queria que Cathy visse o que relacionamentos com vampiros poderiam causar.

Se nada mais pudesse ser salvo dessa catástrofe, queria ao menos tentar salvar Cathy. Gostaria de fazer algo de bom.

— Vou ligar para Cathy — disse lentamente — e pedir para que ela encontre com a gente em Honeycomb Beach.

Kit continuou me olhando como se eu estivesse maluca.

— Acho que a essa altura vamos precisar de um apoio ligeiramente mais habilidoso do que o dela, não?

— Kit, nós vamos ligar para Camille, ok? Logo depois de ligarmos para Cathy e então vamos chamar um táxi.

— Eu posso ir dirigindo. Meu carro ainda está onde deixamos hoje cedo.

— Ótimo — disse Anna, obviamente porque não tinha sofrido com a direção de Kit.

— Por que vamos ligar para Cathy? — perguntou Kit.

— Quero que todos nós estejamos lá. Pela Anna — expliquei, o que era verdade, mas não toda a verdade. — E Anna... Ela tem o direito de ver o que está acontecendo.

— Mel está certa — disse Anna, se endireitando e olhando para Kit com um brilho corajoso nos olhos. Ele estava em menor número. — Eu vou ver. Não vou deixar isso por conta dos vampiros. Não vou deixar isso por conta de ninguém. Vamos logo.

CAPÍTULO TRINTA E OITO

O crime da diretora Saunders

Cathy veio correndo quando contei que Anna estava com um problema. Pela roupa e pela maquiagem, tinha sido interrompida no meio de um encontro, mas ela não mencionou uma palavra a respeito. Fiquei aliviada ao constatar que não tinha trazido Francis, embora eu me perguntasse como Cathy tinha conseguido evitar o cavalheirismo dele.

Todos nós nos enfiamos no carro caindo aos pedaços de Kit — eu e ele na frente, Anna e Cathy atrás — e apertamos o cinto. Lentamente, e aos trancos, Kit foi tirando o carro de sua enorme vaga e indo em direção à rua.

— Dá para ir mais rápido? — perguntou Anna.

— Claro — respondeu Kit, tirando um pouquinho o pé do freio.

O carro continuou aos solavancos.

— Talvez — disse da forma mais paciente que consegui — se você dirigisse sem estar com o pé no freio o tempo todo...

— Dá para fazer isso? — perguntou Kit.

— Sim! — berraram Cathy e Anna juntas.

— Sério, Kit — falei, tentando não fazer parecer que eu estava implorando —, você vai conseguir ir bem mais rápido se você só pisar no freio quando quiser parar.

— Jura? Não foi assim que June me ensinou.

— June não dirige desde os anos 1950!

Cautelosamente, Kit tirou o pé do freio. Os solavancos pararam e o carro começou a andar mais rápido e suave.

— Então — disse Cathy, tentando sondar. — Por que estamos indo para Honeycomb Beach?

Explicar o que estava rolando não foi divertido. Anna continuou disparando recriminações contra vampiros. Kit mordeu o lábio para evitar entrar em uma discussão em defesa deles. As lágrimas de Anna provavelmente tiveram grande influência em mantê-lo de boca fechada. Anna estava quase desmoronando. E, de vez em quando, Kit se esquecia da nova regra do pé-fora-do-freio-enquanto-dirige e todas nós gritávamos com ele. Sabe-se lá como, chegamos inteiros.

Quando paramos no estacionamento, a caminhonete da diretora Saunders era o único carro no local. Nossa hipótese estava certa. O que não me fez sentir muito bem.

A noite começava a cair. A lua era uma linha curva e prateada no céu, a baía e o mar formando linhas idênticas uma em volta da outra.

— Podemos esperar minha mãe aqui — sugeriu Kit.

Anna não disse nada e foi caminhando na direção da trilha que levava até a praia. Eu estava bem certa de que ela tinha ouvido Kit.

— Não dá para acreditar nisso — sussurrou Cathy no meu ouvido enquanto andávamos pela trilha. Ela tentava não morrer de frio em seu curto vestido de renda preta à medida que o vento forte do oceano soprava.

— Não devíamos fazer nada até minha mãe chegar — disse Kit.

Cathy parecia insegura e angustiada, o longo cabelo preto bagunçado e flutuando ao sabor do vento, como uma heroína que se depara com perigos desconhecidos em um daqueles romances góticos de antigamente.

— Não sei — disse ela. — Talvez... talvez fosse melhor esperar.

Nós três olhamos para Anna. Ela estava um pouco afastada, com lágrimas rolando pelo nariz e o rosto virado na direção do mar.

— Quero falar com minha mãe — sussurrou Anna, a voz quase abafada em meio ao vento que vinha do mar. — Vou ligar para ela e assim vamos saber onde ela está... se ela está escondida em uma dessas grutas.

Eu pigarreei.

— Talvez seja mais seguro a gente esperar pela Camille.

— Mais seguro? — repetiu Anna. — Minha mãe não vai me machucar! Quero falar com ela. Não quero fazer isso na frente de uma policial vampira!

— Não — disse Cathy, tranquilizando-a. — Não, Anna, é claro...

— Vou ligar para ela agora — decidiu-se.

Ela pegou o celular, que escorregou da sua mão. Anna se ajoelhou na areia molhada e pegou o aparelho.

Eu me ajoelhei ao lado dela e segurei sua mão livre, os dedos com areia tremiam.

— Anna — falei.

Anna discou o número da mãe. Ela pressionou o telefone contra a orelha, mas dava para ouvir claramente o outro lado tocando por cima do farfalhar das ondas na costa.

Ficou tocando por tanto tempo que achei que ninguém iria atender. Ficaríamos ali na praia, sem respostas.

Talvez fosse melhor assim, pensei, meu coração batendo tão alto quanto o toque.

Então o celular emitiu um estalo e a diretora Saunders atendeu com a voz ofegante e parecendo irritada.

A água do mar molhando minha calça na altura do joelho não me fez congelar. O que me fez congelar foi o barulho do mar, amplificado por um eco que vinha pela linha telefônica.

Ela realmente estava na praia. Estávamos certos.

Nunca me arrependi tanto de ter razão.

— Filha, não é uma boa...

— Mãe — disse Ana, que começou a chorar desesperadamente, como uma tempestade caindo. — Mãe, preciso de você. Não estou entendendo nada, eu não consigo... Você tem que vir agora mesmo!

— Anna! — disse a diretora Saunders. — Anna, o que houve? Eu vou correndo. O que... o que está havendo, aconteceu alguma coisa?

Anna estava soluçando demais para falar. Apertei sua mão o mais forte que consegui.

— Mãe... mãe...

— Estou indo! — disse a diretora Saunders, sem ar, com amor e medo em sua voz.

— Ela está vindo — repeti baixinho, mas alto o suficiente para que os outros também ouvissem.

Cathy e Kit olharam para mim e então todos nós olhamos para o rochedo, procurando por qualquer movimento na extensa curva de pedra cinza.

Ouvia a respiração da diretora Saunders pelo telefone, se aproximando rápido. Ouvia o som pesado de seus passos na areia, tudo isso misturado ao som dos soluços de Anna.

Ouvi quando a diretora deu um grito.

Anna deixou o celular cair novamente. Fiquei de pé.

Sua mãe saiu correndo de uma das grutas, a não mais do que 50 metros de distância. Vi a expressão de terror em seu rosto. A diretora corria tão rápido que levantava nuvens de areia durante o trajeto.

— Anna! — berrou ela, como se não tivesse visto o resto de nós. — Anna, ai meu Deus! Corra.

Nenhum de nós correu. Ficamos ali absolutamente imóveis: Cathy com seus olhos arregalados e tristes; Kit com todos os músculos tensos como se quisesse correr, mas não conseguisse; Anna agachada na areia com a arrebentação batendo. E eu, responsável por todos eles, paralisada.

A única pessoa se movendo pela praia era a diretora Saunders, correndo o mais rápido que podia para perto da filha.

E então outra coisa em movimento surgiu naquela praia.

Ele saiu cambaleando da gruta, vacilando pela areia como se isso estivesse no fundo do mar. Por um momento, meu cérebro não processou direito; era uma forma humana, mas a maneira como andava era totalmente errada. Os braços balançando pesadamente nas laterais do corpo, os pés sendo arremessados para frente, um depois do outro.

A diretora Saunders olhou para trás e depois de novo para gente, ainda mais aterrorizada do que antes. Mas ela não parecia temer por si, embora ele estivesse se aproximando dela.

— Anna! — gritou ela. — Ai, Anna, não olhe!

A diretora Saunders corria em nossa direção.

O que havia restado do dr. Saunders, também. Eu o conhecia havia anos. Ele era um cara grande, que sempre pareceu um pouco sem graça a respeito dessa característica, os ombros um pouco encurvados por baixo da camisa de botão. Era um daqueles pais que você sempre podia ludibriar para conseguir dinheiro para o sorvete, e costumava passar séculos procurando pelos óculos enquanto eu, Anna e Cathy nos dobrávamos em uma risada silenciosa porque víamos que estavam no bolso de sua camisa.

Agora, o dr. Saunders era grande como uma fera se arrastando e lançava uma sombra negra na areia prateada ao vir atrás da esposa em fuga e da sua filha aos soluços.

Sua pele estava com marcas de machucados, pintada de tons diluídos de cinza, roxo e verde. Havia a familiar mancha escura de putrefação na camisa. Sua mão direita brilhava à luz do luar onde o osso da ponta dos dedos estava aparente.

Eu estava certa. A diretora Saunders vinha mantendo o marido em cativeiro. O telefonema de Anna a deixara assustada e distraída, e agora ele estava livre.

E continuava vindo em nossa direção.

— Cathy! Kit! — berrei! — Corram!

Fiquei e tentei levantar Anna. Ela não se mexeu, parecia que não tinha sentido eu estar agarrando seu pulso. Então me coloquei na frente dela.

O dr. Saunders gemia algo baixinho. Parecia ser o único som na praia. Ele repetia: "Ah-ah-ah-ahah!"

O som de sua voz era horrível. Ele estava destruído.

Às vezes o processo para se tornar um vampiro dá errado.

A luz do luar recaiu em seus olhos vazios. Brilhavam como faróis de carro em seu rosto arruinado.

A diretora Saunders chegou primeiro onde estávamos e me empurrou, tombando de joelhos perto de Anna.

Não havia ninguém entre mim e o zumbi. Ouvi tanto Cathy quanto Kit berrando o meu nome. Por que eles não estavam correndo?

Peguei um pedaço de madeira e empunhei em uma posição de esgrima.

Não me pergunte por quê. Sei que foi idiotice, mas eles eram meus amigos e tinham vindo até ali por minha causa.

Por um momento, o dr. Saunders estancou sua desabalada e cambaleante corrida, como se tivesse registrado a imagem de uma arma.

Um momento foi o suficiente.

Uma forma escura o atingiu por trás, movimentando-se na velocidade surreal dos vampiros. Camille o derrubou na areia.

Ela me olhou por debaixo dos cabelos pretos, as presas brilhando à luz do luar, a imagem perfeita de uma vampira de cinema. Então falou com a mais exasperada voz de mãe possível:

— Mel, por favor, se afaste.

Incrédula e irritada, bufei e fiz o que ela pediu.

O resto da Unidade de Extermínio de Zumbis, toda composta de vampiros, surgiu tão rápido quanto Camille. Assim como Francis, que deve ter voltado imediatamente para casa após o encontro interrompido, viu Camille saindo e percebeu o que sua amada e amigos estavam aprontando.

Francis foi direto para Cathy, pegando-a em seus braços murmurando alguma coisa em seus cabelos.

A diretora Saunders abraçou Anna, as duas ajoelhadas na água, cada vez mais juntas enquanto choravam e a maré de água gelada subia.

À luz do luar, o sangue que escorria do braço da diretora Saunders parecia negro.

Ela vinha alimentando o marido zumbi. Também tinha chegado a escondê-lo no porão da escola, até que a agitação da criatura fez com que os ratos — que assim como todos os animais odiavam os mortos-vivos — escapassem pelo prédio. Ela então levou o zumbi para a gruta e continuava alimentando-o com seu sangue, mantendo-o acorrentado de forma que não pudesse machucar ninguém.

Agora, quando não fazia mais qualquer diferença, eu conseguia encaixar todas as peças. Agora que a Unidade de Extermínio de Zumbis estava detendo o zumbi com uma rede, que o mantinha preso na areia, trêmulo.

Rebecca Jones quis transformá-lo em vampiro para que fossem iguais, talvez esperando que assim ele ficasse com ela.

Mas deu tudo errado.

A diretora Saunders estava escondendo o marido zumbi, mesmo sabendo dos riscos, mentindo na cara de todos.

Quando Kit tocou em minha mão, o pedaço de madeira escorregou pelos meus dedos dormentes. Ele parecia estar tão abalado quanto eu, porque lágrimas rolavam em seu rosto. Acho que ele nem estava percebendo.

Apertei sua mão com força. Ele apertou a minha também, tão firme que pude sentir meus dedos novamente.

Então ouvi a voz de Cathy dizendo: "Pode me largar, querido. Francis, preciso ficar com Anna..." e eu também me soltei de Kit.

Chapinhando pela gelada água, eu e Cathy fomos até onde Anna estava agachada com a diretora Saunders.

Lentamente, nossa amiga ficou de pé. O rosto por debaixo do emaranhado de cachos molhados parecia desnorteado, como se ela tivesse acabado de acordar e descoberto que o pesadelo era real.

Eu e Cathy fomos andando, uma de cada lado, com a diretora Saunders atrás de nós, cuidando da retaguarda. Nós três juntas a levamos até a beira da rede. Anna tremia, olhando para o corpo que ainda se movia embaixo dela.

A Unidade de Extermínio de Zumbis, incluindo Camille, abriu espaço para que passássemos, formando um círculo a uma distância respeitável, com as cabeças em reverência, mas com as armas prontas. Francis e Kit aguardavam à beira-mar, a cabeça de Kit apoiada no ombro de Francis.

Éramos só nós perto do zumbi, ouvindo seus gemidos.

E eu entendi por que Anna precisava ir até ele, e por que a diretora Saunders tinha feito tudo aquilo. Nesse momento, que parecia mais com um pesadelo do que qualquer outro que eu já tivesse vivido, pensei no amor como algo que resiste aos sonhos ruins.

Demora algum tempo para a mente dos zumbis se apagar completamente.

— Ah... ah — disse o dr. Saunders pesadamente. — Ah... nah.

Ele estava tentando dizer o nome da filha.

Anna disse:

— Sim, pai. Eu estou aqui. Não tenha medo. Eu amo você e... — A voz dela vacilou, quase sumiu. — Vai ficar tudo bem.

Então Camille exterminou a criatura. O zumbi ficou imóvel. Tudo ficou em silêncio por alguns instantes naquela praia banhada de luz prateada, à sombra daqueles rochedos.

CAPÍTULO TRINTA E NOVE

Temperatura ambiente

Cathy foi para a minha casa. Nenhum de nós queria ficar sozinho, e como não permitiram que fôssemos com Anna e a mãe dela, nos apoiamos uma na outra. Falamos pouco durante o trajeto de carro até a minha casa, nem mesmo quando Kit voltou pisar no freio para dirigir. Estávamos todos em choque. Além disso, o que havia para ser dito?

Eu tinha telefonado para meus pais e contado tudo. Meu pai queria ir até lá para nos buscar. Para dissuadi-lo, Camille disse que seria mais rápido Kit nos levar em casa. A mãe de Cathy concordou que ela passasse a noite comigo com a condição de que fosse embora assim que acordasse.

Minha mãe nos recebeu com um enorme abraço. Meu pai também. Até meu irmão irritante me abraçou. Embora àquela hora da madrugada, ele devesse estar dormindo. Todos nós devíamos estar.

A bicama em meu quarto já estava arrumada para Cathy. Coisa de papai, eu sabia. Não era algo em que minha mãe pensaria. Ela é uma pessoa das grandes ideias, diz papai. Não é muito boa em detalhes. Isso me fez sentir mal por Anna novamente. Seu pai tinha ido para sempre.

Emprestei meu amado pijama de flanela de bolinha verde para Cathy. Era amado porque tinha sido um presente dela.

Nos enfiamos na cama e eu apaguei a luz.

— Você acha que ela vai ficar bem? — perguntei.

— Vai — disse Cathy. — Eu acho. — Ela bocejou. Estávamos exaustas.

— Boa noite, Cathy — disse, querendo acreditar nela. — Obrigada por ficar aqui comigo. Estou feliz por não estar sozinha.

— Eu também. Boa noite, Mel.

Achei que não conseguiria dormir. Parecia que eu tinha corrido uma maratona depois de ter sido atropelada por um trem. Meus olhos ardiam e estavam muito doloridos. Mas eu não conseguia parar de pensar no dr. Saunders.

E se eu o visse em meus sonhos?

A pele esfolada da carne em decomposição, o vislumbre do osso branco, o cinza sem vida em seus olhos.

Perfeito. Eu não tinha nem fechado meus olhos e já estava vendo. Como eu conseguiria voltar a dormir algum dia? Como Anna conseguiria? Como ela seria capaz de lidar com o que aconteceu com o pai? Com o que sua mãe fizera? Pelo menos ela sabia que a diretora Saunders tinha feito aquilo por amor. Mas, ainda assim, Anna tinha visto o pai transformado em zumbi. E então viu esse zumbi ser exterminado. Como alguém supera isso?

Fiquei deitada ali, com os olhos abertos e ardendo, tentando entender tudo o que acontecera, mas era demais para processar. Fechei os olhos e acabei adormecendo.

◆

Acordei com a luz do amanhecer entrando pela janela. *Ótimo*, pensei, deviam ter se passado duas ou três horas no máximo, mas ao menos meu sonho não tinha sido interrompido por nenhum pesadelo. Torcia para que Anna tivesse tido a mesma sorte.

Embora eu duvidasse.

— Está acordada? — perguntou Cathy.

— Mais ou menos — respondi, mas, assim que falei, estava totalmente desperta. A expressão no rosto de Anna enquanto o pai zumbi tentava dizer o nome dela estava grudada em minha mente.

— Coitadinha da Anna — disse Cathy.

— E da diretora Saunders. Imagina manter esse segredo durante tanto tempo. Imagina ver alguém que você ama mudando daquela forma.

Sentimos um calafrio.

— Você acha que Anna algum dia vai me perdoar? — perguntei, embora eu também estivesse pensando no que Cathy estaria pensando de mim agora.

— Perdoar? Pelo quê?

Cathy parecia sinceramente confusa.

— Por expor o que aconteceu com o pai dela. Por ter me intrometido...

— A diretora Saunders ter mantido o marido vivo está longe de ser culpa sua, Mel.

— Eu sei, mas se eu não tivesse interferido...

— Anna pediu para que você interferisse. Além disso, se você não tivesse feito, talvez não encontrassem ele a tempo. A diretora Saunders poderia ter virado zumbi também. — A voz de Cathy ficou ainda mais baixa. — Poderia ter havido uma epidemia de zumbis.

— Mas...

— Você fez a coisa certa, Mel — elogiou Cathy com firmeza, sentando-se e olhando diretamente em meus olhos. — Você é corajosa e inteligente e ajudou Anna quando ela mais precisava. Você é uma ótima amiga. Anna pôde se despedir do pai e foi você quem proporcionou isso.

— Foi horrível ver o dr. Saunders daquela forma. A pele dele... os ossos visíveis... e o cheiro.

— Eu continuo pensando no fato de ele ter reconhecido a filha mesmo depois de seu cérebro estar tão deteriorado — observou Cathy gentilmente.

— Queria que a gente conseguisse parar de pensar nisso — falei. Cathy não continuaria achando que sou corajosa e inteligente se eu vomitasse no travesseiro.

— Tenho pensando sobre isso — começou Cathy. — Muito. Sobre zumbis, sobre o que pode acontecer se a transformação der errado. É diferente quando acontece com alguém que a gente conhece.

Fiquei em silêncio. Cathy estava prestes a dizer o que eu estava imaginando? O que eu esperava que ela dissesse? Tinha mudado de ideia?

— Foi tão real. Eu conhecia o pai da Anna. Nós duas conhecíamos. Lembra como ele era inteligente e engraçado? E ontem ele mal podia dizer o nome da filha.

— Não consigo imaginar ninguém que eu amo naquela condição — disse, desviando do olhar de Cathy. — É horrível demais.

— Você quer dizer eu...

— Não. Quer dizer, na verdade, sim. Você é minha melhor amiga, Cathy. Eu te amo. Eu não suportaria ver você daquela forma. Mas não vou, né? Tipo, não depois do que você acabou de ver.

Houve uma longa pausa. Fitei a luz da manhã no teto do meu quarto.

— Você acha que mudei de ideia? — perguntou Cathy por fim.

— Bem, acho que sim — disse, ficando sentada. — Você mudou de ideia, não é?

— Você sabe que tenho feito um monte de pesquisa, certo?

— Sei.

— Uma das coisas que descobri é que isso é verdade: existe uma correlação entre o processo de transformação e o sucesso do procedimento. O dr. Saunders foi transformado contra a vontade dele. Ele lutou contra seu agressor, contra seu assassino. Você viu o resultado.

"As chances de sucesso no meu caso são altas. Além de eu querer fazer, a transformação será em um ambiente seguro, com profissionais treinados. Não vamos correr riscos desnecessários."

O rosto de Cathy, repousado sobre o travesseiro, estava triste, mas sereno. Eu não me imaginaria falando sobre probabilidades com essa tranquilidade. Probabilidades que envolviam ela se tornar o que vimos noite passada.

— Mas ainda há um risco.

— Sim, mas estou disposta a correr. Eu quero isso. E se... se der errado, a UEZ estará lá. Não ficarei como o dr. Saunders.

Eu não queria imaginar Cathy virando zumbi, nem por uma fração de segundo.

— Você vai realmente fazer isso, Cathy? — perguntei. Não conseguia evitar a tristeza em minha voz.

Cathy ficou sentada, abraçando os joelhos e falando com sua voz normal.

— Sim, Mel. Eu vou. Eu te amo. Você é minha melhor amiga e sinto muito mesmo que seja contra a sua vontade. Fico feliz por você se preocupar comigo. Por se preocupar tanto. Mas você tem que confiar em mim e nas minhas próprias decisões.

Ela não estava com raiva dessa vez. Ela realmente queria que eu entendesse.

— Mesmo depois do que você viu? Do dr. Saunders?

— Sim. Como falei, eu sempre soube que existem riscos. Mas vou passar pelo procedimento estando consciente, sabendo tudo o que há para saber. Vamos minimizar os riscos o máximo possível. É isso que quero para mim. Sei que não é o mesmo que você quer, e respeito isso, mas é a minha vida, Mel. Sou eu que decido.

"Eu não quero perder você. Não quero que a nossa amizade acabe. Você vai... você pode continuar a ser minha amiga depois da transformação?"

Ela estava perguntando a mesma coisa que Kit tinha perguntado. Pensei em todos os argumentos que eu dera a ele sobre não poder ficarmos juntos nessas condições. Afirmei a ele que Cathy não iria se transformar. Mas ela vai.

Cathy vai se transformar. Não havia nada que eu pudesse fazer para impedi-la.

Ela vai se tornar vampira.

Cathy me olhava com seus grandes olhos. Ela sempre pareceu um pouco melancólica, mesmo quando criança.

Como se sempre houvesse algo importante que ela nunca pudesse ter.

— Quero que você faça parte da minha vida — sussurrou Cathy.

— Quero que você faça parte da minha — sussurrei em resposta.

Eu estava pensando em Camille. Ela não era tão ruim assim. Ela amava o filho. Tinha um senso de humor sarcástico mesmo que não risse. E Anna e Ty estavam certos: Cathy nunca foi uma pessoa de rir muito. Mesmo quando criança, você podia fazer quanta cosquinha quisesse nela que mal conseguiria um sorriso. Verdade, ela não era sensível a cosquinhas, mas ainda assim. Cathy nasceu séria. Muito séria. Ela seria uma vampira séria. Um pouco como Francis. Um Francis que não era antipático e aguentaria uma pouco de brincadeira.

— Quando eu fizer a transformação — começou Cathy, e então parou de falar, esperando por mim.

Então eu disse "sim".

Eu finalmente estava aceitando a realidade. Aceitando que eu não poderia impedir. Cathy viraria vampira.

— Quero que você esteja lá. Quero que minha melhor amiga esteja lá para me ver deixando a velha vida e me dando boas-vindas na nova.

— Se é isso o que você quer — falei, me concentrando com todas as forças para não deixar que o aperto em meu peito se transformasse em lágrimas.

Cathy estendeu a mão. Era quente, humana. Eu segurei o mais forte que pude.

— Você ficará fria — sussurrei. — Temperatura ambiente.

— Você vai se acostumar — prometeu ela.

321 ◆◆◆

CAPÍTULO QUARENTA

Time Humanos

A segunda-feira na escola foi estranha. Anna não estava lá, obviamente. Mas, de alguma forma, a notícia sobre o que acontecera tinha se espalhado. Não havia partido de mim ou Cathy. Mesmo assim, todo mundo parecia saber. Eu não respondi a ninguém. Realmente não queria falar a respeito.

Na ausência da diretora Saunders, o sr. Kaplan assumira o cargo. Ninguém sabia quando ou se ela voltaria. Ele chamou eu e Cathy em seu escritório para, em primeiro lugar, saber se estávamos bem e nos assegurar que poderíamos ficar em casa uns dias se quiséssemos. Nós duas falamos que estávamos bem.

Não tinha certeza se isso era verdade. Estávamos mais quietas do que o normal. Eu não conseguia parar de pensar em Anna e em seu pai zumbi. Nem em Cathy, determinada

◆◆◆322

a se tornar vampira, e no quanto as coisas estavam todas muito confusas. Fiquei aliviada por Francis não estar na escola. Acho que não teria suportado vê-lo no dia seguinte após finalmente aceitar que eu estava perdendo minha melhor amiga.

Eu já estava calculando quanto tempo Cathy tinha antes de deixar de ser Cathy e se tornar... seja lá o que fosse. Na melhor das hipóteses, ela seria a Vampira Cathy. Eu não conseguia me imaginar sendo melhor amiga da Vampira Cathy. Embora eu fosse tentar, porque eu tinha prometido. Porque ela era Cathy e eu não suportava a ideia de perdê-la.

Passei o dia inteiro à beira das lágrimas. Não sou muito de chorar, mas lá estavam elas, como alfinetes atrás de meus olhos.

Ao longo do dia, me peguei diversas vezes pensando que talvez eu devesse ter ficado em casa porque minha concentração não estava das melhores, mas nenhum dos professores disse qualquer coisa a respeito. Suponho que o sr. Kaplan tenha conversado com eles.

Mesmo Ty percebia que eu e Cathy não estávamos em nosso modo normal. Ele nos abraçou rapidamente, balbuciando que sentia muito e perguntou se achávamos que Anna gostaria que ele fosse visitá-la. Respondemos que sim, é claro. Embora nenhuma de nós tivesse a menor ideia do que Anna queria no momento. A não ser ter o pai de volta e nunca mais precisar se envolver com vampiros.

Ainda na escola, sem conseguir me concentrar em um único capítulo de nada que estava lendo, olhei para o celular. Havia uma mensagem de Kit.

Você pode vir aqui hoje à noite? Tenho uma reunião com meu Shade. Preciso de você.

Respondi a mensagem dizendo *Sim*, embora estivesse pensando se deveria ou não parar de sair com Kit. Pensar na transformação dele era muito doloroso. Eu iria realmente sentir saudades.

Mas eu devia uma explicação a ele. Talvez também devêssemos terminar logo de uma vez. Fora isso, quem sabe ele não me fizesse rir um pouco?

Kit era realmente bom nisso. E eu bem que estava precisando.

Avisei para a treinadora que eu não iria ao treino de esgrima. Ela foi bem compreensiva. Todos foram. Para falar a verdade eu estava com vontade de treinar, graças à vontade que sentia de esfaquear as pessoas. Mas, infelizmente, quando estava nesse humor, minha esgrima ficava péssima, toda a técnica ia para o espaço. Estocadas furiosas não eram uma boa estratégia no sabre.

◆

Camille abriu a porta antes mesmo que eu batesse. Precisava me acostumar com a audição superpoderosa dos vampiros.

Não pude evitar em pensar que quando Cathy se transformasse, eu nunca mais conseguiria surpreendê-la.

— Entre, minha querida — convidou Camille com seu jeito austero, fechando a porta quando passei.

O carinho me surpreendeu. Fiquei pensando se ela estava com pena de mim depois do que tinha acontecido.

Entrei em uma sala cheia de vampiros. Estaria mentindo se não dissesse que meu primeiro instinto foi sair correndo.

O fato é que os caninos realmente brilham. Quando são muitos ao mesmo tempo, o brilho é de fato reluzente. E assustador.

Marie-Therese acenou de um jeito etéreo como quem diz "eu-sou-a-rainha". Tentei não pensar no que Kit falara sobre ela ter votado sim quando a ideia era comê-lo e acenei de volta. Minty estava apreciando suas notáveis unhas longas e comentando que a reunião faria com que ela perdesse seu jogo de bridge.

Francis acenou para mim seriamente, e eu o imitei, embora o meu aceno possivelmente fosse ainda mais sério que o dele. Albert olhava para Kit, que estava sentado sozinho, fitando o resto do Shade. Eu sorri para ele, e Kit devolveu um sorriso débil.

E quem poderia culpá-lo quando as reuniões de família eram nesse clima? Eu também ficaria intimidada.

Voltei a sentir as malditas pontadas no fundo dos olhos. Eu ia sentir falta dele.

Fui me arrastando até a cadeira que Camille indicou perto da dela.

Fiquei imaginando o que Kit queria contar para eles, e por que ele queria que eu estivesse presente.

— Bem — disse Kit, pigarreando. — Estão todos aqui. Então, hum, eu tenho algo a dizer a vocês.

— Já deduzimos isso — retrucou Francis secamente.

Fiquei triste de estar sentada longe de Francis e não poder dar um chute nele, mas Kit não se abalou.

— Certo, obrigado, Francis. — Ele engoliu em seco. — Venho pensando muito sobre isso nos últimos tempos, e, obviamente, vocês são os maiores interessados. Vocês são meu Shade. Então eu... eu preciso contar. Tinha que falar para vocês assim que eu tivesse certeza.

Estavam todos olhando para Kit com aqueles olhos despertos e perspicazes, um grupo de predadores naturais.

Kit parecia completamente apavorado.

— Eu não vou me transformar — anunciou ele.

Houve uma agitação imediata, burburinhos e vozes exclamando. Kit respirava com dificuldade, os olhos arregalados exibindo um monte de área branca, mas ele conseguiu inspirar o suficiente para falar acima do vozerio.

— Não imediatamente — emendou ele. — Não estou dizendo que nunca vou me transformar, ok? Estou dizendo que... que prefiro esperar e ver o que acontece. Também não estou afirmando que eu irei com certeza me transformar. Ultimamente, me dei conta — começou ele, olhando rapidamente para mim — que há muitas coisas que eu não sei sobre ser humano. Basicamente tudo. Há tantas coisas humanas que nunca fiz... sobre as quais nunca sequer pensei a respeito. Não acho que eu possa me tornar um vampiro antes de ter vivido como humano. Tenho que saber do que estou abrindo mão antes de correr o risco de morrer ou algo pior. Antes que eu faça algo que não tenha volta.

Ele não olhou para mim novamente, mas eu sabia que nós dois estávamos pensando no dr. Saunders.

— Velhice — acrescentou Minty em uma voz fria e incisiva. — Tornar-se vampiro significa abdicar da velhice. De minha parte, não fico triste de perder essa pequena parte da experiência humana. A pele perdendo elasticidade, cedendo em direção ao chão, os dentes caindo...

— Dor — concordou Albert com a voz forte e aguda.

— Excruciante e agonizante. Quando for atropelado por um ônibus, rapazinho, você não será capaz de simplesmente empurrá-lo para o lado e seguir seu caminho. Você vai *sofrer*.

◆◆◆326

Eu mal ouvia a litania de objeções. Estava olhando fixamente para Kit. Ele tremia enquanto ouvia as opiniões do Shade.

Albert ficou de pé.

— Claro que vampiros também podem sofrer — disse ele, olhando friamente para Kit. — Podemos sofrer por decepção.

Kit se encolheu como se Albert o tivesse atingido.

O vampiro saiu da sala, Minty atrás dele, murmurando algo sobre ingratidão.

Olhei de soslaio para Camille, que estava sentada rigidamente na cadeira. Seu perfil parecia esculpido em gelo.

Fiquei pensando se ela também estava decepcionada com Kit.

Eu estava errada novamente. Kit não os encarava como um grupo de predadores, mas como sua família. Antes, agora e sempre. Tendo algo tão importante quanto uma mudança de vida para dizer, ele torcia que isso não mudasse os sentimentos que tinham por ele.

— Você antes parecia estar perfeitamente feliz em se tornar um vampiro — murmurou Marie-Therese. — Como sempre planejamos.

— Eu sei — concordou Kit. — Queria que vocês tivessem orgulho de ter me acolhido. Queria ser igual a vocês. Queria mesmo. Ainda quero. Mas não consigo mais ter certeza disso. Não posso fazer a transformação agora. Eu sempre ficaria me questionando.

— Do que você sentiria falta? — perguntou Marie-Therese, com um olhar malicioso para mim.

Eu a encarei.

— Risadas — disse Francis, e me virei para olhar para ele. — Ele sentiria falta de rir. Acho que todos nós sabemos disso. Você ri o tempo todo, Kit. Você é muito humano — acrescentou Francis com um sorriso muito discreto. — Você não tem que se envergonhar de nada.

Eu quase caí da cadeira. *Francis* estava encorajando Kit a continuar sendo humano? Juro, se eu estivesse sentada mais perto eu o teria abraçado.

— Obrigado — agradeceu Kit depois de um momento. — Obrigado, na verdade, a todos vocês. Vocês me acolheram e eu sempre serei grato. Sinto muito se estão decepcionados comigo, mas vocês sempre serão o meu Shade, e eu amo cada um. Ah, tenho mais uma coisa a dizer. Talvez um dia eu me transforme, mas, — falou, olhando de relance para mim novamente —, no momento eu realmente quero dar uma chance a essa coisa de ser humano. Quero viver a experiência humana completa. Eu me matriculei na Craunston High. Vou entrar no penúltimo ano.

Francis se enrijeceu, claramente ultrajado por esse menosprezo contra a óbvia superioridade do ensino doméstico. Alguns vampiros também parecerem indignados, como pais olhando para boletins injustos dos filhos.

Kit deu um sorriso de canto de boca, sarcástico e esperançoso.

— Eles disseram que o calendário já estava muito adiantado para que eu começasse no último ano, mas ficaram impressionados com o resultado da minha prova, fruto de um ensino *excelente*. Aparentemente, esse ano extra vai me dar uma chance melhor de entrar em uma boa universidade. Eu perdi um monte de atividades extracurriculares também, sabe. Embora tenha ouvido que meus conhecimentos sobre valsa serão ótimos nos processos seletivos. — Ele sorriu, e Francis conseguiu sorrir em resposta.

A menção à valsa pareceu ser o sinal para o fim da reunião. Alguns vampiros saíram da sala, fechando enfaticamente as portas, disparando olhares que fizeram Kit encolher os ombros. Outros se aproximaram e sussurraram coisas em tom sério — como se ele tivesse decidido fazer um mochilão pela Amazônia em vez de ir para Yale —, todos na linha "pense no seu futuro, jovem!" E isso não foi tão ruim. Era assim que famílias se comportavam.

Camille permaneceu sentada até ser a última vampira na sala. Então, e só então, ela se levantou e deslizou até Kit, tão graciosa quanto um cisne. Colocou as mãos nos ombros dele.

Cruzei os dedos e desejei com toda a força que ela o entendesse.

— Você me deixou muito orgulhosa hoje — disse Camille em sua voz fria, sem emoção. Ela ficou ali olhando o rosto do filho. — Mas não há nada de novo nisso, não é? Não importa o que você decidir, não importa quanto tempo você ou eu vivamos, você sempre será a maior alegria da minha vida.

Percebi que o tempo todo ela soube o que Kit diria nessa reunião. É claro que ela sabia. Ela era a mãe dele.

◆

E eu? O que eu era?

Eu estava radiante. Poderia ter ido dançando até em casa. Em vez disso, fui andando de mãos dadas com Kit.

— Estou muito feliz — disse a ele mais uma vez.

— Eu não fiz isso por você — falou, e então acrescentou rapidamente: — Quer dizer... Você foi uma parte importante da minha decisão. Você me mostrou o que eu estava perdendo. Que há mais coisas na humanidade do que eu via pelos olhos do meu Shade. Camille e Francis viviam me dizendo isso, mas precisei conhecer você, e ouvir sua risada, para ser capaz de enxergar. Obrigado.

Ele apertou a minha mão enquanto falava, e eu parei e me virei para encará-lo. Era um pouco depois do anoitecer, as ruas do Shade ainda estavam vazias.

— Estou feliz — admiti, olhando para cima para encontrar seus olhos e mais uma vez desejando ser tão alta quanto a minha irmã ou mesmo meu irmão caçula. Fiquei na ponta dos pés, ele se curvou, e nos beijamos.

A respiração de Kit em meu rosto era quente, assim como seus lábios, e seus braços que me apertavam. Podia sentir o calor de seu corpo pressionado contra o meu, cheirar seu cheiro tão-tão-humano, sentir nossos corações batendo rápido, o sangue correndo nas veias.

Eu o afastei por um momento.

— Bem-vindo ao Time Humanos.

Kit riu. Era um som glorioso.

CAPÍTULO QUARENTA E UM

Cruzando a ponte

Eu passara pelo Centro de Transição de New Whitby centenas de vezes sem nunca ter pensado muito a respeito. Era como qualquer outro prédio do governo, grande e irrelevante, e tema de muitas discussões de adultos.

Eu lembrava vagamente dos meus pais falando sobre ele na época de sua construção, alguns anos atrás. Dizendo que foi uma quantidade absurda de dinheiro gasto quando, na verdade, poucas pessoas faziam a transformação hoje em dia. E também sobre como a assembleia de New Whitby sempre dava muito ouvido a Geoffrey Travers, só porque ele era membro havia 125 anos.

Então mamãe fez uma piada sobre como nenhum outro vampiro aceitaria o cargo, e papai disse que ele achava que

Travers usava o mesmo colete há pelo menos 100 daqueles 125. A conversa então mudou para outros assuntos.

O novo prédio, um cubo mágico de estrutura de aço e vidro fumê, foi erguido na margem sul do rio Bathory.

Cathy preferiria se tornar uma vampira nos braços do Shade de Francis, na antiga e bela casa onde viviam. (Ela não iria querer fazer a transformação no quarto de Kit, que tinha uma bateria e cartazes colados em todas as superfícies disponíveis, incluindo o espelho, e que era o oposto de belo.). Ela teria usado um elegante vestido branco e o cômodo estaria à meia-luz, se ela pudesse ter escolhido.

Mas Cathy já tinha recebido a sua cota de exceções com a autorização para se transformar antes do tempo. Seria um prato-cheio para a imprensa se uma garota de 17 anos fizesse a transformação sem ser da maneira absolutamente protocolar, principalmente uma garota de 17 anos que estivera envolvida no caso do zumbi Saunders.

Principalmente se a transformação não fosse um sucesso.

Eu não queria pensar nisso.

O quarto para a transformação era meio como qualquer quarto de hospital e misturado com uma prisão: as paredes era supergrossas, como se estivéssemos em uma gigantesca banheira de concreto branco. Uma delas era uma porta de vidro de correr reforçada, que dava para uma varanda quase tão grande quanto o próprio quarto.

A especialista em transformação designada para o procedimento de Cathy era uma vampira ruiva. Sua palidez vampiresca somada ao cabelo ruivo significava que sua pele quase brilhava. Em contraste, o cabelo parecia escarlate.

Eu estava pensando na coisa que eu não queria pensar e então acabei não prestando atenção no nome dela. Mentalmente, eu a estava chamando de dra. Vampira.

— Pode ser que você sinta um pouco de claustrofobia — disse a dra. Vampira para Cathy, naquele tom de voz profissional, infinitamente gentil e totalmente distante. — Talvez algum desconforto, já que vai sentir a temperatura de forma diferente. Nós descobrimos que, em alguns casos, os pacientes querem imediatamente ir para o lado de fora. Tendo a varanda, podemos transportar você imediatamente para o frio ao ar livre, se assim desejar.

Cathy assentiu, os olhos arregalados de nervosismo.

Isso me fez pensar na maneira como ela estava em nosso primeiro dia de aula no jardim de infância, frágil, séria e ansiosa para fazer tudo do jeito certo.

Tirando o fato de que, na verdade, isso não me fez lembrar desse dia: eu só imaginei. Afinal, éramos muito novas na época.

Tudo o que eu sabia é que eu estava lá no primeiro dia de aula dela. Foi meu primeiro dia também. Só que na jornada de hoje eu não iria junto.

Eu estava com medo de não ter lembranças suficientes de Cathy. Foram anos e anos bem aproveitados, mas eu não conseguia lembrar qual era a cor do vestido dela naquele primeiro dia ou onde nossas famílias nos levaram em nossas primeiras férias juntas. Qual era mesmo o nome da banda que iríamos montar? Eu tinha esquecido tantas coisas...

Hoje poderia ser o último dia. Essas poderiam ser todas as memórias de Cathy que eu teria. Não era o suficiente.

Valerie Beauvier estava sentada em uma cadeira, fitando Cathy com lágrimas nos olhos. Fiquei furiosa ao ver a mãe de Cathy fazendo ar de tragédia quando ela mesma tinha assinado os documentos. Quando tudo isso era culpa dela.

Fechei as mãos em punho, as unhas furando minhas palmas, e disse a mim mesma para parar de culpar os outros.

A decisão foi de Cathy. Ela não estava sendo forçada como o dr. Saunders havia sido. Ela queria isso, e eu tinha que dar um jeito de respeitar a decisão dela.

De alguma forma.

Kit e Camille estavam aqui, os dois encostados na parede. Kit parecia desconfortável. Imaginei se era por que ele não conhecia Cathy muito bem ou se ele estava pensando em como essa poderia ter sido sua transformação. Cathy disse que estava contente por ter a presença de membros do que seria (se tudo der certo) seu Shade.

Eu suspeitava que ela queria Kit ali por minha causa, para me dar apoio moral. Para o caso de...

Eu não iria pensar nisso.

Francis estava ao lado de Cathy, na cabeceira da cama, de mãos dadas. Ele vestia uma blusa de seda preta que fazia seu cabelo ficar prateado e o roupão hospitalar que ela vestia parecer ainda mais claro.

Francis tinha se arrumado para a transformação.

Eu quase o odiei por isso, mas Cathy também queria o cenário ideal. Montá-los devia ser um passatempo de casal para eles, da mesma forma que humanos jogam tênis em dupla.

— Minha amada — disse Francis —, se você precisar de mais tempo, vou entender. Não precisamos fazer isso hoje.

Era a voz normal de Francis, fria e calma, mas Cathy sorriu como se tivesse escutado algo a mais nela. Ela se moveu e repousou a palma da mão no peito dele.

— Não é hora para dúvidas, meu amor.

Francis fez uma reverência e se levantou, andando até a porta de vidro e depois para a varanda.

— Então, Cathy — falou Kit —, quando você for beber sangue pela primeira vez, vai querer que seja em uma taça de champagne? Para brindar?

A dra. Vampira lançou um olhar tolerante para Kit.

— Ela vai receber na embalagem regulamentada.

— Vou contrabandear um canudo pra você — disse Kit.

— E quem sabe um guarda-chuvinha cor-de-rosa.

Cathy sorriu, e fiquei feliz por ter alguém ali para fazê-la relaxar um pouco, já que eu não estava conseguindo. Fugi para a varanda.

Ah, ótimo. Um momento especial a sós com Francis.

A varanda tinha uma parede bem alta de vidro reforçado, mais alta do que a minha cabeça. A paisagem noturna de New Whitby espalhava-se diante de mim, um tapete brilhante com um padrão que eu conhecia de cor. Lá estava o Shade, depois meu bairro e então a escola.

Bem abaixo de nós corria o rio Bathory, a luz da lua e o movimento das águas alterando seu aspecto a cada instante. Primeiro prateado, depois a escuridão.

— Quando perguntei se ela pensaria em se tornar vampira — começou Francis —, não estipulei data. Eu teria esperado sem problemas até que ela tivesse terminado a universidade, até que ela... — Ele engoliu em seco. — Ela é tão nova. Nós estamos juntos há tão pouco tempo.

— Ele se endireitou um pouco, o que me fez perceber que

antes ele estava em sua versão cabisbaixa. — Mas a decisão é dela.

Eu estava mais do que preparada para gritar com ele por ter oferecido a ela essa opção, minha romântica Cathy, mas fiquei de boca fechada ao ouvir aquelas palavras vindas dele.

A decisão tinha sido dela. Francis não quis apressá-la.

Eu não poderia fingir que ele era meu amigo. Eu não poderia fingir que tinha algum tipo de sentimento positivo em relação a ele. Não dava nem para falar que eu não o culparia se algo desse errado.

Mas ele estava parado ali, olhando para a noite, e pensei que havia uma chance de que estivesse sentindo um pouco do mesmo medo e desespero que eu.

— Nós dois a amamos — constatei, colocando minha mão em seu braço.

Francis não se afastou até Cathy murmurar nossos nomes. Então voltamos para o quarto e nos aproximamos da cama. Fiquei ao lado de Cathy onde antes estava Valerie Beauvier, que voltou para a cadeira para chorar novamente. Kit pôs a mão no ombro dela para reconfortá-la. Camille parecia incomodada com a excessiva demonstração de emoção humana, mas Kit ficou dando apoio a sra. Beauvier, e Camille a ele.

Fiz um esforço para olhar nos olhos de Cathy. Ela estava chorando também, lágrimas silenciosas escorriam por suas bochechas e cintilavam em seus cílios.

— Eu te amo, Mel — disse ela. — Você é a minha melhor amiga. Não importa se eu viver mil anos, ou... — parou Cathy. — Não importa — continuou ela, mais calma agora. — Você sempre será a melhor.

— Você também não é ruim — sussurrei em resposta. — Tipo, não é perfeita, mas vou te dar um belo oito.

Cathy sorriu em meio às lágrimas.

— Você sabe que sempre tiro dez.

Eu me inclinei para a frente e dei um beijo na bochecha molhada de lágrimas.

— Eu te amo — murmurei em seu ouvido, de forma que mais ninguém pudesse escutar, e então, por decisão dela, me afastei da cama.

Francis tirou um lenço de linho do bolso da camisa — claro que ele fez isso, Francis, o clássico — e começou a enxugar as lágrimas dela com ternura, mas Cathy o deteve e pegou o lenço gentilmente de suas mãos.

Ela enxugou as próprias lágrimas, cuidadosamente, no seu próprio ritmo.

Não importava o que acontecesse em seguida, o quanto as coisas dessem certo, seriam as últimas lágrimas de Cathy.

— Pronta para começar o procedimento, sra. Beauvier? — perguntou a dra. Vampira. Por um segundo, achei que ela estava falando com a mãe de Cathy, mas então Cathy assentiu. — De acordo, sr. Duvarney?

Francis assentiu.

A dra. Vampira lançou um olhar discreto para a Unidade de Extermínio de Zumbis, enfileirada no fundo do quarto com suas redes e armas.

— Pode começar — disse ela.

Eu recuei até a porta aberta. Senti a brisa noturna nas minhas costas e então um calafrio.

Francis pegou o rosto de Cathy entre suas mãos e olhou para ela por um longo momento. E então ele a soltou.

Cathy inclinou a cabeça para trás, expondo sua garganta, e Francis afastou uma longa mecha de cabelo escuro de seu pescoço.

Ele ficou ali na cama, olhando para o pescoço dela, e eu vi os caninos.

Brilhavam, finos e afiados como um punhal. Francis, o gentil; Francis, o perfeito cavalheiro, curvado em cima da minha melhor amiga como um animal faminto.

Cathy ali deitada, em total confiança, e ainda em seus braços.

Dei mais um passo para longe. Eu não podia correr e arrancá-la dali. A decisão tinha sido dela.

Francis mordeu.

Tive apenas um vislumbre dos dentes afiados rasgando a pele, o imediato jorro de sangue escarlate, e a maneira como o corpo de Cathy se contorceu em um espasmo de dor.

Eu girei e olhei para a cidade. Não conseguia suportar aquilo.

New Whitby cintilava. O rio seguia seu fluxo. E minha melhor amiga estava morrendo atrás de mim.

Respirei várias vezes, com dificuldade, e então ouvi alguém se aproximando. Kit colocou os braços ao redor da minha cintura e sussurrou em meu ouvido para eu aguentar firme.

Era uma presença sólida e calorosa. Tentei fixar minha visão embaçada em algo, e olhei para a Ponte das Recordações, uma extensa ponte de pedra com colunas em ambos os lados, ostentando os nomes dos humanos e vampiros que morreram na Primeira Guerra Mundial.

Fixei meus olhos nela, tão sólida e real. O rio corria sob ela havia cem anos. Eu não iria chorar.

◆◆◆338

Respirei fundo mais uma vez e me soltei gentilmente de Kit.

Olhei pela porta aberta.

Cathy estava imóvel na cama. Havia sangue em sua boca, sangue em seu pescoço, sangue nos lençóis.

Ela parecia morta.

A UEZ cercou a cama de Cathy, certificando-se de que nenhum humano ficasse muito perto dela. Francis estava parado ao pé da cama.

Eu me segurei na porta de vidro e, com uma convicção que eu não fora capaz de reunir até aqui, pensei: sim, foi escolha dela se tornar vampira. Não rir, não chorar, nunca mais ver o sol.

Não teria sido a minha escolha, mas a escolha não era minha.

Por favor, que ela consiga o que deseja, pensei.

Não importava se eu estava ou não de acordo com minha melhor amiga. O que importava era ter minha melhor amiga.

Eu podia vê-la entre os guardas. Seu peito não subia e descia. Nunca mais iria.

Se ela não se mexesse, estava morta.

Se mexesse... Pensei no dr. Saunders e em como existiam desfechos piores.

Então Cathy se mexeu. Segurei com força na mão de Kit.

Vi os olhos dela se abrindo.

Vi sua cabeça se mover e se erguer. Não conseguia ver muito bem com toda aquela gente na frente; não dava para saber.

E então ouvi a voz da minha amiga. Perfeitamente clara naquele quarto branco de hospital, com os médicos e guardas ao seu redor. E ela disse: "Francis."

Dei as costas para o quarto novamente, dessa vez porque eu estava chorando. As luzes de New Whitby eram um borrão, um novo padrão, e eu chorei e chorei de felicidade.

E então Cathy disse: "Mel", e eu me virei para ela.

Ela me observava. Ela parecia a Cathy de sempre ainda que não parecesse a Cathy de sempre, os olhos um pouco brilhantes demais num rosto um pouco pálido demais. Parecia uma nova Cathy.

Ela estendeu a mão para mim, e eu atravessei o quarto até a cama.

CAPÍTULO QUARENTA E DOIS

Prelúdio para uma vitória

Óbvio que Cathy quis terminar a escola. Ty brincou que, mesmo se ela tivesse virando zumbi, provavelmente ainda assim iria querer terminar.

As piadas de Ty sobre zumbis nunca caíram muito bem, e todos nós o alertamos que, se ele fizesse alguma na frente de Anna, iria se arrepender amargamente.

Naturalmente, Francis, o cavalheiro, tinha que acompanhá-la. Além disso, ele ainda estava escrevendo sua obra-prima. Eu tinha visto o escritório/biblioteca dele e de Cathy, as paredes com prateleiras repletas de livros de lombadas douradas, as duas mesas com pilhas enormes de papéis. Francis parecia estar se ajustando ao vício de Cathy ao computador. Kit jura que o viu assistindo a vídeos hilários de macacos.

Cathy parecia estar gostando de seu papel como coautora e pesquisadora.

Eu estava feliz por eles. Contanto que ninguém esperasse que eu lesse nada daquilo.

Neste belo dia de inverno em particular — com sol, inclusive! — decidimos jogar na hora do almoço a nova invenção de Ty: beisebol na neve. (Notavelmente parecido com o beisebol normal exceto por ser jogado na neve com uma bola laranja.) Estávamos todos ficando um pouco surtados. Fevereiro era sempre o pior mês. Dias curtos, noites longas e frias. Mas isso significava que era mais fácil sair com Cathy ao ar livre. Eu a convidei para jogar beisebol com a gente, mas ela não parecia ansiosa em sair da biblioteca e vestir seu traje de proteção.

Ainda era estranho ter que deixar Cathy do lado de dentro.

— Eu não ligo — disse ela em seu novo tom de voz, mais frio e de alguma forma mais silencioso, como se ser morto-vivo significasse estar eternamente em uma biblioteca. (Cathy realmente adorava bibliotecas.) — Sério, vai ser uma oportunidade para colocarmos nossas anotações em ordem.

— Ah, agora mudou de nome, é? — falei, dando uma piscadinha.

Do outro lado da sala, pude ver que Francis estava escandalizado. Esses momentos especiais com ele sempre me faziam ganhar o dia.

A boca de Cathy, os lábios de um cor-de-rosa ainda mais pálido do que costumavam ser, moveu-se nos cantos, apenas a metade do que teria se movido antes.

Senti uma pontada no peito, sabendo que no passado ela poderia ter mesmo rido. Mas já era alguma coisa, ter ela aqui e sorrindo para mim.

— Tudo bem, seus dois maluquinhos — comentei. — Preciso ir. Meu time vai perder sem mim. Vejo vocês na aula de História?

— E, depois da aula, de volta para a biblioteca para o período de estudo — disse Cathy, inflexível. — Temos muita pesquisa a fazer.

Desde que expressei o desejo de talvez seguir carreira na polícia, Cathy estava me obrigando a pesquisar cada detalhe, descobrir quais são os melhores cursos, Ciências Policiais, Segurança Pública ou Justiça Criminal, e quais eram as melhores faculdades. Ou será que eu devia ir diretamente para a academia de polícia? Seria possível?

Era bom conversar sobre isso com Cathy. O lema da polícia havia me emocionado como nada antes: Se quiser ser feliz a vida inteira, ajude alguém. Servir e proteger.

— Claro, claro — disse, parando na porta para dar um tchauzinho para Cathy.

Ela e Francis estavam mergulhados nos livros, as cabeças de cabelo claro e escuro ali juntas, sérias e concentradas, protegidas do sol pelo vidro fumê.

Mesmo morta-viva, Cathy ainda estava me arrastando para a biblioteca. Situações como essa permitiam que eu fingisse que as coisas não tinham mudado tanto.

Ela parecia feliz enquanto corria pelos corredores escuros, passando pelo ginásio até chegar à porta. Eu torcia para que ela nunca se arrependesse, nem que tivesse mil anos de idade.

Se ela vivesse até os mil anos de idade, no entanto, eu esperava que ao menos desse um tempo de Francis e namorasse com um alienígena. Imaginei a reação de Francis sendo trocado por um alien, e então saí gargalhando sob o sol que brilhava, embora ainda fizesse frio.

Kit viu a minha risada de onde estava, na segunda base.

— Vem logo pra cá! — berrou ele.

Fui andando lentamente.

— Desculpa, o que você disse?

— Querida, nós imploramos que você nos resgate dessa desonrosa derrota com sua superior habilidade atlética — disse Kit lentamente, fazendo sua melhor imitação de Francis. — Então vem logo pra cá.

— Humm, bem, colocando nesses termos... — disse e pulei nele.

Ele me segurou com habilidade, minhas pernas em volta de sua cintura, e me girou para um rápido beijo. Era uma maneira boa de lidar com a diferença de altura.

Eu sorri para ele, o beijo ainda enviando faíscas pelo meu corpo, e ele sorriu de volta, o cabelo cacheado reluzindo.

— Vocês vão jogar ou ficar namorando? — gritou Anna, balançando o cabelo cor de fogo.

Não tínhamos certeza se Anna voltaria para a Craunston High, não com a mãe tendo sido demitida e atualmente prestando serviço comunitário.

Disseram que era a sentença mais leve possível, considerando que ela manteve um zumbi tão perto de alunos em uma escola. Todos nós estivemos a umas poucas paredes do desastre.

A própria diretora Saunders esteve a um milésimo do desastre. Ela vinha alimentando o dr. Saunders com seu próprio sangue. Ela se cortava e deixava as gotas pingarem dentro de um copo e depois dava de beber para o marido.

Poderia ter sido mordida inúmeras vezes. Anna quase ficou órfã. Senti um calafrio ao pensar nisso.

Mas a corte determinara que a diretora Saunders tinha estado fora de si, dada a traumática experiência de descobrir que o marido fora forçado a uma malsucedida transformação. Ela agora estava fazendo terapia, no mesmo centro em que o dr. Saunders trabalhava, e foi escolhida como líder de grupo em algumas sessões. Anna disse que ajudar outras pessoas ajudava sua mãe mais do que qualquer outra coisa: a diretora Saunders estava pensando em uma nova carreira como terapeuta.

As duas estavam bem melhores do que esperávamos. Isso me dava esperança de que Cathy estivesse certa. De que eu, no final das contas, não tinha sido uma péssima amiga para Anna.

— Namoro só mais tarde — avisei, sacudindo meus dedos para Kit enquanto me afastava. — Agora é hora da vitória!

Essa noite nós iríamos a nosso primeiro encontro oficialmente em casal. Kit se recusava a sair em encontros duplos com Francis: ele argumentava que era esquisito e que o chamaria de tio Francis o dia inteiro sempre que isso fosse sugerido.

Nosso encontro em casais seria com Ty e Jon, o jogador de futebol.

No fim das contas, Ty não estava exatamente tentando arrumar um encontro de Jon com Anna, mas de Jon com ele mesmo. Oooops.

Todos nós ainda estávamos meio que abalados depois dos acontecimentos com o dr. Saunders e da transformação de Cathy, então a revelação de Ty de que ele talvez quisesse sair com meninos e meninas foi recebida por nós de uma maneira que ele achou decepcionantemente modesta.

No entanto, eu adorava discutir como a beleza de Francis tinha despertado Ty para essa conclusão. Tal conversa imprópria fazia Francis ficar hilariantemente escandalizado.

— Vitória? — gritou Anna, que às vezes era bem competitiva. (Isso era uma das coisas que tínhamos em comum. Todos os amigos deviam ter coisas em comum.) — Dá uma olhada na pontuação do seu time, Mel.

Dei uma corridinha até minha posição e peguei o taco que Ty me jogou. Ele me olhou em súplica muda, e eu pisquei para ele. Ao me virar, vi mais olhares: o de desafio de Anna, e o de alegre expectativa de Kit, que saltitava, pronto para correr.

Em uma janela do outro lado do campo, vi uma sombra se movendo, e sorri. Eu não iria perder com minha melhor amiga assistindo.

O sol batia quente em meu cabelo, o sangue correndo acelerado nas veias. Eu balancei o taco em aquecimento e não consegui evitar um sorriso.

— Não preciso saber o placar — disse. — Confio no meu time.

AGRADECIMENTOS

Time Humanos se originou de nosso igual amor por histórias de vampiro e de longas conversas sobre que tipos de vampiros nós escreveríamos se algum dia fôssemos fazer isso. Havia tantas perguntas sobre essas criaturas que gostaríamos de responder. Os vampiros são na verdade gelados ou da temperatura ambiente e só pareciam frios para nós, criaturas que não são de temperatura ambiente? De alguma forma, isso se transformou em um desafio, e, antes que percebêssemos, estávamos escrevendo um livro de vampiros juntas. Maior. Diversão. De todos. Os tempos.

Quando começamos a escrever, demos uma a outra uma lista de leituras para ampliar o nosso conhecimento vampiresco. Nós duas tínhamos lido *Carmilla*, *Varney the Vampire* e, é claro, *Drácula*, sem mencionar Anne Rice. Mas Sarah não tinha lido *The Vampire Tapestry*, de Suzy McKee Charnas, ou *Sabella*, de Tanith Lee; e Justine nunca tinha lido *Diários do vampiro* de L. J. Smith. Isso precisava ser corrigido! As conversas seguintes deram forma a *Time Humanos* de muitíssimas maneiras. Sem esses livros e nossa obsessão juvenil por vampiros, este livro não existiria.

Gostaríamos de agradecer a nossos agentes Jill Grinberg e Kristin Nelson, e todos em suas agências que encontraram uma ótima casa para este livro.

Nossas editoras — Anne Hope na HarperCollins e Jodie Webster na Allen & Unwin — por serem incríveis, e terem melhorado o livro de mil formas diferentes. A deslumbrante capa original de nosso livro é graças ao nosso diretor de arte, Amy Ryan, e a Joel Tippie, entre outras pessoas fantásticas. Amamos a capa e agradecemos muito ao trabalho de vocês! E os toques finais foram acrescentados em nosso livro pela adorável copidesque, Renée Cafiero.

Nosso primeiro leitor, Scott Westerfeld, que sabe uma ou duas coisas sobre vampiros, fez um monte de sugestões úteis e incríveis. E também nos deu este fabuloso título.

Normalmente, nós agradeceríamos a todos os nossos amigos autores. Mas mantivemos este livro em segredo, o que o tornou ainda mais divertido. Mesmo assim, obrigada, maravilhosos amigos autores de livros para jovens. Vocês sabem quem são.

Justine gostaria de agradecer a Jan Larbalestier e John e Niki Bern por todo seu apoio. E, é claro, Sarah Rees Brennan, sem a qual isto nunca teria acontecido. Foi demais, SRB. Obrigada! Vamos escrever outro!

Sarah gostaria de agradecer a Pat Rees, por ter dado a ela *Entrevista com o vampiro* quando tinha 9 anos (obrigada, mãe!), e Genevieve Rees Brennan, por tê-la lembrado de ir assistir a *Lua Nova* ao pedir uma camisa do Time Jacob. Ela também gostaria de agradecer a Natasha Walsh, por aturar seus telefonemas barulhentos para a Austrália a uma da manhã, e, acima de tudo, a Justine Lerbalestier — por atender tais telefonemas barulhentos e tramando o nosso roteiro, mesmo quando o processo era traumático. Justine, que sozinha mudou minha opinião de que escrever em coautoria é uma ideia terrível para a ideia mais incrível do mundo. E como todas as boas ideias, essa também pede um bis...

Este livro foi composto na tipologia Minion Pro,
em corpo 11,5/15,3, e impresso em papel off-white
no Sistema Cameron da Divisão Gráfica
da Distribuidora Record.